Werner Schmidli
Der Mann am See
Roman

Nagel & Kimche

Personen und Handlung dieses Buches sind erfunden; die Landschaft, die Ortschaften, Wirtshäuser und andere Gebäulichkeiten waren gegeben. Ich habe sie, in schöpferischer Freiheit, verfremdet, oder auch nicht.

Neuausgabe

Umschlag von Urs Stuber
Gesetzt in der Baskerville-Antiqua
ISBN 3-312-00155-2

Für Gertrud K.

1

Gunten verfluchte seine Unbeherrschtheit, seinen Arzt, der sie ihm zu recht vorwarf, und er verfluchte seine Katze, die er Cornichon nannte, weil sie oft griesgrämig war wie die meisten Schweizer. Ihr zuliebe hatte er die Blutwurst gekauft und mit ihr geteilt. Cornichon hatte die Wurst beschwerdelos verdaut, während er auch nach dem zweiten Glas Fernet Branca, den er mit Wasser verdünnt trank, an seiner kranken Galle litt. Der Fernet hatte die Kühle des nachmittäglichen Murtensees und die Farbe des herbstlichen Waldkranzes auf dem Mont Vully, und die Rebstöcke an den Hängen hatten die Muster der Jacke, die ihm Claire, seine Freundin, im Sommer gestrickt hatte. Er hatte die Jacke zu Hause gelassen, denn sie erinnerte ihn daran, daß er Claire vernachlässigte.

Gunten seufzte; er war im September siebenundsechzig geworden, fünf Jahre älter als Claire, Waagetyp, aber er widersprach der angeblichen Ausgeglichenheit.

Es war früher Nachmittag. Gunten saß mit Jean, seinem Freund, der bei der Kantonspolizei war, an einem Zweiertisch im Restaurant «Bain», und sie sahen gelangweilt auf den See.

Nimmst du noch einen? fragte Jean. Gunten schwieg und blickte ins rötlich gefärbte Birnenspalier im Vorgarten, an dem der Wind rupfte, und er fror; er fürchtete sich vor dem Winter, wegen seines Rheumas. Der Wind war keine leichte Brise wie am Vortag; er nahm dem See den Glanz, die vertäuten Segelboote kamen ins Schwanken, und das anfängliche Klirren der Drähte an den Masten wurde zum Geläut.

Schlecht siehst du aus! sagte Jean. Die Galle wohl wieder! Ich bestelle dir noch einen Fernet.

Gunten wischte sich den Schweiß vom Kinn. Mit Wasser, befahl er Anne, der Serviertochter. Dann hat der Fernet die leuchtende Farbe des Herbstes, diese Fülle, die uns immer wieder täuscht, denn es ist die Farbe des Alterns und Absterbens.

Du wirst steinalt, sagte Jean. Alle, die jammern, werden steinalt. Gunten sah zu Anne. Sie strickte an einem Jäckchen; sie war einundzwanzig, schmal im Gesicht und breit in den Hüften, sie hatte sich das Haar schwarz gefärbt, aber sie blieb auch so eine Bauerntochter aus dem Seeland.

Aus der Kaffeemaschine fuhr alle Augenblicke Dampf; Gunten empfand es wie das Atmen eines Kranken.

Seit wann hängen diese Seilknoten an der Wand? fragte er.

Jean sah griesgrämig auf. Seit sie das Fischernetz abgenommen haben, sagte er. Entweder wird es hier vornehmer, wegen der Leute vom Segelklub, oder es gibt keine Fische mehr im See.

Das ist eine Logik! sagte Gunten. Und wie lange ist das her?

Was weiß ich, seit du das letzte Mal hier gewesen bist. Jean gähnte. Du verkriechst dich in deinem Haus am See. Oder nimmt dich Claire so in Anspruch, in deinem Alter? Er grinste müde. Oder Martha? Oder beide zusammen?

Jean war vier Jahre jünger, aber er wog fünfundzwanzig Kilo mehr und sah älter aus.

Gunten verdünnte den Fernet zur Hälfte mit Wasser, nahm einen kleinen Schluck, dann sah er wieder über den See. Er schwieg und dachte, daß er ruhig sterben könnte, überflüssig wie er war und krank, eine Last für die Versicherungen, willkommen hier bloß als zahlender Gast. Cornichon würde auch ohne ihn überleben: sie war ein geschickter Fischer.
Die Uhr an der Wand tickte lauter in der stillen Gaststube, schien Gunten, und er sah zum Zifferblatt. Eigentlich war es ganz unwichtig, wie spät es war, und als er spürte, daß das Pendel der Uhr seinen Herzschlag begleitete, schaute er wieder auf den See, als könnte von dort eine Antwort kommen. Er sah, was er von seinem Haus sah, nur war der Blickwinkel verändert. Wolken zogen über den Mont Vully und löschten das Glitzern im See.
Hier passiert nichts, sagte Jean.
Gunten betrachtete die schwankenden Segelboote, verfolgte den Streit der futterneidischen Bleßhühner; die Gelassenheit eines Haubentauchers stimmte ihn versöhnlich, obwohl ihn die Galle plagte. Du siehst nur, was an der Oberfläche geschieht, Jean, sagte er. Du hast kein Gespür. Darum bist du bloß Beamter, kein Fahnder.
Hör auf zu philosophieren, sagte Jean, und trink deinen Fernet aus! Da kommt der Vully, den ich bestellt habe.
Er hob sein Glas, das wie ein Fingerhut schien in seiner großen Hand. Salü! Man weiß nie, wann es das letzte ist! Und laß mir meinen Frieden, Gunten, ich lasse dir deinen auch. Du hast es gut, du lebst alleine, und Claire plagt dich nicht.
Gunten stellte das Glas hin, ohne getrunken zu haben;

er hatte ein rotes Gesicht, als er aufstand, Schweiß auf Stirn und Nase, und er preßte sich das Taschentuch vor den Mund.

Er war gerade bei der Tür zum Seedurchgang, als sie aufgerissen wurde und eine Gruppe Burschen und Mädchen vom Segelklub, in weißen Pullovern und Turnschuhen, ihn fast umrannten; lärmend deckten sie seinen Hustenanfall zu und verlängerten ihm den Weg zur Toilette, sein Leiden.

Er erbrach Galle im Durchgang, ein zweites Mal im überkiesten Vorgarten in einen Laubhaufen.

Als er sich mit dem Taschentuch das tränende Auge trocknete, den Mund abwischte, sah er den jungen Mann an einem der Blechtische sitzen. Er trug eine wattierte Jacke, eine gestrickte Mütze und schob die leere Kaffeetasse zur Seite, er sah aber nicht auf; er genierte sich wohl.

In der Toilette erbrach Gunten hustend Galle und Blutwurst in die Waschschüssel; er wusch sich das Gesicht mit kaltem Wasser, trocknete es mit Papiertaschentüchern und erschrak vor seinem grauen, verzerrten Spiegelbild.

Du bist nicht nur ein alter Mann, sagte er sich, sondern auch krank.

Er wusch sich das Gesicht ein zweites Mal, dann öffnete er das Fenster. Der See glitzerte wieder in der Sonne, das Laub des Birnenspaliers fächerte ihm rotgelb-grün entgegen wie ein Strauß, und Gunten fühlte sich, befreit von der fettigen Wurst und der Galle, etwas wohler.

Er hörte eine Männerstimme im Vorgarten und beugte sich, auf Zehenspitzen und in seiner alten Neugier, zum Fenster hinaus. Jetzt erkannte er in dem Mann den jungen Benz. Er war Mitte Zwanzig und Verkäufer im «Au Louvre» in Murten, das von der Haarnadel über Rasiermesser, Schnäpse, Schuhe und Briefpapier bis zum Anzug alles feilbot. Er saß wie zuvor alleine an einem der Blechtische, als hätte man ihn am letzten warmen Sommertag vergessen, oder er harrte einfach aus in der trotzigen Zuversicht seiner Jugend, und er sprach mit sich selber.

Gunten fror plötzlich nicht mehr.

Einen Partner hatte der junge Benz nicht, er schilderte sich selber den Wechsel des Lichtes über dem See. Er erinnerte eine Hélène an die Wärme des Sommers, der ihnen Wohnung gewesen war. Er erzählte von Wanderungen auf dem Chasseral, vom Blick auf den Bieler- und den Murtensee, auf die Hügel, die in Wellen zu den Alpen anstiegen. Nach einer langen Pause wiederholte er seine Frage, wo sie den Winter über bleiben sollten. Dann schwieg der junge Benz, nahm ein schwarzes Kästchen vom Tisch auf, das so groß und flach war wie ein Taschenrasierapparat, und hielt es, den Arm angewinkelt, auf Ohrenhöhe.

Gunten war so verdutzt, daß er unvorsichtig wurde und sich am Fensterrahmen hochzog, bis er merkte: Hier erzählte einer auf Tonband seiner Geliebten!

Ertappt und beschämt zog Gunten sich zurück.

2

Nun, geht's wieder besser? fragte Jean.

Gunten beugte sich mit aufgestützten Armen über den Tisch zum Fenster hin, aber von diesem Winkel aus konnte er den jungen Benz nicht sehen. Es geht schon wieder.

Du bist ziemlich lange weggewesen, sagte Jean vorwurfsvoll und besorgt, dann sah er entschuldigend auf die Weinkaraffe.

Gunten lachte begütigend, hob sein Glas. Der Wein ist zum Überleben, Gesundheit!

Jetzt gefällst du mir wieder, sagte Jean. Also dann: Gesundheit!

Sie leerten beide das Glas in einem Zug.

Du hast dich verletzt, sagte Jean, am Handgelenk.

Ich habe mich am Waschbecken angeschlagen, oder am Sims, als ich das Fenster öffnete. Das ist nicht weiter schlimm. Meine Haut ist dünn geworden, empfindlich wie meine Seele.

Jean schwieg, weil ihm nichts dazu einfiel.

Die jungen Leute riefen nach dem Wirt, er sollte bei einer Runde Vully mithalten; aber der Wirt war in Murten, beim Einkaufen.

Ein Paar hielt sich so umschlungen, daß es Gunten an einen der Seilknoten hinter ihm an der Wand erinnerte; er lächelte. Dann dachte er an den jungen Benz, der an einem Blechtisch saß, geschützt nur durch seine wattierte Jacke, und seiner Geliebten von seinen Empfindungen erzählte; das stimmte ihn melancholisch.

Sitzt er immer noch draußen? fragte er.

Wer? Jean stellte die leere Karaffe zurück, mit der er Anne gewinkt hatte.

Der junge Mann, draußen am Tisch, unterm Spalier. Du müßtest ihn eigentlich sehen!

Nun blickte Anne endlich zu ihrem Tisch. Jean hob die leere Karaffe.

Siehst du ihn? fragte Gunten ungeduldig.

Wen denn?
Den jungen Mann draußen am Tisch!
Jean ließ die Karaffe nicht los, als tröste ihn das über den Ärger hinweg, daß Anne sitzen blieb; aber er beugte sich zurück und sah in den Garten.
Ach, der junge Benz, sagte er gleichgültig. Der muß schon dort gesessen haben, als wir gekommen sind.
Anne hatte sich endlich erhoben; sie zog ihren Jupe lang und machte, drei Schritte vor den beiden alten Männern, ein beleidigtes Gesicht.
Der redet mit sich! sagte Gunten.
Dann laß ihn mit sich reden. Auch junge Leute fühlen sich heute oft einsam.
Was ist jetzt? fragte Anne.
Noch einen Halben Vully, sagte Jean, aber dalli!
Anne warf schnippisch die Haare ins Genick, bevor sie sich abwandte und zum Buffet ging mit einem Umweg um zwei Tische.
Ich würde frieren, da draußen am Tisch, sagte Gunten.
Ja, du! Du bist ein alter Mann, und krank. Er ist jung und verliebt, Verliebte frieren nicht.
Sie schwiegen und sahen auf den See. Die Wolken hingen im Waldkranz des Mont Vully, breiig und grau, der Wind zerrte am Birnenspalier, und jetzt schaukelte auch das Ruderboot, das halb an Land lag. Sonst hatte sich nichts verändert.
Aus dem Laubhaufen beim Mäuerchen am See, wo der geteerte Uferweg um eine Hecke zur Seepromenade führte, stieg Rauch auf, dann zuckten Flammen darüber hinweg.
Gunten empfand es als Frevel: Er ließ seinen Bäumen die Blätter, bunte Kränze um die Stämme. Wer hat

denn den Laubhaufen angezündet? fragte er verdutzt und verärgert.
Was weiß ich! Ist das so wichtig?
Anne brachte den Halben Vully; sie schenkte aber nicht ein. Im Abdrehen stellte sie die Karaffe hin, als könnte sie sich an den beiden Alten mit einer Krankheit anstecken.
Merci! sagte Jean laut; seine Empörung ging unter im Dröhnen einer Zweierstaffel Hunter, die dicht über den See flog, Richtung Le Chablais und dem Großen Moos.
Laß mich austrinken, sagte Gunten, als Jean einschenken wollte, alter und neuer Wein vertragen sich nicht. Und dann habe ich keine Eile. Er nahm einen Kipfel aus dem Kunststoffkörbchen, teilte ihn in zwei gleich große Hälften, aber Jean lehnte gegen seine Gewohnheit und mürrisch ab.
Gunten hob das Kinn, schnupperte. Riechst du den Rauch?
Jean hob das Kinn. Nein.
Das ist merkwürdig, sagte Gunten. Ich liebe den Geruch der Herbstfeuer, und zugleich erinnert er mich an die Vergänglichkeit.
Noch lebst du! Trink, und laß uns zufrieden sein.
Neue Gäste, die Jean grüßten, und Gunten zunickten, um nicht ganz unhöflich zu sein, kamen herein. Der Wirt war inzwischen zurückgekehrt und machte bei einer Runde Vully mit.
Du hättest sehen müssen, wer den Laubhaufen angezündet hat! sagte Gunten.
Was interessiert mich das Feuer! Jean hatte die Hände wieder über dem Bauch gefaltet, und für einen Augenblick sah er doch in den Garten. Ich will in Ruhe hier

sitzen und meinen Wein trinken. Ich habe meinen dienstfreien Nachmittag.
Darum bist du kein richtiger Kriminalbeamter geworden.
Hast *du* gesehen, wer das Feuer angezündet hat?
Nein. Es muß angezündet worden sein, als ich auf der Toilette war.
Dann ist es der Wirt gewesen.
Der Wirt war in der Stadt. Und er ist durch die Vordertür, von der Straße, hereingekommen.
Jean hob mit einem Seufzer die Arme, ließ sie auf die Oberschenkel fallen. Irgend jemand hat den Haufen angezündet, das ist doch egal! Die verbrennen ihre Abfälle immer am Ufer, auch Laub. Jean hustete ins Taschentuch, als befreie ihn das von seinem Ärger, dann schüttelte er sich. Du bist neugierig wie ein altes Weib.
Das einzige, was unsereinem noch bleibt: die Neugier! Wir schauen zu, sind neugierig, ob es andere wohl besser machen, als wir es gemacht haben. Und wir sind hämisch zufrieden, wenn sie es nicht besser machen.
Gunten verzog mißmutig das Gesicht. Er hatte siebzehn Jahre in Elsternwick, einem Vorort von Melbourne, als Verwalter eines Boardinghouse, gearbeitet, seine Frau an einen anderen verloren und seine Töchter, Zwillinge, an einer Hirnhautentzündung. Nach der Rückkehr in seine Heimat hatte er als Handlanger bei Jeans Schwiegersohn gearbeitet und eigentlich nicht viel erreicht aus eigener Kraft.
Das Haus in Muntelier, eher ein Schuppen, einstöckig und schlecht isoliert, hatte er von seiner Schwester geerbt. Sie hatte sich, betrunken auf dem nächtlichen

Heimweg, dem Seeufer entlang, nicht mehr ausgekannt, und sie war bei einer Baustelle ins Wasser gestürzt und ertrunken.

So war Gunten in seine Heimat zurückgekehrt; das war vor vierzehn Jahren gewesen, in einem heißen Sommer, und in Melbourne hatte es bei vier Grad Kälte geregnet.

Bei der Ausbesserung des Uferweges vor dem geerbten Haus hatte er dann das linke Auge verloren; aber das andere genügte ihm, seine enger gewordene Umwelt zu sehen und die Käufer einzuschätzen, die ihm sein Grundstück abschwatzen wollten.

Mag sein, daß du alles falsch gemacht hast, Gunten, sagte Jean. Aber verdirb mir nicht meinen freien Nachmittag. Trink deinen Wein und laß mich zufrieden. Du hast mich genug geärgert, als wir noch zusammengearbeitet haben.

Darauf schwieg Gunten mit rotem Kopf, nahm einen Schluck Wein und schenkte nach. Im ersten halben Jahr habe ich mit meiner Frau in Elsternwick bei einer ungarischen Jüdin gewohnt, erzählte er. Die saß den ganzen Tag am Fenster, und sie sah bloß einen Zwetschgen- und einen Zitronenbaum, einen Lattenzaun, mannshoch, zwei Nachbarfenster, ein Gartentor, das Stück Rasen, das ich für sie mähte, und die Hecke. Wäre sie nicht neugierig gewesen, wie ich es noch immer bin, säße ich nicht hier: Sie hat die Schlange gesehen, eine giftige, meterlang. In Australien ist fast alles giftig, was fliegt und kriecht, und es kriecht auch in den Vorstädten.

Laß doch deine alten Geschichten! sagte Jean. Es hört dir keiner mehr zu, auch ich nicht! Darum will ja keiner mit dir am Tisch sitzen.

Die Hunterstaffel donnerte vom Chablais her über den See, und Jean schwieg; er sah hilflos und irgendwie erbarmungswürdig aus, fand Gunten.
In die Rechnung teilten sie sich dann.
Lassen Sie das, sagte Jean, als Anne die Karaffe mitnehmen wollte, es ist noch ein Schluck drin.
Kleinkrämer, sagte sie leise, aber nicht leise genug, und setzte sich wieder zu Ihresgleichen.
Jean hielt sich verkrampft aufrecht, mit gerötetem Gesicht, so beherrschte er sich.
Das mußt du nicht tragisch nehmen, sagte Gunten, sie weiß es nicht besser in diesem Land.
Jean lächelte ein wenig verzerrt; den Schluck Wein schenkte er dann Gunten ein. Sie sahen sich in der Gaststube um. Alle Gäste waren versorgt, die Segler still geworden, und der Rauch der Marlboro-Zigaretten, der wie schlaffe Segel im Raum hing, roch nicht anders als der Rauch der Zigarette, die Jean sich angesteckt hatte.
Seit wann rauchst du wieder? fragte Gunten. Bei deinem Husten!
Jean lehnte sich zurück und schwieg. Er erinnerte Gunten an Claire, wenn sie in erwartungsvoller Aufmerksamkeit neben dem Buffet saß und die Gäste, nach beendeter Mahlzeit, die Teller zurückschoben, die sie gespült und aufgestellt hatte und die sie wieder abräumen und spülen würde, wenn die Gäste Kaffee tranken. Gunten fühlte sich plötzlich überflüssig. Sie würden sich wie gewöhnlich gegen vier Uhr erheben, die Stühle an den Tisch schieben, mit einem Räuspern auf sich aufmerksam machen und zwei Schritte vor der Tür auf einen Gruß warten oder auch nicht; Anne würde den Tisch abräumen, die Astern in die Tisch-

mitte zurückstellen und die Krumen des Kipfels auf den Boden wischen. Es würde so sein, als wären sie nicht hier gewesen.
Es war dumm von mir, den Kipfel zu essen, sagte Gunten. Ich mache immer wieder die gleichen Fehler.
Jean lächelte nachsichtig, seine Augen waren ein wenig glasig geworden und hatten die Farbe des Sees.
Es ist die Butter in den Kipfeln, die ich nicht vertrage.
Wieder die Galle? fragte Jean und sah Gunten nicht an, so wie er meistens durch alles hindurch oder daran vorbei oder darüber hinwegsah.
Er ist kein glücklicher Mensch, auch wenn er gesund ist und eine gute Pension haben wird, dachte Gunten. Er ist nicht unzufrieden, aber er mag sich selber nicht. Er hatte sich auch nicht gemocht, als er sich für ein paar Jahre vom Dienst suspendieren ließ und seinem Schwiegersohn half, einen Rolladenservice aufzubauen; das war kurz nach Guntens Heimkehr aus Australien gewesen, und so hatten sie sich kennengelernt: in der täglichen Zusammenarbeit.
Ich müßte eine Liste machen, was ich essen darf, was ich überhaupt nicht tun darf und mir zumuten kann.
Ich hör dir nicht zu, sagte Jean. Ich will sowas nicht hören.
Gunten schloß die Augen und spürte, wie ihm die Galle hochstieg. Als er sich erhob, weil ihm wieder übel war, sah er sich, getrennt durchs Fensterglas, auf Armeslänge dem jungen Benz gegenüber. Benz hatte sich einen windgeschützten Tisch gesucht, die wattierte Jacke aufgeknöpft und schien so noch breiter; dabei war er ein schmaler Bursche, wie Gunten sich erinnerte. Benz hatte ihn einmal im «Louvre» bedient, als er sich einen gesteppten Mantel kaufen wollte. Der junge

Benz war verlegen gewesen, als er ihm in wohlgemeinter Absicht eine zu große Nummer anprobierte; er entschuldigte sich und meinte, ein solcher Mantel sollte ein paar Jahre halten, bei dem Preis, man müsse sich darin wohlfühlen wie in einem Haus. Sie haben recht, hatte Gunten gesagt, den nehme ich. Ich werde hineinwachsen wie ins Alter.

Der junge Benz hatte gelächelt, zerbrechlich und verloren in seinem ruhigen Schauen.

Nun klopfte der junge Benz ans Fenster, zeigte eine Zehnernote; undeutlich hörte Gunten, daß er noch einen Kaffee wollte und dann gleich zahlen. Er wirkte so verloren, wie Gunten ihn als Verkäufer neben sich in Erinnerung hatte.

Dem Verliebten ist kalt geworden, sagte Jean und grinste hämisch.

Gunten war so verletzt wie erstaunt. Verliebt? fragte er.

Es weiß doch jeder, daß er ein Verhältnis mit der Weiss hat, der Frau des Radio- und Fernsehhändlers Weiss. Nur der Weiss wird es wohl als letzter erfahren. Jean lachte glucksend. So ist es gewöhnlich.

Ich habe es nicht gewußt, sagte Gunten.

Ich hab's dir schon einmal erzählt, aber du hast nicht zugehört, wie so oft.

Ich höre sehr gut zu. Ich höre sogar besser, seit ich nur noch mit einem Auge sehe. Ich kann das Auge schließen und erkenne einen an seiner Stimme, an seinem Räuspern oder seinem Husten.

Jean wedelte ungeduldig mit der Hand gegen das Fenster, als belästigte ihn eine Fliege.

Er will noch einen Kaffee und dann zahlen, sagte Gunten.

Er kann ja hereinkommen!

Verliebte wollen alleine sein, sagte Gunten, und als Jean schwieg, machte er Anne, die noch immer bei den Seglern saß, auf den jungen Benz aufmerksam. Als er dann zur Tür ging, die zur Toilette führte, sah er den jungen Benz vor dem Fenster ihm zunicken und lächeln.

Im Durchgang mußte er sich gegen die Mauer lehnen, er fror im Durchzug und verfluchte seine Gedankenlosigkeit.

Im See funkelte die Sonne; aber er sah nur den Plastiksack, der grau und durchsichtig war wie eine Fischblase und mit dem Laub gefüllt, in das er sich erbrochen hatte.

Er erbrach sich dann über dem Waschbecken, wusch sich das Gesicht mit kaltem Wasser, ließ sich aber Zeit mit dem Abtrocknen: er mußte erst zu Atem kommen. In den Spiegel sah er diesmal nicht; er ging zum Fenster, das noch immer offen stand.

Er stand da und sah in die Landschaft, in der er eigentlich nie heimisch geworden war.

Ihm fehlten die Weite des australischen Himmels, der die Erde berührte, und die Wolken, die einen Bogen zum Horizont spannten und so dem Himmel die Unendlichkeit und Verlorenheit nahmen.

Später konnte er sich nicht erinnern, wie lange er zum Fenster hinaus- und in sich hineingeschaut hatte. Vielleicht lag es am jungen Benz. Der saß wieder am Blechtisch; er hatte die Jacke zugeknöpft und die Schultern bis zu den Ohren hochgezogen, als wollte er sich in sich selbst zurückziehen.

Der Wind war für Augenblicke abgeflaut, und eine seltsame Ruhe lag über dem See. So störte ihn das

kurze, trockene Husten im Garten, das ihn an sein Husten erinnerte, wenn er Galle erbrach; aber der junge Benz saß noch immer still da, die Arme verschränkt, und blickte auf den See. Dann sah er den Mann, der dort bei der Hecke stand, wo der geteerte Weg vom Rasen geländerlos zur Seepromenade führte. Der Mann störte ihn noch mehr, als ihn das trockene Husten gestört hatte. Er brachte Unfrieden in diese Ruhe, wie er plötzlich auf den Rasen lief, und es sah lächerlich aus, wie er beim Aufstampfen die Arme hob wie zu einer Umarmung: ein Jüngling, der zu seiner Braut lief; dabei war er Mitte Fünfzig, fast kahl und trug einen Maßanzug, den sich ein Jüngling nicht hätte leisten können, darunter ein rosa Hemd, aber keine Krawatte. Er mußte sehr in Eile gewesen sein.
Jetzt erkannte Gunten den Radio- und Fernsehhändler Marius Weiss.
Weiss weiß, was Qualität heißt!
Gunten hatte seinen Fernseher bei Marius Weiss gekauft, vor acht Jahren, und der Apparat hatte das Versprechen gehalten.
Weiss nahm die erste Hälfte der Steinstufen, die zum Vorgarten führten, wo der junge Benz saß, mit einem Sprung, stolperte in der zweiten Hälfte und riß sich, oben angelangt, die Jacke auf. Die Sonne warf seinen Schatten drohend über die Blechtische.
Der junge Benz hielt der Drohung stand, indem er sich am Tisch festhielt und zurücklehnte in ergebener Verblüffung.
Gunten vergaß, wie empfindlich seine dünne Haut war, und zog sich am Fensterrahmen hoch.
Du wirst meine Frau jetzt endlich in Ruhe lassen! hörte er den Weiss, noch beherrscht, sagen.

Der junge Benz blieb stumm.
Dein Grinsen wird dir gleich vergehen!
Der junge Benz grinste aber nicht; er hatte nur diesen stillen, verlorenen Ausdruck im Gesicht, fast wie ein Lächeln. Weiss trat an den Tisch. Und das hört jetzt auch auf! sagte er und schlug den Kassettenrekorder vom Tisch. Für wie dumm haltet ihr mich eigentlich, ihr beiden?
Der Tisch stürzte um, als er den jungen Benz an der Jacke hochriß, zu sich herzog und schüttelte.
Der junge Benz war ein Kleiderbündel in Weiss' Händen. Er ließ ihn mit sich wüten in einer Ergebenheit, die Gunten weh tat, und er schämte sich, daß er ihm, dem er sich so ähnlich fühlte in der Erinnerung an seine Jugend, nicht zu Hilfe kam; aber da spürte er wieder Galle in der Kehle, und er wandte sich ab. Als er sich das Gesicht wusch, hörte er Weiss dem jungen Benz drohen, er werde ihn umbringen, mit bloßen Händen erschlagen, erwürgen, im See ersäufen.
Gunten zog sich wieder am Fensterrahmen hoch. Der junge Benz saß zwischen den Stühlen am Boden und hielt sich den Hinterkopf, während Weiss außer Atem über ihm stand mit aufgerissener Jacke wie einer der siegreichen Gladiatoren, die Gunten am letzten Abend in einem Fernsehfilm über den Untergang des Römischen Reiches gesehen hatte.
Weiss wirkte nur noch lächerlich, aber gerade darum gefährlich. Der junge Benz mußte das auch gemerkt haben: er rutschte unter einen Tisch, aber Weiss trat ihn mehrmals in die Rippen.
Der junge Benz stöhnte, sein Gesicht war fast so weiß wie der ausgeschüttete Kaffeerahm.
Weiss schien befriedigt, jedenfalls war er ruhiger, als

er sagte: Jetzt weiß ich auch, warum man dich den jungen Benz nennt. Du schlägst deinem Vater nach, der war auch ein Schürzenjäger und Feigling!
Dann bemerkte er Anne. Sie trug ein Tablett mit einer Tasse Kaffee, hielt den Mund offen, aber sie schien eher amüsiert als erschrocken; hinter den Fenstern grinsten ein paar Gäste, und der Wirt trat gemächlich unter die Tür. Weiss lief an Anne vorbei, blieb mit der Jacke und dem Hemd an den Drähten hängen, die das Spalier hochhielten; ein paar Atemzüge lang führte er, stumm, einen Veitstanz auf, um loszukommen. Auch Gunten lachte, und zugleich tat Weiss ihm leid. Er dachte an Claire, die ihn betrog, wenn sie sagte, zwischen Geld und Gefühl mache sie keinen Unterschied. Weiss lief über den Rasen zum See; einmal blieb er kurz stehen und besah sich seine Jacke und das Hemd, dann bog er um die Hecke.
Der junge Benz kroch unterm Tisch hervor; er hatte Mühe, aufzustehen, hielt sich den Kopf, tastete seine Rippen ab und stöhnte.
Anne stellte den Kaffee auf einen Nachbartisch, sagte: Zwei Kaffee, das macht dreisechzig, und drei Franken für die zerschlagene Tasse.
Der Wirt sagte kein Wort, er stand unter der Tür, und das genügte als Drohung.
Der junge Benz gab Anne wortlos eine Zehnernote, winkte großzügig aus Verlegenheit ab; aber Anne hatte die Note schon eingesteckt und ihm den Rücken zugekehrt.
Der junge Benz ließ den Kaffee stehen, und als er auf die Knie ging, wußte Gunten sofort, was er suchte, ohne ihm behilflich sein zu können: sich als Zeuge preiszugeben, schämte er sich.

Der Kassettenrekorder lag, neben der Treppe, in der Kapuzinerkresse.

Jetzt macht aber, daß Ihr wegkommt! rief der Wirt. Hier seid Ihr nicht mehr erwünscht!

Bei der Hecke zögerte der junge Benz. Der Wirt machte ein paar Schritte in den Vorgarten, die Hände in der hüftlangen Schürze, die Ellenbogen nach außen gebogen.

Gunten trat aus dem Torbogen. Die Tische und Stühle unterm Birnenspalier waren ausgerichtet wie zuvor, durchs Laub sprenkelte die Sonne, die Wolken warfen Schatten auf den See. Den Kassettenrekorder fand er unter einem Blütennest der Kapuzinerkresse. Noch auf den Knien schien ihm, als ginge jemand über den Kiesweg unter der Pergola zu den Umkleidekabinen; aber die Kabinen waren bereits verschlossen, zum Baden war es längst zu kalt. Unter dem Torbogen besah er sich das Gerät; es war aus schwarzem Kunststoff, bespickt mit winzigen Knöpfen, und hatte ein Fensterchen, hinter dem eine Spule lag, kürzer als sein Daumen. Gunten war technisch nicht sehr begabt, seine Hände von schwerer Arbeit verdorben.

Einmal, noch keine fünf Schritte im Durchgang, hörte er wieder das trockene Husten. Er blieb stehen, hörte aber nur noch seinen Atem, das Klirren der Drähte an den Masten der Segelboote, das Rollen der Kiesel im Wellenschlag, lautes Gelächter aus der Gaststube. Er steckte das Gerät in die Jackentasche, dabei plagte ihn ein ungutes Gefühl; er nahm sich vor, dem jungen Benz den Kassettenrekorder zurückzubringen.

3

Sein Platz am Fenster war besetzt, als Gunten zurückkam, und Jean gegangen, wie der Wirt über die Schulter sagte. Gunten trank einen letzten Fernet am Buffet, im Stehen, mit dem Rücken zu den Gästen; er mußte sich nicht umsehen: er erkannte jeden an seiner Stimme.

Der Vorfall schien kein Thema mehr.

Keiner nahm seinen Gruß ab unter der offenen Tür; im Durchgang zögerte er erst einen Augenblick, dann ging er seinen gewohnten Weg quer über den Rasen zur Hecke.

Der Laubhaufen mottete noch.

Gunten fröstelte und sagte sich, daß er als erstes Feuer machen müsse im Haus. Der Kassettenrekorder wog so leicht in seiner Jackentasche, daß er ihn auf dem Uferweg, der zu seinem Haus führte, für eine Weile vergaß.

Vom Rathaus schlug es halb fünf; er sah auf seine Armbanduhr, und die zeigte auch halb fünf, exakt. Er fragte sich, wozu er eigentlich seine Uhr trug und sich beeilte: zu Hause erwartete ihn nur die Katze; die Füllfeder, mit der er in sein gelbes Heft schreiben wollte, was ihm der Tag gebracht hatte, war rasch mit Tinte aufgezogen, und so viel gab es eigentlich nicht zu schreiben. Feuer war schnell gemacht, eine Mahlzeit im Handumdrehen gerichtet.

Gunten blieb unschlüssig stehen. Der Wind hatte Kraft bekommen, schien aber wärmer, doch der Föhn hatte ihm bisher nie zu schaffen gemacht. Bleßhühner, Möwen und Enten ließen sich von den Wellen heben und treiben; der Mont Vully leuchtete in den Farben des mit Wasser verdünnten Fernets. Gunten dachte an Jean, der, ohne sich zu verabschieden, gegangen war. Er kehrte dem Wind den Rücken, wischte sich mit dem Jackenärmel über sein tränendes Auge – und da sah er den jungen Benz. Er stand am See, dort, wo der Uferweg endete und sich im Rasen verlor, der zum «Bain» gehörte und der im Sommer für die Badegäste reserviert war. Gunten dachte an den Kassettenrekorder in seiner Jackentasche, doch er hatte keine zehn Schritte gemacht, als der junge Benz zu laufen anfing. Auch Gunten beeilte sich, den Wind im Rücken; aber da bog der junge Benz stadtwärts in einen Seitenweg. Gunten sah den Wirt des «Bain» drohend zum See kommen, wo die Promenade endete und ein Schild an einem Gitter zu seinem Restaurant wies und zum Durchgang, der nur Gästen offenstand. Gunten ging langsamer, dem Wirt entgegen, aber der wandte sich rasch ab; auch als er über den Rasen zurückging, hatte seine Haltung etwas Drohendes.

Gunten blickte um die zurückgeschnittene Hecke. Der Wirt stand mit verschränkten Armen unter der Tür, während Anne den kleinen Vorplatz kehrte, wo der junge Benz unter einem Tisch gelegen und der Weiss ihm gedroht hatte, ihn umzubringen, mit bloßen Händen zu erschlagen, zu erwürgen, im See zu ersäufen.

Gunten dachte, als er umkehrte und dem Weg folgte, den der junge Benz gegangen war, an seine Schwester, die sich selber ersäuft hatte im See, und er beeilte sich. Nach der Hälfte des Weges, der steil zwischen niedrigen Häusern und kleinen Gärten zum Rathaus führte,

in den Windungen mit Stufen, mußte er stehenbleiben; er schwitzte, die Atemzüge stachen wie Messer. Er fluchte über seine Schwerfälligkeit, über sein Alter, und er nahm sich vor, häufiger zu Fuß zu gehen und den 2 CV stehenzulassen. Im Durchgang, der zur Rathausgasse führte, fror er, seine Schritte widerhallten und er ekelte sich vor dem feuchten Geruch des jahrhundertealten Gemäuers; die Rathausgasse war menschenleer, die Geschäfte waren geschlossen: eine stille, für den Sonntag gesäuberte Stadt.
Unentschlossen, ziellos nach ein paar Schritten blieb Gunten stehen. Den jungen Benz hatte er, auf dem Weg zwischen See und Rathaus, längst verloren. Jean würde gewiß in der «Eintracht» auf ihn warten; aber schon der Gedanke an ihn und seine Überheblichkeit machte ihn ungeduldig. Als er sich umwandte, fiel ihm auf, daß die zwei Oleander in ihren Blechkübeln nicht wie gewöhnlich vor Hiltens Laden standen. Die kleinfingergroßen, buntfarbigen Lämpchen leuchteten über Radios, Fernsehern, Plattenspielern, Musikinstrumenten und Armbanduhren, die Hilten zum Verkauf und Tausch anbot; ein von Hand gemaltes Pappschild hing an einem Gummizapfen hinter der Glastür: *Ab 15 Uhr geöffnet.* Jetzt war es kurz vor fünf, und am Samstag schlossen die Geschäfte um vier. Hilten war wohl den ganzen Tag nicht im Laden gewesen, vielleicht am Vortag schon nicht; seine Geschäfte gingen, wie jeder wußte, miserabel. Hilten trug die Oleander jeweils gegen Mittag vor den Laden, sobald es im Hinterhof schattig wurde; er tat es auch, wenn er den Laden geschlossen hielt und übers Wochenende, so brachte er sie, bis Ende Oktober, zum Blühen.
Gunten dachte im Weitergehen, wie seltsam es doch

war, daß einem erst etwas auffiel, das man täglich sah, wenn es nicht mehr da war, und wie es ihm zur Gewohnheit geworden war, einen Blick zum Ladeneingang zu werfen, und er dachte, daß Hilten nicht einfach vergessen haben konnte, die Oleander herauszustellen, dazu war er viel zu verhaftet in seine Gewohnheiten.

Gunten nahm dann die Abkürzung zur Schiffstation, die nicht am «Bain» vorbeiführte. Er sagte sich, daß er seinen Fernet auch zu Hause trinken konnte; er würde Feuer machen, sein Tagebuch führen, und da erinnerte er sich auch wieder an den Kassettenrekorder in seiner Jackentasche.

Das ungute Gefühl, das ihn überfiel und ihn auf dem letzten Wegstück dem See entlang begleitete, saß tief im Magen, wo ihn die Ärzte operiert hatten; somit war es eigentlich erklärbar, und vielleicht machte ihm der Föhn nun doch zu schaffen.

Dann sah er Cornichon, seine Katze, am Wasser sitzen; sie blickte griesgrämig auf, als er sie rief. Sie schien keinen Fisch gefangen zu haben, denn sie folgte ihm sofort ins Haus.

4

Am vierten Tag weckte Gunten die Sonne; sie lag wie ein Sack warmer Kirschsteine auf seinem Bauch, so blieb er liegen. Als er sich wohlig streckte, murrte die Katze.

Sie hockte zu seinen nackten Füßen, musterte ihn und schien zufrieden mit ihm, da er ruhig atmete und lächelte. Sie gähnte aus Verlegenheit: sie schämte sich wohl ein wenig, daß er sie, trotz seinem dreitägigen Leiden, mit dem Nötigsten versorgt hatte; aber dafür hatte sie aufs Fischen und die Nachbarkatzen verzichtet und ihn behütet.

Sie putzte ihr weißes Brustfell, die getigerten Hinterschenkel, schließlich rieb sie sich die Augen als Zeichen, daß nun alles wieder seinen gewohnten Gang nehmen könnte, und blickte zum Fenster.

Draußen leuchtete der See grünblau, in der Farbe ihrer Augen, das Laub lag knöcheltief nach dem Herbststurm. Gunten verstand die Katze, als sie auf den Boden sprang, sich streckte, schüttelte und mit einem kurzen Blick über den Rücken zur Tür lief – was auch als Aufforderung an ihn gemeint war: Hinauszugehen in den herbstlichen Föhntag, der die Milde des Frühlings hatte.

Gunten öffnete ihr nur die Tür.

Sie zögerte enttäuscht; sie wußte wohl, daß sie bei Föhn keine Fische fangen würde; aber spazieren wollte sie, in seiner Begleitung dem Ufer entlang.

Er strich ihr zur Versöhnung über den Rücken, aber sie schlug mit der Vorderpfote nach seinen Beinen und rannte zum See. Gunten lachte und wußte sofort, daß er nicht hätte lachen dürfen: Nun war Cornichon beleidigt, sie würde sich einen Tag lang nicht blicken lassen. Er richtete ihr einen Teller mit Trockenfutter, füllte Milch nach, legte sich wieder hin und schaute ins nackte Geäst der Pappeln. Er sah den Schatten zu, die über seinen Leib wuchsen, aber er fror nicht wie in den letzten Tagen, als er hier gelegen hatte, behütet von der Katze.

Einmal blätterte er in seinen gelben Heften; über die

vier letzten Tage hatte er eigentlich nichts anderes nachzulesen wie an anderen Tagen.
Er hatte, nach seiner Heimkehr am späten Samstagnachmittag, Feuer gemacht, Schwemmholz nachgelegt, das die Form von Brücken hatte, und dabei waren ihm die Brücken eingefallen, die er nie überschritten, und andere, die er hinter sich abgebrochen hatte.
Die Rolladen, die er mit Jean zusammen montiert hatte, ließ er hochgerollt, die Vorhänge zurückgezogen, preisgegeben der Neugier der Spaziergänger.
Er hatte, die Katze zu Füßen, zugesehen, wie die Wolken die Nacht auftürmten, der Wind sich in den See wühlte. Er hörte die Äpfel zu Boden plumpsen und trank den Fernet unverdünnt; er wärmte Milch auf dem Gasherd, gab Honig dazu, und teilte sie mit der Katze. Er umging den Tisch aus Eichenholz, auf dem der Kassettenrekorder lag, als wäre er eine Falle.
Er hielt sich für Stunden im Schaukelstuhl die Schmerzen vom Leib, mit dem Gefühl eines leichten Seegangs, und war zufrieden mit dem, was ihn umgab, trotz einer leisen Wehmut, und er wunderte sich, mit wie wenig ein Mensch auskommen konnte; überflüssig fand er nur den Karabiner an der Wand, eine Erinnerung an seine Dienstzeit. Aus einer Sentimentalität, die er mit anderen Schweizern teilte, ließ er das Gewehr hängen; vierundzwanzig Schuß Munition hielt er in der Kommode verschlossen.
Der Wind heulte durch die undichten Fenster; er lag wach, mit einem Keil im Magen, und ließ das Feuer ausgehen.
Einmal, in der ersten Morgenstunde des Sonntags, lief einer auf dem Uferweg an seinem Haus vorbei, ein großer, kräftiger Kerl ohne Hut und Mantel; aber er

konnte sich auch, fiebrig wie er war, getäuscht haben. Die Dämmerung machte die Schatten um sein Bett sanfter. Er kochte Grießbrei und ein hartes Ei; den Dotter hielt er, als goldige Kugel auf der offenen Hand, der Katze hin.
Besucher erwartete er keine, ein Telefon hatte er nicht, und das Fernsehprogramm langweilte ihn schon seit langem.
Das ausströmende Gas roch die Katze zuerst; es erschreckte ihn, wie vergeßlich er geworden war.
Einmal hatte er das Gefühl, als legte sich das Laub der Bäume auf sein Herz.
Mit dem Erlahmen des Windes schlief er dann ein; der Wellenschlag des Sees trug ihn ans Ufer der Melbourne-Bucht. Er ging knöcheltief im Sand, dann wieder bis zu den Knien im Wasser, und der Schaum der Wellen war die Zeit, die ihm zum Leben verblieb. Wenn er still stand und aufs Meer hinausblickte, dann nicht mit der Sehnsucht der anderen, die hier ausharrten, als wären sie Verbannte. Er hörte auf den Ansturm der Wellen und sah, wie sich der Schaum zu seinen Füßen auflöste und wieder neu bildete; er war umarmt von der Sonne, die ihn weckte.

Gunten ging ins Badezimmer, zündete den Gasofen an, wusch und rasierte sich; mit seinem Aussehen war er zufrieden. Er schnitt seinem Spiegelbild eine Grimasse, als hätte er sich einmal mehr überlistet. Den Kaffee trank er im Stehen wie einer, der sich viel vorgenommen hat für diesen Tag, und das stimmte ja auch! Zuerst wollte er dem jungen Benz den Kassettenrekorder bringen – bevor seine Neugier so groß wurde wie seine handwerkliche Geduld. Dann wollte

er Claire, wie er ihr längst versprochen hatte, besuchen. Er steckte das Gerät, auf seinem letzten Rundgang durch sein Dreizimmerhaus, in die Jackentasche, zog die Wanduhr auf, rückte Bern, einen in Gold gerahmten Farbdruck, zurecht, und Bern rutschte wieder in die schiefe Ausgangslage zurück; wie ertappt, lächelte er. Den Farbdruck hatte seine Schwester, ungerahmt, von einem Ausflug mitgebracht; er hatte ihn von ihr geerbt, wie alles, was in diesem Haus war. Als er eingezogen war, hatte er sich, damals noch immer im Aufbruch, bloß gesagt, vorübergehend lasse er alles gelten in nachsichtiger Zuneigung und als Ausgleich seiner Versäumnisse.
Inzwischen hatte er sich eingewöhnt.
Gunten verschloß die Tür mit dem Gefühl, Heimat zu haben in diesem Haus. Der See spiegelte den Mont Vully, der Geruch des Laubes unter seinen Füßen hatte etwas Begütigendes. Gunten atmete gleichmäßig zu seinen Schritten, als er dem Uferweg entlang ging; er begegnete niemandem. Aus den Fenstern hing Bettzeug; noch blühten Geranien, Astern und Dahlien, nur die Sonnenblumen versamten geknickt.
Die Katze saß auf einer kleinen Insel, erreichbar durch ein Holzbrett, die Gunten Tasmanien nannte, und sie ignorierte ihn. Bevor er zum Parkplatz des Hotels «Bad Muntelier» abbog, wo sein 2 CV stand, sah er sich um; Cornichon war ihm nicht gefolgt, aber er hatte auch nichts anderes erwartet.
Er hielt mit durchgetretener Kupplung vor der Hauptstraße, die nach Murten führte und außerhalb Muntelier Ryf genannt wurde; er kämpfte mit seiner Gewohnheit, im «Hecht» einen Fernet zu trinken, und er verfluchte den regen Verkehr, der ihn zum Warten

zwang und seine Unentschlossenheit verlängerte. Er sagte sich, nach drei Tagen käme es auf eine Viertelstunde mehr nun auch nicht an, bis der junge Benz den Rekorder bekam. Als er aber zum alten Winzerhaus sah, in dem der junge Benz ein Zimmer gemietet hatte, war er beschämt über sich. Dann hatte er Gelegenheit, Richtung Murten einzubiegen. Das Fenster im zweiten Stock, wo der junge Benz unterm Walmdach wohnte, war geschlossen, die Rolladen hochgezogen, wie gewöhnlich; er war also längst zur Arbeit gegangen.

Gunten fuhr langsam nicht aus Unsicherheit, sondern weil die Straße schnurgerade an einem brachliegenden Landstück mit Birken und Weiden vorbeiführte; das erinnerte ihn einige Herzschläge lang an die Weite des australischen Flachlandes, in das sich der Himmel neigte.

Im Bootshafen ruhte ein kahler Wald von Masten, ein paar Fischer hielten auf der Mole Abstand zueinander; Gunten dachte an seine Katze, die auf Tasmanien saß, und er lächelte.

Er quälte den 2 CV im zweiten Gang die Steigung Raffohr nach Murten hoch, das Restaurant «Schiff» im Rückspiegel; aber in diesem Lokal verkehrte er nicht, da es ihm zu teuer und zu vornehm war. Die Bemerkung eines jungen Burschen, er solle sich ein Fahrrad kaufen oder zu Fuß gehen, ignorierte er und ließ dem Gegenverkehr aus der Altstadt den Vortritt durchs Berntor.

Die tief gezogenen Hausdächer der Altstadt ließen eine Sonnengasse auf dem Kopfsteinpflaster, schräge Stützmauern erinnerten Gunten an Zelte, aber diese Stadt, abgeschirmt durch eine Ringmauer, stand unverrück-

bar fest seit Hunderten von Jahren; die Banken hielten sich diskret in den Arkaden, Geranien leuchteten vor den Fenstern, wilde Reben und ein paar Werbefahnen vor Geschäftsauslagen.
Gunten parkte in der blauen Zone auf dem Pfisterplatz, vor der Ringmauer aus grau-grünem Sandstein. Ein junger Bursche, hemdsärmlig und mit einem umgebundenen Tuch als Schürze, zog an einem Strick ein geschorenes Schaf zur Metzgerei. Neben der Tür, die offen stand, hing an den Hinterläufen ein ausgeblutetes Kalb; das Schaf wehrte sich mit gesenktem Kopf, den Hufen, und pißte auf die bereits verpißte Straße. Gunten mochte Schaffleisch nicht, so tat ihm das Tier noch mehr leid. Er ging die Schaalgasse entlang, zurück zur Hauptgasse, hutlos und die Hände auf dem Rücken; vom Berntor bimmelte es die zehnte Stunde.
Zwischen Gartenwerkzeugen und ein paar Restposten Sommerkleider zögerte er, ob er erst in der «Eintracht» einen Fernet trinken sollte. Ein paar Halbwüchsige, die ihn als Hindernis rüde anstießen, nahmen ihm den Entschluß ab: sie schubsten ihn Richtung «Au Louvre».
Beim Tisch mit Parfüms und Mitteln zur Körperpflege, der wie ein Pfeiler im Eingang stand, roch es leicht nach Rosen. Der Geruch war Gunten nicht unangenehm; er erinnerte ihn an den ersten Nachmittag mit Claire auf dem Mont Vully. Seit dem Tod ihres Mannes bezog sie eine kleine Rente und kaufte ihr Parfüm hier.
Gunten umging den Tisch links; auch die Türme aus bunter Strickwolle erinnerten ihn an Claire und sein Versprechen; er hatte ein schlechtes Gewissen und beeilte sich. In der Kinderkleiderabteilung geriet er in

ein Gedränge und ins Erinnern an den Tod seiner Zwillinge. Er dachte im Weitergehen, daß sein Leben inzwischen aus lauter Erinnerungen bestand und die Tage vergingen, ohne daß etwas Neues geschah; aber da stand er schon in der Spirituosenabteilung und ließ sich erst einmal zwei Flaschen Fernet einpacken. Er wollte nicht verreisen, aber er liebte den Geruch nach Leder. Sein Vater war Unterförster im Chablais gewesen; ein stiller schwerer Mann, der immer eine Lederjacke trug. Gunten hatte ihn als Bub oft in den Wald begleitet; wortlose Streifzüge bis ins Schilf. Am Wasser hatte Vater immer gesagt: Die Sehnsucht der Menschen zerstört die Landschaft, Bub, statt daß er sie damit schützt.

Gunten entschuldigte sich: Er wollte nichts kaufen und niemandem im Weg stehen. Den jungen Benz suche ich, sagte er.

Soll das ein Witz sein?

Der Verkäufer war jünger als der junge Benz, höchst ungeeignet für die Kleiderabteilung, fand Gunten: Die Jacke hing an ihm wie an einem Holzbügel, das blonde Schnäuzchen war wie hingepinselt auf das blasse Gesicht.

Nein, sagte Gunten, das ist kein Witz. Er wird sich freuen, wenn er sieht, was ich ihm bringe. Wo kann ich ihn finden?

Der Jüngling sah ihn in maßlosem Erstaunen an, fingerte an seinem Schildchen am Revers, auf dem sein Name stand: A. Hilten. Sie werden ihn nicht mehr finden, sagte er in griesgrämiger Schadenfreude, die Gunten so verdutzte und erschreckte, daß er einen Schritt zurücktrat.

Und warum? Hat man ihm die Stelle gekündigt?

Der junge Hilten grinste. Lesen Sie denn keine Zeitungen?
Gunten war einen Augenblick verlegen. Nein, ich lese keine Zeitungen.
Der Benz ist tot, sagte der Jüngling.
Gunten hatte plötzlich wieder dieses ungute Gefühl im Magen. Aber er war doch gesund! sagte er.
Trotzdem ist er tot.
Gunten trat einen Schritt näher, als müßte er sich an dem Jüngling festhalten. Wurde er mit bloßen Händen erschlagen, erwürgt und im See ersäuft?
Der Jüngling bekam zuerst den Mund wieder nicht zu. Woher wissen Sie das – wenn Sie doch keine Zeitungen lesen?! Und was wollten Sie ihm überhaupt bringen?
Ein Geheimnis, unser beider Geheimnis, sagte Gunten und ließ den Jüngling, wie in die Jacke gehängt, stehen. Am Tisch mit Parfüms und Mitteln zur Körperpflege wurde ihm übel; rücksichtslos, auch weil ihm die Ungeheuerlichkeit jetzt ganz bewußt wurde, trieb er die Leute mit den Ellenbogen zur Seite. Im Freien, an die Glastür gelehnt, beruhigte er sich durch langsames Atmen. Die Luft war von milder Wärme; Gunten empfand es wie Hohn. Unter den Arkaden trödelten Spaziergänger, vom Berntor bimmelte es ein Viertel nach zehn, an einem Fenster schüttelte eine Frau einen Türvorleger aus, auf den Dächern sonnten sich Tauben.
Jetzt mußte er in der «Eintracht» einen Schnaps trinken.

5

Setz dich! sagte Jean. Oder willst du in deinem Alter noch wachsen? Er saß alleine am Tisch, ein Bier vor sich, und aß eine Neuenburgerwurst mit Brot.

Gunten zögerte und schnaufte durch die Nase; er aß selber auch gerne Neuenburgerwürste, aber sein Magen vertrug sie nicht.

Jean schob ihm mit dem Fuß einen Stuhl zu.

Hinter dem Holzgitter, an dem Topfpflanzen welkten und das die Gaststube vom Hinterzimmer trennte, saß die Wirtin und strickte; zwei alte Männer tranken Weißwein und schwiegen sich an. Der Boden war aus Holz wie die Decke, die Tische mit braun-grün gewürfelten Tüchern gedeckt, die Wände mit Tapeten in Blumenmustern beklebt.

Gunten gefiel die «Eintracht»: sie erinnerte ihn an die Wohnstube seines Elternhauses. Er setzte sich Jean gegenüber, unter den kolorierten Stich einer Jungfer in Fribourgertracht. Er winkte ab, als ihm die Wirtin wie üblich einen Zweier Vully bringen wollte, und deutete mit Daumen und Zeigefinger an: einen großen Pomme.

Du siehst immer noch mies aus, sagte Jean und schnitt ein großes Stück Wurst ab.

Gunten wandte sich angewidert ab.

Die Wirtin brachte den Schnaps; sie war klein und mager, ihr Mund schmal und ohne ein Lächeln.

Gunten trank das Glas zur Hälfte leer. Ich komme gerade vom «Louvre» sagte er.

Paris? fragte Jean und grinste. Der Weltreisende reist wohl wieder!
Mach keine Witze, du weißt, welchen «Louvre» ich meine!
Jean kaute gelassen. Gunten spürte, wie der Schnaps ihm den Magen und die Brust wärmte und in den Schultern zerrte. Was ist mit dem jungen Benz passiert? fragte er.
Jean legte das Besteck hin und lehnte sich zurück. Liest du denn keine Zeitungen?
Das hat mich heute schon einer gefragt. Nein, ich lese keine Zeitungen mehr, und außerdem bin ich seit drei Tagen nicht mehr aus dem Haus gekommen.
Was hast du im «Louvre» gewollt?
Was will man schon in einem Warenhaus? Einkaufen.
Jean warf einen kurzen Blick auf Guntens Einkaufstasche.
Dann weißt du wohl auch, was mit dem jungen Benz passiert ist, neugierig wie du bist.
Man hat ihn ermordet!
Genau! Jean lachte gemütlich, schob mit der Gabel die Wurstzipfel hin und her, seufzte und aß sie schließlich. Der Weiss hat ihn erschlagen, am See. Keine hundert Schritte von deinem Haus entfernt. Zwischen halb sieben und sieben, am Samstagabend. Der Koch vom «Bad Muntelier» hat ihn am Sonntagmorgen gefunden. Jean wischte sich zufrieden den Mund mit einer Papierserviette ab.
Gunten schwieg und sah Jean abwartend an.
Das scheint dich nicht zu überraschen?
Gunten hob leicht die Schultern.
Jean knüllte die Serviette zu einer Kugel und warf sie auf den Teller.

Er ist enttäuscht, der pensionsberechtigte Beamte, daß ich ihn nicht ausfrage, dachte Gunten. Er bildet sich etwas darauf ein, daß er die Hotelanmeldungen kontrollieren darf. Nun, erzähl schon, Fahnder! sagte er gutmütig.

Jean lehnte sich wieder zurück, ließ Gunten einen Halben Vully bestellen. Schon am Sonntagabend haben wir ihn verhaftet, sagte Jean, verschränkte die Arme, ließ die Wirtin die Gläser einschenken und den Teller abräumen. Zu dritt haben wir ihn erwartet, vor seinem Haus in der Längmatt. Er ist mit seiner Familie am Thunersee gewesen. Als wäre überhaupt nichts passiert! Wir haben hier drei Seen in der Nähe. Und schönere. Er hat nichts gewußt, vom Mord, hat er gesagt und alles abgeleugnet. Aber dann hat er sich widerstandslos abführen lassen. Das wird Konsequenzen haben! hat er noch gesagt. Es hat Konsequenzen: für ihn! Jean lachte durch die Nase. Seine Tochter hat uns beschimpft, und seine Frau ist hysterisch geworden. Aber am Montag hat sie das Geschäft geöffnet – und am Nachmittag dann geschlossen. Es ist immer noch zu. Das ist... pietätvoller.

Jean schwieg, als er bemerkte, daß Gunten das Kinn auf der Brust hielt, als wäre er eingenickt. Du weißt wohl schon alles?

Ich höre dir aufmerksam zu.

Dann zeig es auch! Jean stellte das Glas so hart zurück, daß Gunten Angst hatte, es würde zerbrechen, dann lachte er grimmig. Er war schon überführt. Nur hat er es nicht gewußt! Wir haben ihn ein wenig zappeln lassen, den großen Geschäftsmann! Familienausflug an den Thunersee! Das spricht vielleicht für ihn, hat er gedacht, aber es zeigt nur seine Kaltblütig-

keit. Wir haben ihm den Knopf vorgelegt, sein Alibi zerpflückt und ihm sein Motiv vorgehalten. Aber gestanden hat er nicht. Noch nicht.
Einen Knopf? fragte Gunten und blinzelte mit dem gesunden Auge.
Genau: einen Knopf! Die Spurensicherung hat schnell und zuverlässig gearbeitet. Das hat auch der «Murten-Bieter» gelobt. Dabei hat es vom Samstag auf den Sonntag gestürmt und geschüttet.
Ich weiß, sagte Gunten, ich lag die halbe Nacht wach.
Mit den Fußspuren konnten wir nichts anfangen.
Aber mit dem Knopf, sagte Gunten.
Genau, der lag beim toten Benz! Ein Knopf von Weiss' Jacke. Das steht alles im «Murten-Bieter». Aber der Koch ist herumgetrampelt, als er sich um den Benz kümmern wollte. Er hat gedacht, der Benz sei gestürzt. Aber sein Fahrrad lehnte am Lattenzaun auf dem Parkplatz des «Bad Muntelier». Er wollte ein wenig Luft schnappen, hat er gesagt, der Koch – aber wo war ich stehengeblieben?
Beim Knopf.
Der paßte an Weiss' Jacke. Und die Jacke paßte zu seiner Hose. Wir haben beides im Badezimmer in einem Wäschekorb gefunden, verdreckt und durchnäßt.
Ein dunkelblauer Anzug, kariert? fragte Gunten.
Genau, ein dunkelblauer Anzug! Woher weißt du das? Davon stand nichts in der Zeitung. Jean kniff die Augen zu, beugte sich plötzlich vor und stieß das Glas um, das Gunten eben eingeschenkt hatte. Du liest doch keine Zeitungen!
Jetzt erzähl erst einmal, beschwichtigte Gunten, dann lachte er gutmütig und rief nach der Wirtin. Während

sie mit dem Gläsertuch das Tischtuch trocknete, schwiegen sie.
Jean musterte Gunten mißtrauisch, als er ihm wieder einschenkte.
Schade um den Wein, sagte Gunten, aber du bist heute mein Gast. Du warst beim Anzug!
Die Jacke war an der rechten Seitentasche aufgerissen, auch am Revers, und zwei Knöpfe fehlten.
Zwei? Ihr habt doch nur einen gefunden!
Der junge Benz muß sich gewehrt haben, fuhr Jean ungerührt fort. Der Weiss hatte Kratzspuren im Gesicht und an den Händen, überm linken Auge eine Schramme. Die Auseinandersetzung mit dem jungen Benz, im Garten des «Bain», habe ihn so aufgeregt, daß er bis Mitternacht herumgelaufen sei, sagt er, bei Wind und Regen, dem See entlang bis Sugiez. Im Chablais habe er sich dann verlaufen, und hingefallen sei er auch einmal. Da habe er sich wohl die Kratzer und die Schramme geholt, in einem Brombeergestrüpp, die Jacke aufgerissen und die Knöpfe verloren.
Das kann gut möglich sein, meinte Gunten nachdenklich.
Wie soll sich einer auf dem schnurgeraden Weg im Chablais verlaufen? In Sugiez, im «Croix-Blanche», habe er ein Glas Wein getrunken. Fast einen Liter hat er zwischen neun und zehn Uhr getrunken! Das bestätigen auch der Wirt und die paar Gäste, obwohl sie alle nicht mehr ganz nüchtern waren. Da war der junge Benz schon gut drei Stunden tot, und die Knöpfe lagen nicht im Chablais, sondern bei ihm.
Ein Knopf! berichtigte Gunten.
Genau. Und jetzt sagt er, vielleicht habe er sich die Jacke, bei der handfesten Auseinandersetzung mit

dem Benz im Garten des «Bain», aufgerissen. Und dort auch die Schramme abbekommen.
Sagt er das?
Das sagt er. Aber der Knopf lag beim toten Benz und nicht im Vorgarten des «Bain». Merkwürdig, nicht?
Sehr merkwürdig, bestätigte Gunten gleichmütig.
Von diesem Augenblick an wollte er sich an nichts mehr erinnern.
Er war ja auch ziemlich betrunken, warf Gunten ein.
Jean lehnte sich mit dem Glas in der Hand zurück. Ein klarer Fall, sagte er. Eifersucht. Und ein Alibi hat er nicht. Er ist am See gewesen, das hat er zugegeben. Totschlag im Affekt. Da wird er mit zehn Jahren davonkommen.

6

Jean drehte das leere Glas zwischen Daumen und Zeigefinger. Nun, was sagst du dazu? fragte er.
Gunten rieb sich das Kinn. Ihr habt schnell gearbeitet. Aber wie konntet ihr wissen, daß der Knopf zu Weiss' Jacke gehörte?
Jean betrachtete das leere Glas. Na ja, da hat uns ein Anrufer geholfen. Anonym. Nach den Mittagsnachrichten am Sonntag. Wir sollten uns doch einmal den Weiss vornehmen, der habe am Samstag eine Auseinandersetzung mit dem Benz gehabt, eine sehr handfeste, hat er gesagt und aufgehängt. Jean schob Gunten das Glas hin. Wir müssen auch solchen Hinweisen nachgehen, so ekelhaft sie sind. Man könnte uns Vorwürfe machen!

Gunten wedelte mit der Hand.
Laß das! sagte Jean ärgerlich und verlegen. Schenk mir lieber ein!
Gunten goß ihm das Glas voll und grinste. Ich habe die Auseinandersetzung im Garten des «Bain» mitbekommen, sagte er. Ich war auf der Toilette. Die Galle – wegen der Butter in dem Kipfel. Das Fenster stand offen, und da wurde ich Zeuge.
Du hast alles gesehen?
Mir war hundeelend.
Aber du hast bemerkt, was für einen Anzug der Weiss trägt!
Ein kräftiger Mann, und der junge Benz daneben –
Den Anzug, den er getragen hat, als er den Benz erschlagen hat! sagte Jean und stieß Gunten den Zeigefinger in den Magen. Du könntest als Zeuge aussagen, müßtest vielleicht!
Mir wäre es lieber, ich müßte nicht. Vielleicht gibt es noch andere Zeugen.
Was willst du damit sagen?
Gunten wedelte wieder mit der Hand. Was ist mit dem anonymen Anrufer?
Jean hob die schweren Schultern. Dieser Punkt ist noch ungeklärt. Die andern haben wir... abgehakt. Nun hat der Untersuchungsrichter das Sagen, der Staatsanwalt. Der Weiss sitzt schon in Fribourg, in Untersuchungshaft.
Ich hätte auch anrufen können, sagte Gunten.
Du? Jean war zuerst verdutzt, dann lachte er gemütlich und sah sich um.
Drei junge Burschen knobelten einen halben Liter Vully aus, die Wirtin machte sich gelassen ein Schinkenbrot; als eine ältere Frau das Wochenrätsel im

«Murten-Bieter» lösen wollte, zündete sie eine Lampe über ihrem Tisch an.

Du doch nicht! sagte Jean. Deine leidende Stimme hätte man erkannt.

Ich hätte auch keinen Grund dazu gehabt.

Das stimmt auch wieder.

Vielleicht hat der Anrufer gelispelt? fragte Gunten. Oder er ist heiser gewesen, erkältet, er hat gehustet oder genäselt... irgend etwas in seiner Stimme müßte ihn doch verraten haben.

Jean hob wieder die Schultern, kratzte sich mit dem kleinen Finger im Ohr, wischte ihn an der Hose ab und blickte Gunten unsicher und verlegen an. Ich bin nicht am Telefon gewesen. Und vielleicht hat er seine Stimme verstellt.

Man könnte ja 'mal fragen!

Es gibt noch andere Zeugen: den Wirt, Anne und ein paar Gäste –

Die haben die Auseinandersetzung gesehen, lieber Jean, sie haben aber nicht gehört, was der Weiss zum jungen Benz gesagt hat!

Jean nahm einen Schluck Wein, schmatzte unzufrieden, als sei der Wein plötzlich sauer geworden.

Mir scheint, der Fall liegt zu einfach, sagte Gunten.

Liebesaffären sind immer einfach!

Meinst du? fragte Gunten; er war plötzlich verlegen: er dachte an Claire und an Martha.

Jean leerte das Glas in einem Zug. Das Motiv liegt auf der Hand, und er hat kein Alibi!

Und wo ist die Mordwaffe?

Der Gerichtsarzt sagt, daß der Benz mit einem stumpfen Gegenstand erschlagen worden sei. Mit einem Holzscheit oder einem Knüppel. Den Verletzungen

nach. Sollen wir das ganze Seeufer danach absuchen? Erstens liegt so was massenweise herum.
Ich weiß: ich feure meinen Ofen damit.
Zweitens hat der Föhn in der Nacht vom Samstag auf den Sonntag den See umgepflügt und alles, was schwimmt, zum Chablais getrieben.
Das ist Pech, sagte Gunten und erinnerte sich, wie er in dieser Nacht gelitten hatte. Dann fiel ihm der kräftige Kerl ein, der nach Mitternacht auf dem Uferweg an seinem Haus vorbeigelaufen war. Und der war vom Chablais gekommen! Gunten erschrak, und seine Hand zitterte leicht, als er das Glas hob.
Fühlst du dich noch immer nicht wohl? fragte Jean. Du solltest vielleicht nicht soviel Weißen trinken!
Den Wein brauche ich zum Überleben.
Und den Fernet für die Gesundheit, ich weiß!
Genau!
Jean warf Gunten einen bösen Blick zu. Irgend etwas verschweigst du mir! Ich kenne dich doch! Wir haben den Benz knapp hundert Schritte von deinem Haus entfernt gefunden. Sein Fahrrad auf dem Parkplatz beim «Bad Muntelier». Er muß dem See entlang gefahren sein, was zwar verboten ist. Er hat das Fahrrad beim Zaun abgestellt und ist in Richtung deines Hauses gelaufen.
Gunten schwieg, die Hände auf den Knien.
Warum ist er in Richtung Untersee gelaufen? Sein Zimmer liegt doch auf der anderen Seite der Ryf, dem «Bad Muntelier» schräg gegenüber!
Vielleicht wollte er spazierengehen?
Bei diesem Föhnsturm!
Du wirst dich doch erinnern, was man alles tut, wenn man verliebt ist!

Hundert Schritte von deinem Haus entfernt!
Bei Tasmanien, ungefähr: die kleine, bewachsene Insel bei der Fischerhütte. Ich nenne sie nach der Insel vor Australien. Ich könnte sie dir auf der Karte zeigen.
Ach so! unterbrach ihn Jean. Und du hast nichts bemerkt, in jener Nacht?
Ich war mit mir beschäftigt: ich war krank.
Jean winkte ungeduldig ab. Wollte der Benz vielleicht zu dir?
Das ungute Gefühl im Magen war so stark, daß Gunten fürchtete, ihm würde schlecht. Wieso sollte er zu mir kommen? Ich kannte ihn kaum. Er hat mir einmal einen Mantel verkauft.
Und gesehen hast du nichts? Du bist doch zu Hause gewesen!
Gunten wollte sich mit einem Schluck Wein beruhigen, aber seine Hände zitterten, so daß er es ließ. Mir war hundeelend. Du hast mich ja am Samstagnachmittag gesehen, im «Bain».
Wir haben bei dir geklopft, Gunten, am Sonntagmorgen. Du hast nicht aufgemacht.
Dann bin ich im Bad gewesen. Oder ich bin eingeschlafen, im Schaukelstuhl.
Der war leer. Du hast die Rolladen nicht heruntergelassen.
Ich lasse sie immer offen. Vielleicht lag ich im Bett. Oder ich ging für eine Stunde an die frische Luft.
Du solltest eine Klingel montieren lassen!
Ihr hättet lauter klopfen können, oder eben wiederkommen.
Das hätten wir auch getan, wenn es nötig gewesen wäre.
Du hast mir alles nur erzählt, um mich aushorchen zu

können! sagte Gunten beleidigt. Jean lachte gemütlich und kratzte sich wieder im Ohr. Und du wolltest wohl *mich* ausfragen, was?
Solange ein Mensch noch neugierig ist, stirbt er nicht, sagte Gunten. Und jetzt muß ich etwas essen. Mein Magen ist so leer wir unsere Gläser. Komm, ich lade dich in der «Ringmauer» zum Essen ein. Was hältst du von einer Erbsensuppe mit einem kräftigen Schweinsfuß?

7

Jean, du bist ein Banause! sagte Gunten und legte ihm die Hand auf die Schulter.
Ich kann nun mal mit Kunst nichts anfangen. Jedenfalls mit der Kunst nicht, die in der «Ringmauer» hängt. Und dann wolltest du mich zum Essen einladen, und nicht mit mir über Kunst reden!
Darum kannst du auch nicht so leben, wie du möchtest, sagte Gunten, ohne Vorwurf.
Was weißt du schon von meinem Leben! Jean lief, ohne sich umzusehen, auf die Hauptgasse und scheuchte ein paar Tauben auf.
Gunten stellte sich Jean an der Seite seiner Frau vor, zwischen den Regalen mit Delikatessen: wie sie Rechnungen abhakte und die Tageseinnahmen zählte, während er Dosen auftürmte; wie sie behäbig stolz neben ihm im Seehotel «Schiff» saß und aufzählte, wer von den Gästen zu ihren Kunden gehörte. Vor der Freiburger Staatsbank blieb Jean stehen und studierte die Wechselkurse. Der Franken steht gut, sagte er zufrie-

den. Gunten verkniff sich eine Bemerkung, lächelte bloß, und da wurden sie von zwei jungen Burschen in Jeans und Lederjacken angerempelt. Lümmel! rief Jean den beiden nach. Ihr habt wohl noch nie davon gehört, daß man sich entschuldigt! Die Burschen gingen unbekümmert weiter.

Willst du verreisen, daß du die Wechselkurse studierst? fragte Gunten.

Vielleicht, aber erst werden wir diesen Lümmeln das Handwerk legen!

Gibt's nicht auch alte Lümmel?

Jean sah Gunten mißmutig von der Seite an. Ich würde mich nicht wundern, wenn die beiden zu der Bande gehörten, die die Wochenendhäuser am See unsicher machen, sagte er.

Bei mir ist nichts zu holen.

Du hältst die Fenster ja offen wie ein Warenhaus.

Ich habe nichts zu verbergen.

Jean kniff die Augen zusammen. Wir bekommen die Probleme der Großstadt, meinte er eher gewichtig als besorgt.

Gunten lächelte. Sie mußten einem Lieferwagen ausweichen und standen eine Weile, wie übergossen von blühenden Geranien, zwischen gegerbten Schaffellen, die an Holzgestellen hingen.

Wenn dir einmal am See etwas auffallen sollte, Gunten, Typen wie eben diese zwei...!

Gunten nickte. Heute morgen sah ich in der Schalgasse, wie ein Metzger ein Schaf zum Schlachten führte, sagte er, am Strick und geschoren.

Die besten tötet man, wenn sie noch Wolle haben, sagte Jean.

Genau, das ist wie beim Erben!

Jean lachte laut auf. Das ist gut: wie beim Erben!
Sie überquerten die Schulgasse. Im Gärtchen der «Ringmauer» standen noch Stühle und Tische, Oleander in Kübeln als Abschrankung zur Gasse; zwei Spengler trugen T-Schienen zu einem Lastwagen, der im Parkverbot stand. Beim Benz gab's auch nichts zu holen, sagte Jean unter der Tür.
Wie kommst du jetzt auf den jungen Benz?
Es wäre doch auch ein Motiv gewesen, oder nicht?

Magst du nicht mehr? fragte Jean und sah auf Guntens Teller. Kleinfingergroße Fleischstücke hingen noch am Knochen, während Jean seinen Schweinsfuß im Teller drehen konnte, wie er wollte: er blieb blank.
Ich bin satt.
Jean nahm einen Schluck Bier, rülpste ungeniert, wie er es wohl am Tisch seiner Frau nie getan hätte, wischte sich den Mund an der Serviette ab.
Sie saßen allein im Speisesaal, in dem sich im Sommer die Touristen drängten, ein wenig versteckt hinter Topfpflanzen und Gipsfiguren mit faustgroßen Köpfen, dicken Bäuchen und dünnen Gelenken an Drähten. Jean betrachtete sie abfällig und hochmütig, faltete die Hände überm Bauch und rülpste wieder. Er richtete sich auf, als er Guntens Grinsen bemerkte, und sah an ihm vorbei zu den blanken Holztischen in der Gaststube, wo die zwei Spengler, die ihren Wagen im Parkverbot stehen hatten, Kaffee-Pomme tranken.
Jean nahm wieder das Besteck auf.
Laß endlich den Knochen liegen, sagte Gunten, da ist nichts mehr dran!
Aber an deinem! Jean zog Guntens Teller zu sich herüber. Ich staune trotzdem über deinen Appetit, wo

du doch krank gewesen bist. Und über deinen Durst! fügte er hinzu, als Gunten mit ausgestreckten Fingern zwei Bier bestellte.
Ich fühle mich heute ganz wohl, sagte Gunten. Nur wenn ich an den jungen Benz denke, macht es mir Kummer.
Der Benz ist tot, und Angehörige hat er keine mehr gehabt: seine Mutter ist letzten Herbst gestorben. Jeans bedauernder Unterton galt eher dem Knochen in seinem Teller, der nun auch blank war.
Du bist ein herzloser Mensch!
Das Leben geht weiter. Wenn ich jeden Fall persönlich nehmen würde, wäre mir längst der Appetit vergangen.
Die Wirtin brachte das Bier.
Willst du mich abfüllen? fragte Jean.
Wieso? Zu diesem Essen paßt Bier am besten.
Jean musterte seinen früheren Arbeitskollegen mißtrauisch, während er mit Brot den Rest Erbsensuppe auftunkte. Ich lasse mich nicht aushorchen.
Du wiederholst dich, mein Lieber.
Sie schwiegen, als die Wirtin den Kaffee-Pomme brachte und die Teller abräumte. Sie rührten den Kaffee um und schwiegen, wie sie während des Essens geschwiegen hatten.
Gunten dachte, daß es Jean wohl auch gewöhnt war, am Tisch seiner Frau zu schweigen, erdrückt von ihren Erfolgen und den Neuheiten ihrer Kundschaft. Er sah sich selber bei seinen Mahlzeiten am Eichentisch, als Gegenüber auf dem zweiten Stuhl Cornichon, in hungriger Aufmerksamkeit und geduldig für seine Geschichten, die er nach dem Abwaschen dann in seine gelben Hefte schrieb. Wenn Claire mit am Tisch saß,

was immer seltener geschah, und die Katze zu seinen Füßen, schwieg er, wie Jean wohl neben seiner Frau schwieg: Es war ja alles schon wiederholt gesagt. Die Sanftheit des blauen Himmels, eine leichte Brise, die ein Glitzern in den See zauberte, das leise Rollen der Kiesel am Ufer im Wellengang weckten in ihm die Sehnsucht, sich in einer Umarmung mitzuteilen, auf den Mont Vully zu steigen, ins Seeland hinunterzuschauen und sich miteinbezogen zu fühlen. Aber Claire erzählte von den Sommergästen im Restaurant «Mont Vully», und sie mißverstanden sich einmal mehr.

Gunten rührte noch immer in seinem Kaffee. Er sah den jungen Benz unterm Geäst des Birnenspaliers sitzen und seiner Geliebten von seiner Sehnsucht erzählen...

Hör endlich auf mit der blödsinnigen Rührerei, sagte Jean, der Kaffee ist längst kalt!

Entschuldige! Gunten leckte den Löffel ab und nahm einen kleinen Schluck. Gib mir eine Zigarette, bitte! sagte er.

Du rauchst doch nicht mehr!

Ich habe eben wieder damit angefangen.

Fehlt dir etwas?

Ich habe in mich hineingehorcht.

Und, was hast du gefunden? Die kranke Galle?

Nein, ich fand, was ich verpaßt habe und was man einem anderen genommen hat, bevor er die Möglichkeit hatte, es zu verpassen, oder auszuleben.

Das verstehe ich nicht, sagte Jean nachdenklich.

8

Mit der Rechnung ließ Gunten einen Fernet kommen. Jean hatte die Jacke abgelegt, zwei Hemdenknöpfe geöffnet, er hielt die Augen halb geschlossen, und sein hämisches Lächeln war ihm wie ins Gesicht geschnitten. Gunten erinnerte sich, wie maßlos er sich über dieses Lächeln geärgert hatte, wenn Jean, der jüngere, von der Kundschaft, der sie einen Rolladen repariert hatten, das Trinkgeld bekam. Damals hatte er sich versprochen, es ihm eines Tages zurückzuzahlen.
Gunten rundete die Rechnung auf, nahm dann eine Zigarette von Jean; der sah nicht einmal auf, er schien zu dösen. Gunten sagte sich, daß er wohl froh war, ihn als Gegenüber zu haben und nicht seine Frau, die ihn wachhielt mit ihren Geschichten, dazu Haltung verlangte.
Er ist jünger als ich, dachte Gunten, aber seine Unbeweglichkeit läßt ihn eines Morgens als alten Mann aufwachen. Und wenn er es merkt, wird er boshaft werden und seine Umwelt für das büßen lassen, was er verpaßt hat; oder er nimmt sich eine junge Frau. Vielleicht ist er aus Unzufriedenheit so verfressen. Andere saufen oder machen täglich zehn Kilometer Dauerlauf. Er ist bloß satt, nie zufrieden.
Worüber denkst du nach? fragte Jean. Und wieso grinst du vor dich hin?
Ich habe gedacht, wenn ein Mensch satt und zufrieden ist, stört ihn auch das nicht mehr, was ihn sonst ärgert, und man kann mit ihm darüber reden.

Was sollte mich stören?
Nichts, Jean, sagte Gunten begütigend, der Mordfall ist so gut wie geklärt. Du bist satt. Es ist ein paar Minuten nach zwei, und du hast den Nachmittag vor dir. Die jungen Lümmel, die die Wochenendhäuser unsicher machen, werdet ihr auch bald gefaßt haben.
Jean grinste und richtete sich ein wenig auf.
Du hast ein schönes Zuhause, deine Kinder sind erwachsen, und ihr habt eure verdiente Ruhe. Ihr könntet etwas Neues anfangen.
In meinem Alter fängt man nichts Neues mehr an!
Du könntest dich für Kunst interessieren. Alle paar Wochen haben sie hier eine neue Ausstellung!
Was soll das Geschwätz, Gunten? Hab' ich dir nicht gesagt, ich interessiere mich nicht für Kunst?
Gunten schwieg, lächelte und sah sich herausfordernd um.
Das ist doch keine Kunst, sagte Jean abfällig, das sind... technische Zeichnungen. Aber Technik ist wieder etwas anderes. Das sollte ich wohl wissen!
Genau! Du interessierst dich für Technik. Gunten legte mit einem kurzen Räuspern den Kassettenrekorder in die Mitte des Tisches.
Was ist denn das? fragte Jean; er öffnete die Augen so weit, daß es ihm die Tränensäcke anhob.
Ein Mikrokassettenrekorder MC 60, Marke Sony.
Jeans Gesicht schien plötzlich schmaler. Er hielt das Gerät mit Daumen und Zeigefinger hoch. Genau! sagte er.
Er ist zu eitel, um eine Brille zu tragen, dachte Gunten, aber wenn einer noch eitel ist, dann ist er nicht verloren.
Damit kannst du jedes Gespräch aufnehmen, das im

Umkreis von zehn Metern geführt wird, sagte Jean. Jedes Geräusch. Er drehte an den winzigen Knöpfen, dann sah er Gunten abwartend an, wie Cornichon es tat, wenn sie darauf wartete, daß er ihr die Vogelfedern zuwarf, die er am Seeufer gefunden hatte.
Ich komme leider nicht damit zurecht, sagte Gunten und lächelte hilflos, meine klobigen Hände.
Seit wann kaufst du dir so 'was? Willst du Vogelstimmen am See aufnehmen?
Gunten schwieg. Jean lachte gemütlich, dann hielt er Gunten das Gerät vor die Brust. Also: wo hast du es her?
Gefunden. Am Seeufer. Beim «Bain». Es lag bei einem Gebüsch im Sand.
Das könnte einer der jungen Lümmel weggeworfen haben, das Ding ist nämlich defekt.
Du meinst, es stammt aus einem der Einbrüche?
Jean nickte bloß.
Gunten unterdrückte sein Lächeln, süffelte an seinem Fernet und steckte das Gerät in die Jackentasche. Vielleicht hat es aber einer nur verloren.
Du wirst es abgeben müssen, Gunten. Und wir werden die Listen der Bestohlenen durchgehen. Jean streckte die Hand aus.
Ich möchte es reparieren lassen.
Ach nein? Dann ist es nicht nur Fundunterschlagung, sondern auch noch Einbruch in die Intimsphäre Dritter.
Wieso? fragte Gunten unschuldig.
Es ist ein Band eingelegt.
Tatsächlich?
Für wie blöd hältst du mich?
Gunten lachte, und als Jean wütend die leere Kaffee-

tasse zur Seite schob, klopfte er ihm freundschaftlich auf die Schulter.
Laß das, ich mag das nicht!
Ich werd's abgeben, versprach Gunten.
Warum nicht gleich jetzt?
Vielleicht habe ich meine Gründe. Und dann will ich noch ins «Bain» gehen, auf dem Heimweg.
Hast du heute nicht schon genug gehabt? Denk an deine Galle!
Jean forschte Guntens Gesicht aus; aber Gunten sah rosig aus, wie früher, ein wenig müde schien er, seine Augen glänzten, und am Kinn schwitzte er. Sein Lächeln gefiel Jean nicht, es hatte ihm noch nie gefallen.
Ich bin ein ehrlicher Mensch, sagte Gunten, sonst hätte ich dir doch nicht erzählt, daß ich das Gerät gefunden habe.
Das stimmt, sagte Jean und schien zufrieden, daß ihm dieser Tag unbelastet blieb.
Trinkst du noch einen Kaffee-Pomme?
Jean sah zum Buffet, und als er Guntens Blick bemerkte, wiegte er eher zögernd als ablehnend den Kopf. Einen allerletzten, gut!
Gunten bestellte. Ich glaube, ich weiß, wer den Rekorder verloren hat, sagte er.
Weißt du es, oder glaubst du es nur?
Ein Bekannter von mir, der mir ähnlich ist.
Du willst mich wohl zum Narren halten?
Er hat sicher keine Verwendung mehr dafür, sagte Gunten unbekümmert. Aber vielleicht jemand anderes. Eine gute Bekannte des Bekannten. Und der werde ich es bringen.
Bevor Jean wütend wurde, brachte die Serviertochter den Kaffee-Pomme. Ich warne dich, Gunten! sagte

Jean und gab drei Zuckerwürfel in den Kaffee. Ich weiß nicht, was du beabsichtigst, aber ich warne dich! Ich erinnere mich noch gut, wie du mit deinem Nachbar fischen gingst, vom Boot aus, ohne Lizenz!
Bei einem Freund darf man einmal ein Auge zudrükken!
Jean schnupperte erst am Glas, bevor er einen Schluck nahm. Als er auch den Kaffee probiert hatte, sagte er: Ich würde zu Weiss gehen, ins Fachgeschäft, wenn du das Ding reparieren lassen willst.
Der Weiss sitzt doch in Fribourg in Untersuchungshaft, Jean! sagte Gunten vorwurfsvoll. Und seine Frau hält das Geschäft geschlossen.
Genau! Jean kratzte sich etwas verlegen im Ohr. Dann würde ich zu Hilten in der Rathausgasse gehen. Du kommst ja daran vorbei, wenn du noch ins «Bain» willst.
Gunten sah Jean nachdenklich an. Hat Hilten einen Sohn?
Einer taugt nichts, und der andere ist Verkäufer im «Louvre».
Erster Verkäufer jetzt, in der Herrenmodeabteilung, sagte Gunten.
Wieso weißt du das?
Ich war heute morgen im «Louvre», das sagte ich dir doch! Ich habe nach einer Jacke gesucht. Die Verkäufer tragen neuerdings Namensschilder – wie in der Großstadt. Und du meinst, Hilten kann das Gerät reparieren?
Jean lachte vor sich hin, aber er nickte; er lachte noch, als die Serviertochter kam und Gunten den Kaffee-Pomme bezahlte. Probieren kannst du es einmal, sagte er, erhob sich, streckte die Arme, während er ein wenig

in die Knie ging, wie ein Gewichtsheber, knöpfte sich das Hemd zu und nahm die Jacke vom Stuhl. Das Essen hat ausgezeichnet geschmeckt, Gunten. Ich danke dir. Aber jetzt brauche ich etwas Bewegung.
Gunten folgte Jean ärgerlich verdutzt; er kam sich wie ein Anhängsel vor. Unter der Tür hielt er Jean am Ärmel zurück. Hilten hätte auch ein Motiv gehabt, den jungen Benz umzubringen, sagte er. Er ist jetzt erster Verkäufer!
Erst war Jean verdutzt, dann lachte er schallend. Das ist doch nicht dein Ernst! Er gab Gunten einen leichten Schubs zur Straße.
Es sind schon Menschen aus nichtigeren Motiven umgebracht worden!
Aber der junge Hilten ist ein Feigling, wie sein Vater!

9

Der Himmel leuchtete tiefblau in die Gassen, das Sonnenlicht war wie auf die Häuser gepinselt.
Der Föhn bricht zusammen, sagte Jean und betrachtete nachsichtig den Fiat, der nun anstelle des Lieferwagens im Parkverbot stand.
Ihr werdet mir doch keinen Strafzettel anstecken, sagte Gunten, ich lasse den Wagen stehen.
Jean blieb nachsichtig.
Warum hast du am Tisch dauernd vor dich hingelacht? fragte Gunten.
Ich habe an Hilten denken müssen. Der wird sich freuen, daß der Weiss in Untersuchungshaft sitzt und sein Geschäft geschlossen hat.
Wieso?

Vor fünfzehn Jahren waren sie einmal Partner. Hilten und Weiss. Als Weiss dann die Sekretärin heiratete, haben sie sich getrennt, auch Hilten machte ein eigenes Geschäft auf. Jean lachte laut auf. Hier die guten Radios. Dort die besseren Radios. Auf alle Geräte zehn Prozent. Auf alle Geräte zwanzig Prozent. Hier die besten Radios und so fort. Du verstehst, was ich meine? Ein Kampf bis aufs Messer!
Gunten blieb bei den Schaffellen stehen, die über Holzgestellen hingen. Und der Weiss hatte den längeren Atem? fragte er, wie übergossen von den Geranien über ihm, dann sah er zu Boden und schob mit dem Fuß welke Blätter und Blüten zu einem Häufchen, wehmütig plötzlich, und trotz seiner Müdigkeit unruhig.
Der Weiss hatte mehr Kapital, das heißt, seine Frau. Damals hat er auch angefangen, zweimal im Jahr die Weiss-Chilbi abzuhalten.
Alle Geräte zum halben Preis. Dazu Bratwürste vom Grill und Bier vom Faß. Das hat Hilten den Rest gegeben. Die ganze Stadt hat darüber gelacht.
Und wohl auch profitiert?
Genau! sagte Jean. Illegal ist so etwas ja nicht, oder? Wenn du es genau wissen willst, wie der Weiss seinen Konkurrenten fertiggemacht hat, kannst du es im «Murten-Bieter» nachlesen. Aber du liest ja keine Zeitungen!
Jean lachte abschätzig. Wie es jetzt in Hiltens Laden aussieht, weißt du ja. Ich bin neugierig, ob er überhaupt geöffnet hat. Seitdem der Laden nicht mehr rentiert, verdient er sich mit Gartenarbeit etwas dazu. Aber ich glaube, das eine rentiert so wenig wie das andere. Und doch hat er ein Haus in Galmiz! Jean

seufzte. Jetzt kann er seine Gesundheit schonen. Er trinkt zuviel, wie du, Kunststück, und er hat's auf der Lunge. Jean stieß Gunten den Zeigefinger in den Bauch. Und auf der Leber oder der Galle. Ich an deiner Stelle würde mich vorsehen, Gunten! Du schwitzt. Du verträgst doch nicht mehr soviel, wie ich gemeint habe.
Vielleicht der Föhn, sagte Gunten.
Sie bogen in die Hauptgasse. Gunten blieb bei den Pelzjacken an der Ecke stehen; er kniff, geblendet vom schräg einfallenden Sonnenlicht, die Augen ein wenig zu und sah nachdenklich in einen Zierstrauch, der die Blätter verlor.
Ich werde dem See entlang gehen, sagte Gunten, dann wird's mir wieder besser. Er tippte sich zum Gruß an die Stirn, ging über die Hauptgasse, ohne sich umzusehen. Jean blickte ihm überrascht nach, dann hob er leicht die Schultern an und seufzte.
Gunten ging ein paar Schritte in einer Gruppe älterer Frauen, die noch bunte Röcke trugen und die Mäntel am Arm. Seitlich einer Stützmauer, fast ganz verdeckt durch wilde Reben, sah er Jean in den «Louvre» hineingehen; er hatte sogleich wieder ein ungutes Gefühl im Magen. So ging er in die «Taverne» gegenüber vom Rathaus; er bestellte einen Fernet und ließ sich den «Murten-Bieter» mit dem Bericht über den Mordfall Benz geben.
Eine Aufnahme vom Seeufer, an dem man den toten Benz gefunden hatte, war im Bericht eingeschoben; zum Schluß wurde die rasche und umsichtige Arbeit der Polizei gelobt.
Mehr hatte Jean ihm auch nicht erzählen können, und er hätte es gewiß getan.

Er ist eben doch nur ein Fahnder, kein Kriminalbeamter, und den Bericht wird er mehrmals gelesen haben, obwohl er mit keinem Wort erwähnt wird, dachte Gunten; aber er lächelte nicht.

10

Die Rathausgasse war eine stille Gasse, mit Kopfsteinen gepflastert wie die Hauptgasse; die mittelalterlichen Häuser mit Geranien vor den Fenstern machten den Eindruck, als würden sie täglich in aller Herrgottsfrühe frisch getüncht.
Gunten hatte das Schloß Oberamt, aus unverputztem Stein aufgetürmt, in dem sich die Kantonspolizei eingenistet hatte, drohend im Rücken. Seewärts zog sich keine Stadtmauer hin, dafür Hotels, Wohnhäuser und Kleinbetriebe.
Hiltens Laden lag weniger als hundert Schritte vom Rathaus entfernt, kurz vor dem Hotel «Weißes Kreuz» und auf halbem Weg zur Französischen Kirche.
Gunten war kein frommer Mann, ein Katholik, der seine Kirchensteuer zahlte, aber seit seiner Rückkehr in die Schweiz war er nur einmal zur Kirche gegangen: Freunde seiner Schwester hatten ihr eine Messe lesen lassen.
Hiltens Laden wäre leicht zu übersehen gewesen, wenn nicht die rot-gelb-grünen Lämpchen über einer armlangen Schrift aus aufgeklebten Buchstaben geflimmert hätten: Radio-TV-Musikinstrumente, Video + Foto. Ankauf, Verkauf und Tausch. Im Wort Video hing das V wie eine herausgestreckte Zunge herab.

Im Schaufenster waren Geräte, Musikinstrumente und Fotoapparate scheinbar willkürlich angeordnet, wie es der schmale Raum eben zuließ, davor Armbanduhren in samtenen Etuis; jede zeigte eine andere Zeit an und stand still. Auf einer vergilbten Karte las Gunten: *Beim Kauf eines neuen Farbfernsehers eine Omega-Uhr gratis.* Über allem lag der Staub vom letzten Samstagnachmittag. Gunten fühlte sich gerührt.
Die Hand über den Augen spähte er in den Laden; es war eher ein schmaler Durchgang zwischen TV-, Radio-, Videogeräten und Musikinstrumenten. Als er zwei Schritte zurücktrat, sah er das Pappschild am Gummizapfen: *Geöffnet ab 16 Uhr.* Doch diesmal standen die blühenden Oleander links und rechts der Eingangstür.
Er konnte sich Hilten vorstellen: mittelgroß gewachsen, ein wenig gebückt, ohne unterwürfig zu sein, beflissen in seiner Aufmerksamkeit, und mit einem scheinbaren Lächeln – dabei hatte ihm die kranke Leber oder Galle die Oberlippe schmal nach unten gezogen; er schien deswegen nicht gewalttätig, nur hartnäckig, unendlich geduldig – und er machte es damit einem Käufer nicht eben leicht, sich zu entschließen.
Der Mann interessierte ihn, der diesen Kampf bis aufs Messer, wie Jean es genannt hatte, verloren hatte – und noch täglich aufs neue verlor.
Gunten ging den schmalen, gewundenen Weg zum See hinunter. Hinter Ziegeldächern, mit Schornsteinen wie kleine Schlösser, lag der See als schillernde Haut. Zwischen den kleinen, steilen Gärten und den geduckten Häusern lag der Geruch nach Fäulnis und Küche; Gunten beeilte sich, zum See zu kommen.

Die Bäume im Chablais schienen durchsichtig in ihrer Kahlheit; Gunten roch das Laub und den See, das modernde Schilf, und er erinnerte sich an die Spaziergänge mit seinem Vater. Er sah sich an Vaters Seite, frühmorgens im sonnenaufgelichteten Chablais, nach Sugiez wandern, in der Dämmerung wieder heimwärts; der Vater schwankte leicht, aber es war ein schnurgerader Weg, eine Gasse eher im Wald – und verlaufen, wie es der Weiss angeblich getan hatte, konnte man sich auch in einem Föhnsturm nicht: auf der einen Seite lag der See, auf der anderen die Straße nach Neuenburg und das Große Moos...

Gunten brauchte eine Weile, bis er begriff: Man rief ihn!

Er sah den Gemeindeschreiber von Muntelier am Steuer seines VW 1200 sitzen und winken. Gunten zögerte, fünfzig Schritte vom «Bain» entfernt.

Da haben Sie Glück gehabt! sagte der Gemeindeschreiber, der Chervet hieß und Mitte Vierzig war. Er öffnete die Wagentür. So wie ich Sie kenne, wollten Sie laufen.

Genau, sagte Gunten, aber dem See entlang. Er stieg ein, schlug die Tür zu und ärgerte sich, weil er Jeans Redewendung übernommen hatte. Und er ärgerte sich, weil er gerne im «Bain» ein Glas Weißen getrunken hätte, und dann hatte er sich noch einmal im Garten umsehen wollen, wo der Weiss sich mit der Jacke in den Drähten, die das Birnenspalier hochhielten, verheddert und einen Veitstanz aufgeführt hatte. Aber er sagte sich, daß morgen auch noch ein Tag sei, daß er eigentlich müde war, schon genug getrunken hatte und der Weiss ihm diesen Tag Aufschub verzeihen würde, ganz bestimmt der junge Benz.

Als Chervet in Muntelier beim Brunnengäßli hielt und Gunten fragte, ob er nicht recht habe, nickte Gunten; aber er hatte nicht zugehört und wußte nicht, was er bestätigte: Er hatte darüber nachgedacht, was an diesem Mordfall nicht stimmen konnte, und das ungute Gefühl im Magen sagte ihm, daß er zu einfach lag.
Gunten dankte fürs Mitnehmen, stieg aus und ging den gekiesten Weg zum See hinunter.
Als er Cornichon auf Tasmanien sah, fiel ihm ein, daß er vergessen hatte, das bestellte Kilo Fleisch, Herz und Lunge, abzuholen. Nun würde er mit Cornichon eine Büchse Ravioli teilen müssen; aber wenn er Cornichon mehr als die Hälfte überließ, würde sie nachsichtig mit ihm sein.
Er setzte sich, noch in der Jacke, an den Eichentisch, schlug das gelbe Heft mit den Eintragungen der letzten fünf Tage auf und las sie sorgfältig durch. Er wußte, wie vergeßlich er geworden war, so notierte er gleich das, was ihm dieser Tag gebracht hatte. Als er ein zweites Mal über den Frevel las, Laub zu verbrennen – den natürlichen Dünger der Bäume –, erhob er sich; aber auch ein zweites Glas Fernet, das er unverdünnt mit Wasser trank, beruhigte seinen Magen nicht.

11

Das Wasser stand Gunten bis zum Hals, seine behaarten Knie waren Inseln, die er untergehen ließ, wenn Cornichon eine Pfote ausstreckte. Die Katze saß auf dem Rand der Badewanne, beherrscht in ihrem Übermut: sie wußte, wie gefährlich ein Sturz war. Sie war zufrieden mit Gunten, weil sie am Abend zuvor zwei Drittel der Ravioli bekommen hatte. In ihrem Gesicht, das durch die aufgestellten Ohren schmal war, lag ein Lachen, schien Gunten, und er ließ sie einmal auf sein Knie schlagen. Damit schien sie zufrieden: sie hatte das Spielen fast ganz verlernt, seit er sie oft sich selbst überließ. Sie sprang auf den nassen, seifigen Boden und schlitterte gegen die Tür. Erschrocken schüttelte sie sich, und als Gunten lachte, wandte sie sich kurz um und verließ empört das Badezimmer.

Gunten lehnte sich zurück, ließ kleine Wellen in die Magengrube einfallen, und da hörte er die Katze auf die Türklinke springen. Sie mußte sehr beleidigt sein, daß sie nicht wartete, bis er ihr die Tür öffnete, sogar die frische Milch stehen ließ; aber er vertraute ihrer Nachsicht, wie sie seiner vertrauen konnte.

Ein leichter Luftzug hob den Dampf, beschlug das zur Hälfte heruntergeklappte Fenster; das Himmelsblau erlosch darin, und das dürre Laub der Eiche im Garten des Fischers, das sich auch in diesem Winter hartnäckig am Geäst halten würde, wurde grau.

Er erinnerte sich, wie er als Junge in einer Zinkwanne gebadet hatte; das Wasser mußte Eimer um Eimer auf dem Herd erhitzt werden. Heute hatte er es, mit dem Durchlauferhitzer, leichter und bequemer. Er dachte, daß es den Menschen inzwischen um einiges besser ging, aber sauberer waren sie deswegen nicht geworden.

Er fröstelte ein wenig und ließ heißes Wasser nachlaufen; als er sich über den Rand der Wanne beugte, um die Bürste vom Boden aufzuheben, fiel sein Blick auf die weiß emaillierten Löwentatzen, die die Wanne trugen. Ein Kämpfer war er nie gewesen, aber er erinnerte sich, daß er sich in der vergangenen Nacht eine Aufgabe gestellt hatte. Er zweifelte daran, daß der Weiss den jungen Benz erschlagen hatte, auch wenn es unsinnig war zu zweifeln: bei den Beweisen und dem Motiv. Bis zu den Knien im Wasser bürstete er sich ab, und fand den Fall zu glatt. Schon wegen Jeans satter Zufriedenheit, die ihn nur nach den einfachsten Zusammenhängen fragen ließ.

Das Handtuch um die Hüften, ging er die Haustür schließen.

Der Föhn war zusammengebrochen. Gunten fror; er sagte sich, daß ein alter Mann die Wärme brauchte wie ein junger und daß er einen anstrengenden Tag vor sich habe. Er legte Schwemmholz nach, das er am Abend zuvor gesammelt hatte, und dabei mußte er daran denken, daß der junge Benz mit einem solchen Holzprügel erschlagen worden war.

Er goß sich eine zweite Tasse Kaffee ein und las im Stehen die Notizen der letzten fünf Tage durch. Dann ging er ins Badezimmer, zog den Stöpsel aus der Wanne und rieb sich vor dem Spiegel trocken. Er sagte seinem Spiegelbild, daß er nicht anders aussah als gestern oder vor einem Jahr und daß wohl die anderen nur das Altern bemerkten, und als er sich fragte, was sich in seinem Leben erfüllt hatte, was nicht, was noch offen blieb und immer offen bleiben würde, sah er sich einen Augenblick mit den Augen der anderen, und das war schon fast tröstlich. Er dachte daran, daß er keine Freunde hatte und daß der, der ihm einer hätte sein können in seiner Ähnlichkeit, tot bis zur Hüfte im Wasser gelegen hatte, nahe bei Tasmanien.

Das Wasser gurgelte im Ablauf der Badewanne wie ein langer Seufzer, und er erinnerte sich an die Zuversicht und Entschlossenheit des letzten Abends.

Er prüfte mit dem Handballen sein rasiertes Kinn, kleidete sich an, klopfte ein Stäubchen von der Manchesterjacke, trank den Kaffee aus, steckte den Kassettenrekorder ein und ein neues gelbes Heft und ging zur Tür.

Der See lag glatt im Sonnenlicht. Eine Weile beobachtete Gunten Cornichon, wie sie eine Maus, die jämmerlich um ihr Leben schrie, aus dem Schwemmholz zerrte, sie dann mit den Zähnen packte und an Gunten vorbeilief, ohne ihn zu beachten. Er sah ihr nach; sie wandte sich einmal kurz um, hob den Schwanz und lief weiter. Er erinnerte sich, daß er in einem Buch gelesen hatte, daß Katzen mit ihrer Beute eigentlich nicht spielten: Sie hatten bloß nie gelernt zu töten, wie es der Mensch konnte.

Gunten hatte nicht erwartet, etwas zu finden, was die Beamten übersehen hatten, und doch war er enttäuscht. Er fragte sich, wo der Knopf von Weiss' Jacke gelegen haben konnte, daß die Beamten ihn nach dem Regen und dem Föhnsturm jener Nacht hatten finden können.

In der Hocke, an das Drahtgitter gelehnt, das den kleinen Besitz des Fischers umzäunte, sah er auf das Uferstück, wo der tote Benz gelegen hatte. Der Fotograf des «Murten-Bieter» mußte genau von dieser Stelle aus seine Aufnahme gemacht haben; aber auch das half Gunten nicht weiter.

Reglos ankerte ein Segelboot unter einer Plache; der Mast spiegelte sich im Wasser und schien sich, direkt vor Gunten und wo der junge Benz gelegen hatte, ins

Ufer zu bohren. Drei Bleßhühner ließen kleine Wellen hinter sich, die sich kreisförmig teilten und das Sonnenlicht brachen; im Schwemmholz nuschelte der See. Gunten fühlte sich plötzlich einsam; er erhob sich und nahm sich vor, den Weg zu gehen, den er am Samstagabend gegangen war, und den auch der junge Benz und vielleicht sein Mörder gegangen waren.
Er erinnerte sich wieder an den großgewachsenen Kerl, der in jener Nacht vom Chablais her an seinem Haus vorbeigelaufen war – es konnte durchaus der Weiss gewesen sein –, und Gunten hatte sich wohl gewundert, aber sich nichts weiter dabei gedacht: gefangen in seinem kranken Körper. Es mußte der Weiss gewesen sein, trotz seiner Trunkenheit von der Vorstellung gepeinigt, daß seine Frau ihn betrog, erschöpft vom Hin- und Rückweg, durchnäßt und geschunden von den Dornen eines Brombeergestrüppes. Ein Mörder?
Auf der Brücke blieb Gunten stehen und sah auf den Bach hinunter, dem man keinen Namen gegeben hatte, so klein und unbedeutend war er.
Gunten hatte im Jahr seiner Rückkehr in die Schweiz auf der Karte nachgesehen; die Quelle lag zwischen Mehrfamilienhäusern, im Kreuzungseck der Bern- und Muntelierstraße, in der Nähe des Friedhofes. Er hatte immer einmal hingehen wollen, es wieder vergessen, und er mußte sich plötzlich eingestehen, daß seine Neugier eigentlich keine Anteilnahme an seiner Umwelt gewesen war, sondern nur Langeweile. Vielleicht würde jetzt die Beerdigung des jungen Benz auch die Gelegenheit sein, die Quelle des Baches zu finden.
Er sah das Polizeiauto vor dem Haus, in dem sich der junge Benz ein Zimmer gemietet hatte, als er auf den

gekiesten Ausläufer des Parkplatzes vom «Bad Muntelier» einbog. Er trat hinter einen Fliederbusch und sah zum Haus; die Fenster waren geschlossen, die Vorhänge zugezogen.
Die zwei Beamten, die nach einer Weile die Treppe herunterkamen, kannte er nicht; so ging er langsam vom See weg, den Parkplatz hinauf – und da bemerkte er, daß er nicht der einzige Beobachter gewesen war: Der Hotelkoch lehnte aus dem Küchenfenster und rauchte eine Zigarette. Er trug eine weiße Mütze, die ihm auf den Ohren saß, weil sie ihm zu groß war, das Hemd hatte er aufgeknöpft, und der Pickel über der Oberlippe war entzündet. Gunten stellte sich vor, wie der Koch Saucen probierte, den Mund mit dem Handrücken abwischte, und er sagte sich, der Appetit würde ihm vergehen, wenn man ihm den Teller vorsetzte; aber Gunten war nie Gast im «Bad Muntelier»: es war ihm zu feudal, zu teuer, und die Gäste unterhielten sich nur im Flüsterton.
Eine Frau, die sich auf einen Stock stützte, sah von der Treppe aus den Beamten nach. Erst als sie zum See hinunterblickte, erkannte Gunten in ihr Frau Marti. Er nickte ihr unwillkürlich zu, aber sie hatte ihn wohl nicht bemerkt. Der Koch schnippte den Zigarettenstummel auf den Parkplatz, sah Gunten und blieb am Fenster. Statt zu grüßen, sagte er: Jetzt haben sie auch bei der Marti eingebrochen, wo der Benz gewohnt hat, und der ist ja tot!
Sie? fragte Gunten. Er wunderte sich, daß er nicht überrascht war.
Ja, gestern nachmittag! Und keiner hat etwas bemerkt! Lesen Sie denn keine Zeitungen?
Gunten schüttelte unwillig den Kopf.

In Ihrem Alter interessiert es einen eben nicht mehr, was in der Welt passiert!
Gunten sah zu den gefälligen Einfamilienhäusern, die einander die Sonne stahlen, und er sagte sich, daß die Menschen sich sehr wenig verändert hatten, obwohl sie gut informiert waren.
Mich wundert's, daß bei Ihnen noch nicht eingebrochen worden ist, sagte der Koch und tupfte sich mit dem kleinen Finger auf den Pickel. Gunten sah über den Parkplatz zu einer Wiese mit Obstbäumen; er durfte nicht vergessen, dem Küchenburschen vom «Hecht» zu sagen, er solle in seinem Garten die Boskop pflücken.
Der Koch rauchte wieder; das Hemd hatte er zugeknöpft und die Mütze in der Hand. Gunten sah zum ersten Mal, daß er fast kahl war und so älter erschien.
Bei mir ist nichts zu holen, sagte er.
Wer weiß! Bei der Marti war auch nichts zu holen, nur alter Plunder. Die besten Stücke haben ihre Enkel längst weggeschleppt.
Sie wissen gut Bescheid, sagte Gunten und lächelte freundlich.
Ich höre und sehe einiges, wenn der Tag lang ist – und er ist lang für mich! Ich habe ja auch den toten Benz gefunden. Und ich war es, der der Polizei gesagt hat, daß das Fahrrad am Lattenzaun dem Benz gehörte. Er stellte es sonst immer oben, bei der Straße, ab.
Gunten blickte zum eingezäunten Schrebergarten, in dem die Stachelbeerbäumchen in Reihen standen. Das hab' ich alles schon in der Zeitung gelesen, sagte er.
Ich dachte, Sie lesen keine Zeitungen?
So alt bin ich nun auch wieder nicht, sagte Gunten und wedelte mit der Hand; aber ihn störte bloß der

Geruch nach Lauchgemüse und Bratenfett.
Der Koch schnippte den Zigarettenstummel zentimetergenau zu anderen, grinste und setzte die Mütze auf. Das sind sicher dieselben gewesen, die in den Wochenendhäusern eingebrochen haben! sagte er überzeugt.
Gunten nickte und lächelte. Und was wurde gestohlen?
Der Koch richtete sich auf, hob die Schultern. Das wird morgen in der Zeitung stehen. Nichts, nehme ich an, bei dem alten Plunder.
Genau! sagte Gunten, tippte dann zum Gruß an die Stirn. Als er das Grasbord beim Lattenzaun ein zweites Mal abgesucht hatte, ohne etwas gefunden zu haben, merkte er, daß der Koch ihn von der Küche aus beobachtete; so lehnte er sich über den Zaun und betrachtete interessiert die Stachelbeerbäumchen.
Vielleicht wollte der junge Benz wirklich zu mir, dachte Gunten. Der Kassettenrekorder muß sehr wichtig für ihn gewesen sein! Vielleicht ist mehr auf dem Band zu hören als nur die Erinnerung an einen Sommer.
Und wo ist er zwischen fünf und sieben Uhr gewesen, nachdem ich ihn auf dem Weg zur Stadt verloren habe?
Er mußte zum «Bain» zurückgekehrt sein! Gunten nickte, rieb sich das Kinn und holte das gelbe Heft aus der Jackentasche. Auf dem gekiesten Uferweg, an eine Birke gelehnt, notierte er: Er sucht, geschützt durch die Dämmerung und somit unbesorgt, daß ihn der Wirt oder ein Gast entdeckt, im Garten nach dem Kassettenrekorder. Er sucht hartnäckig und methodisch: inzwischen regnet es, und der Föhn beginnt zu wüten. Und dann erinnert er sich plötzlich, daß er mich im Garten gesehen hat, gebückt bei der Kapuzi-

nerkresse. Nun ist er blind für seine Umwelt und fährt, gegen seine Gewohnheit, dem Uferweg entlang; er begegnet keinem Menschen. Er lehnt das Fahrrad, auch gegen seine Gewohnheit, an den Lattenzaun und läuft in Richtung meines Hauses.
Und der Mörder muß ihm aufgelauert haben!
Und wo ist der Weiss zwischen fünf und sieben Uhr gewesen? schrieb Gunten rasch weiter, in verwackelter Schrift. Wenn er nach der Auseinandersetzung im «Bain» gleich losgelaufen ist, dem See entlang und Richtung Chablais, dann kann er nicht der Mörder gewesen sein. Um fünf war es noch hell und er nüchtern gewesen. Er sagt aber, daß er betrunken gewesen sei und sich verlaufen habe, auf dem Hinweg. Er war auch, nach den Aussagen des Wirtes und der Gäste im «Croix-Blanche», betrunken, als er hereinkam. Und das muß so um neun gewesen sein, wenn Jean sagt, der Weiss habe zwischen neun und zehn einen Liter Wein getrunken. Dann hätte der Weiss vier Stunden bis Sugiez gebraucht!
Er kann aber durchaus um sieben den Benz erschlagen haben und ist dann nach Sugiez gelaufen! schrieb Gunten weiter. Doch er bleibt dabei: Er sei um fünf losgelaufen, betrunken, ratlos, zornig und gedemütigt. Und er erklärt so die vier Stunden Weg – und damit die zwei fehlenden Stunden zwischen fünf und sieben.
Gewiß ein Alibi, dachte Gunten und steckte das Heft ein, aber ein schlechtes und nicht nachprüfbar. Und wo hat er sich betrunken?
Gunten rieb sich hilflos das Kinn, stampfte einmal wütend auf und ging dann, mit gesenktem Kopf und die Hände auf dem Rücken, rascher als gewöhnlich Richtung Bootshafen.

12

Der Morgen war hell und warm, fast sommerlich. Haubentaucher trieben auf der Jagd nach Fischen ihr gewohntes Verwirrspiel; ein zaghafter Wind streute ein wenig Laub über den Weg.
Gunten sah ins Geäst der Trauerweiden; die Durchsichtigkeit der fein geäderten Blätter erinnerte ihn an seine Sehnsucht Jahr für Jahr in Australien, auf dem Heimweg durch Elsternwick, wieder einmal den Wechsel der Jahreszeiten zu erleben und bis zu den Knöcheln durch Herbstlaub zu gehen.
Als er weiterging auf dem Weg, den der junge Benz gefahren sein mußte, in umgekehrter Richtung, vielleicht verfolgt von seinem Mörder, sagte er sich, daß die Zeit all die Kraft besaß, die ihm abhanden gekommen war; das erklärte seine Ungeduld seit diesem Morgen, und vielleicht auch seine Angst. Er ging mit schlenkernden Armen, als könnte er sich so beruhigen, und er dachte, daß Angst zu haben etwas ganz Normales war. Auch Cornichon hatte vor so manchem Angst: Wenn der Wind eine eintönige Melodie aus den undichten Fenstern holte, ein Gewitter wie ein Überfall war oder Möwen über Tasmanien kreischten. Gunten dachte, daß Angst wohl die Unfähigkeit war, eine Situation zu bestehen und seine Möglichkeiten auszuleben.
Einmal, eher aus Unentschlossenheit und weil er an seinen Kräften zweifelte, blieb er stehen und sah zum Mont Vully, wo sein Wein wuchs und der Waldkranz

wie ein Hut auf der zum Großen Moos abfallenden Seite lag.
Er nahm sich wieder vor, am Nachmittag zum Restaurant hinaufzufahren, auf der Naturstraße, was ein Umweg war, aber wo man Aussicht aufs Moos und den Chasseral hatte. Er fragte sich, ob er damit bloß Zeit gewinnen wollte, bis er Claire traf.
Er dachte an den jungen Benz, den ein betrogener Ehemann aus Eifersucht erschlagen haben sollte, und er erinnerte sich an Charles, der eine Woche lang jeden Abend auf der Naturstraße zum Mont Vully hinaufgefahren war, um sich hinunterzustürzen, nachdem er seine Frau mit seinem Freund überrascht hatte: Er parkte, so hatte er es Gunten erzählt, jeweils nach rascher Fahrt so überrascht wie verzweifelt, daß er schon angekommen war, auf dem Kiesplatz neben dem Vermessungshut, lehnte sich ans Eisengeländer und sah zwischen Tannen und Buchen aufs Große Moos hinunter, wo die Felder wie Wäschestücke in der Abendsonne lagen. Der Chasseral trug noch die Kälte eines Schneekranzes, es war April, und der Wald, der Charles einschloß mit einer schmalen Öffnung in die Tiefe vor dem Geländer, roch nach Harz und Bärlauch. Und wieder verschob er den Sturz in die Tiefe auf den nächsten Abend.
Verzweifelt über seine Unentschlossenheit, beschleunigte er am nächsten Abend die Bergfahrt; in den Kurven, wo der Berg steil abfiel, bremste er den Wagen nicht ab, und wie am Abend zuvor stieg er beim Vermessungshut aus und lehnte sich ans Geländer, das noch zu überklettern gewesen wäre.
Als die Woche um war, trieb ihn sein Selbstmitleid nicht mehr auf den Mont Vully, und er sagte sich, daß

die Zeit die Kraft besaß. Charles' Tod, auf der Kreuzung Bern/Kerzers zwischen einem Kleefeld und Maisstauden, war zwar fahrlässigem Verschulden zuzuschreiben; aber der Bauer, dem die Felder gehörten, wurde verpflichtet, keinen Mais mehr der Straße entlang zu pflanzen.

Es war, so dachte Gunten, ein anderes Verschulden als ein Sturz ins Große Moos, vielleicht nur ein Versehen der Götter.

Auf der Höhe der Schiffstation, wo eine Schulklasse Schwäne fütterte, pfiff Gunten vor sich hin. Ein paar Schritte weiter kam er sich als das vor, wofür ihn die Lehrerin wohl hielt: Ein alter Mann, den Schlaflosigkeit früh zum See trieb, um die Wasservögel zu füttern, und nun waren die Kinder ihm zuvorgekommen. Er ging dem Rasen entlang, der zwischen der Schiffstation und der Ryf lag. Der Rasen war gemäht, ein paar Gänseblümchen blühten, und Enten rupften an den kurzen Halmen. Am Abend des 1. August wurde hier ein riesiger Holzstoß angezündet, Reden erinnerten an die Vergangenheit und wiesen in die Zukunft, ins Bewährte. Auf dem Parkplatz dahinter standen die Leute dichtgedrängt; sie freuten sich am Feuer und daß sie Schweizer mit einer Vergangenheit und einer Zukunft waren.

Den Rasen zu betreten war nicht verboten und eine Abkürzung zum Parkplatz oder, wenn man von der Ryf kam, zum See; aber Gunten fiel immer wieder auf, daß die Einheimischen ihn ebenso umgingen wie die Touristen.

In der Mitte des taunassen Rasens zögerte er, weil die Dornwarze im rechten Fußballen ihn quälte. Eine Weile blieb er stehen; er kam sich ertappt vor und

bestraft. Unentschlossen, ob er im «Bain» erst einen Fernet trinken sollte, dann den Wagen in der Hinterstadt holen und zu Hilten fahren, verkürzte er mit einem Schwenker seinen Weg über den Rasen.
Nach einem Blick zum See und zum Mont Vully ging er aufrecht weiter, und er dachte, daß er den Weiss, der Charles so ähnlich schien, nicht einem Versehen der Götter überlassen wollte.
Das steile Wegstück zum Berntor trieb ihm das Blut in den Kopf. Er mußte zugeben, daß sein Ärger über einen Jüngling, der ihn überholte, Neid war, und auch Kummer über seine bescheidene Tauglichkeit. Zwei Stadtgärtner zersägten eine kranke Platane; der Geruch nach Harz und Erde täuschten Ländlichkeit vor, aber es war der Geruch nach Verwesung und Zerfall. Auf halbem Weg mußte er stehenbleiben, dabei fiel ihm Claires Bemerkung ein, daß ihr Verständnis da aufhöre, wo der Geiz die Gesundheit angreife; aber Gunten war nicht geizig, er war nur sparsam, und einen Fußmarsch von seinem Haus in die Stadt durfte er sich noch zumuten.
Er kam in den Schatten eines Hauses mit gotischen Fensterbögen aus Sandstein, der zerfiel; dahinter machte die Hypothekarkasse ihre Geschäfte.
Beim Berntor mußte er sich von dem steilen Wegstück erholen: Ein alter Mann, ans Geländer gelehnt, das die Fußgänger davon abhalten sollte, in den geregelten Verkehr zu laufen, unbeachtet, wie herausgelöst aus dem Leben dieser Stadt.
Er fühlte sich plötzlich sehr einsam, die Dornwarze stach, das Atmen fiel ihm schwer, und die Galle machte ihm den Gaumen bitter. Er bog in die Französische Kirchgasse ein und schimpfte sich einen

Dummkopf, daß er wieder angefangen hatte zu rauchen.
Die roten, gelben und grünen Lämpchen über der Eingangstür zu Hiltens Laden flimmerten, das Pappschild war umgedreht, und die Oleander standen links und rechts einer grünen Fußmatte. Gunten lächelte amüsiert und ging weiter bis zum Hintereingang der «Eintracht»: jetzt mußte er erst einen Fernet trinken. Er zögerte dann: noch konnte er durch die Vordertür in eine Wirtschaft gehen.

13

Die Omega-Uhren lagen noch alle in den samtenen Etuis, verstaubt wie alles, was Hilten zum Kauf oder zum Tausch anbot. Gunten trat die Schuhe auf der Fußmatte ab und stieß die Tür auf. Das Geklöppel von Bambusstäben, als Ersatz für eine Klingel, erinnerte ihn an die Musik eines Kleintheaters unter offenem Himmel in Singapur. Er sah sich wieder auf einer kniehohen Bank sitzen, heißen Tee trinken und dem Tanz der Masken zuschauen, die furchterregend sein wollten und Heiterkeit brachten. Der Tanz, so hatte er zu verstehen gemeint, war eine Reise zu den Vorfahren und zum Schluß eine wirblige Ausgelassenheit im Glauben ans Leben; so hatte er sich weniger vor seiner Weiterreise und Heimkehr gefürchtet.
Gunten zog die Tür noch einmal auf und ließ die Bambusklöppel tanzen; dann schlug ihm der Geruch nach verbrannter Kabelisolierung auf den Magen. An den Wänden hingen Gitarren und Trompeten, dazwi-

schen Drucke exotischer Tiere, die ihn an das Kellerlokal in Singapur erinnerten, wo gehäutete Hunde an Eisenhaken an den Wänden gehangen hatten, die Köpfe nach unten. Da war sein Magen noch gesund gewesen, und er hatte sich vorsetzen lassen, was das Lokal zum Essen bot.

Gunten ging ein paar Schritte tiefer in den Laden, der eine Gasse war, zögernd; an den Geruch hatte er sich gewöhnt, trotzdem blieb das dumpfe Gefühl im Magen.

Die Stille verunsicherte ihn; er drehte sich um sich selber, und da fiel sein Blick auf einen Tümpel mit Pelikanen im kupfrigen Licht einer untergehenden Sonne. Als er darauf zuging, erlag er einen Augenblick der Täuschung, die der Fotograf beabsichtigt hatte. Gunten lächelte, dann fuhr er mit der Hand über das Bild, das auf die Holzwand aufgeklebt war.

Sie entschuldigen, sagte ein Mann hinter ihm.

Gunten wandte sich erschrocken um.

Wenn ich am Löten bin, höre ich oft die Eingangstüre nicht, aber wenn dann einer in meinen See treten will: das höre ich! Gunten nickte bloß.

Der Mann lächelte. Hie und da tritt einer auch aus Ärger dagegen, wenn er der Täuschung erlegen ist! Das Licht muß aber so sein wie jetzt. Andere rufen einfach «hallo», aber das sind nicht die Sensiblen.

Gunten fiel auch dazu nichts ein; er rieb sich das Kinn.

Der Mann stand gelassen vor ihm, rauchte eine Memphis-Zigarette, hüstelte einmal. Womit kann ich Ihnen dienen? fragte er ohne Ungeduld.

Gunten zweifelte keinen Augenblick: das war Hilten, Jakob Hilten, der Vater des neuen Chefverkäufers im «Louvre», und er entsprach keineswegs seinen Vorstellungen vom Vortag. Er trug einen blauen Kittel, der ihm bis zu den Knien reichte; er war nicht größer als sein Sohn und mager wie er, kahl bis auf einen blonden Haarkranz. Die Nase war sehr klein und das Schnäuzchen, sorgfältig geschnitten, wie hingeklebt. Die Augen waren leicht gerötet; das gab seinem Gesicht etwas Kränkliches.

Bitte! sagte Hilten, nun doch ein wenig gereizt, da Gunten nur dastand, ihn musterte und schwieg. Dann ging er hinter den Ladentisch, auf dem eine alte Registrierkasse stand, die lauter Nullen zeigte. Er drückte die Zigarette in einem Aschenbecher aus geschliffenem Serpentin aus, zündete sich aber gleich wieder eine an; seine Hände zitterten dabei ein wenig. Er lächelte nicht mehr, seine Mundwinkel hingen leicht herab, das Schnäuzchen bog sich zur Form der Oberlippe, die plötzlich schmal wurde und fast weiß, dabei rutschte ihm das Gesicht, so schien es Gunten, in den Kittelkragen.

Er schaltete eine Deckenlampe ein; in ihrem Licht wirkte er kleiner und älter, als Gunten ihn geschätzt hatte, über fünfundfünfzig. Seine Aufmerksamkeit und seine Geduld hatten plötzlich etwas Bedrohliches, auch wenn er lächelte wie zuvor.

Gunten fühlte sich wie ausgezogen. Er beugte sich ein wenig vor, als er den Kassettenrekorder aus der Jakkentasche zog, als machte es ihm Mühe; er legte ihn auf den Ladentisch, sah Hilten nun seinerseits abwartend an, und jetzt merkte er, daß er noch kein Wort gesagt hatte.

Hilten behielt die Zigarette im Mund und nahm das Gerät auf; er drehte es ein paarmal kurz und spielerisch in einer Hand. Er schien enttäuscht und eine

Spur zu gleichgültig, als er das Gerät hinlegte, zur Kasse ging und fragte: Was haben Sie sich vorgestellt?
Gunten rieb sich mit dem Handrücken das Kinn, als überlegte er, so verdutzt war er. Er musterte Hilten abschätzend und bemerkte, daß Hilten keine Ohrläppchen hatte.
Ich gebe Ihnen fünfundzwanzig, sagte Hilten und blies ihm den Rauch über die Schulter.
Gunten schwieg; der aromatische Geruch war ihm nicht unangenehm.
Dreißig, mehr ist nicht drin.
Ich will das Ding nicht verkaufen.
Fünfunddreißig!
Schließlich bot er vierzig.
Ich will das Gerät aber nicht verkaufen, sondern reparieren lassen. Es ist defekt.
Das habe ich längst bemerkt, sagte Hilten gereizt. Darum sind vierzig Franken ein angemessener Preis. Ich handle ja nicht mit Äpfeln.
Das könnte dieses Jahr aber ein einträgliches Geschäft sein! Ich selber verschenke meine. Äpfel aus eigenem Garten. Ich kann sie nur noch gekocht vertragen, wegen der Galle. Und Obst sollte man roh essen.
So? sagte Hilten nur, kniff ein Auge zu und lächelte. Seine Hände zitterten stärker, als er sich eine Zigarette anzündete; so bemühte er sich, ruhig zu bleiben.
Ich werde diese Memphis-Zigaretten auch probieren, dachte Gunten, der Turmac rauchte.
Ich kann Ihnen das Gerät gegen ein gleichwertiges umtauschen, so lange –
Ich will es aber reparieren lassen, gleich jetzt!
Warum gehen Sie nicht dortin, wo Sie es gekauft haben?

Das ist vorläufig nicht möglich: der Mann sitzt im Gefängnis, und das Geschäft ist geschlossen. Gestern wenigstens noch.
Das ist etwas anderes, sagte Hilten und nahm das Gerät wieder auf. Seine Fingernägel hatten schwarze Ränder. Gunten fiel ein, daß Jean gesagt hatte, Hilten erledige nebenher Gartenarbeiten rund um Murten, wenn die Geschäfte flau seien.
Die Feder des Deckels ist verklemmt, eine Kleinigkeit, sagte Hilten.
Es ist mir heruntergefallen, leider, und es gehört mir nicht.
Hilten beugte sich über den Ladentisch, griff mit der Rechten nach einem kleinen Schraubenzieher, der in der Kitteltasche unterm Hemdkragen steckte, mit der Spitze nach oben.
Sie könnten sich eines Tages am Auge verletzen, Herr Hilten, sagte Gunten, wenn Sie sich mit dem Schraubenzieher in der Tasche bücken.
Hilten sah kurz auf und schwieg.
Sie sind doch der Besitzer?
Sehen Sie vielleicht noch jemand anderen hier? fragte Hilten und versuchte, mit dem Schraubenzieher den Deckel anzuheben.
Es scheint doch nicht so einfach, sagte Gunten.
Hilten steckte den Schraubenzieher in die Tasche, nahm das Gerät auf, blies Zigarettenasche vom Tisch, dann mußte er sich an der Registrierkasse festhalten, so schüttelte ihn ein kurzer Hustenanfall. Er schluckte, als wäre er gewürgt worden.
Jean hat recht, dachte Gunten, er hat's auf der Galle, genau wie ich. Hilten tat ihm leid. Und er trinkt zuviel; aber ich trinke ja auch nicht wenig.

Hilten fuhr sich mit dem Handrücken über die Augen, entschuldigte sich, drückte die Zigarette aus und legte sein durchsichtiges Gasfeuerzeug auf den Rekorder.
Und er raucht auch zuviel, dachte Gunten.
Hilten benutzte das Feuerzeug als Wasserwaage; die längliche Blase lief nach einer Seite weg.
Die Galle? fragte Gunten.
Wie bitte?
Der Husten! Ich kenne das, ich leide selber darunter.
Man lebt damit, sagte Hilten und ging an Gunten vorbei, ohne ihn anzusehen. Wenn Sie ein paar Minuten warten wollen, Herr...?
Gunten, einfach: Gunten. Den Vornamen habe ich selber schon vergessen. Er folgte Hilten. Es ist noch ein Band eingelegt. Seien Sie bitte vorsichtig!
Ach ja? fragte Hilten und blieb vor dem Tümpel mit den Pelikanen stehen, der keine täuschende Tiefe mehr hatte. Tatsächlich!
Das muß er doch längst bemerkt haben! dachte Gunten, aber er lächelte, und er sagte sich, daß er kein großes Vertrauen in ihn als Fachmann hatte. Der Rekorder, müssen Sie wissen, gehört nicht mir.
Das sagten Sie schon.
Sehr aufmerksam, sagte Gunten, räusperte sich. Ich habe ihn gefunden und will ihn wieder zurückgeben. Das heißt: ich wollte ihn zurückgeben, aber der Besitzer lebt nicht mehr. Und ich nehme an, er besaß den Rekorder nur leihweise. Gunten machte ein bekümmertes Gesicht. Er ist erschlagen worden, am See, in der Nähe meines Hauses.
Hilten nickte, ein wenig gelangweilt, aber geduldig wieder wie zuvor.
Sie wissen, von wem ich rede?

Ich lese Zeitung, sagte Hilten, hob leicht die Schultern, und sein Kopf rutschte in den Kittelkragen.
Wichtig ist: im Rekorder steckt eine Botschaft. Die hat er kurz vor seinem Tod auf Band gesprochen. Am See. An eine Frau. Sie verstehen: eine Liebesgeschichte. Erinnerungen an einen Sommer. Gunten lachte kurz auf. Kitschig, was? Ist es aber nicht. Liebespaare finden sich niemals kitschig. Darum will ich der Frau das Band zurückgeben, nicht nur das Band: das Gerät mit dem Band. Als Andenken sozusagen.

14

Gunten war Hilten tiefer in den Laden gefolgt. Vielleicht bin ich sentimental geworden, sagte er.
Warum erzählen Sie mir das? Ich bin nicht sentimental. Ich kaufe, verkaufe, und ich repariere! Warten Sie bitte im Laden. Es dauert eine Weile.
In der Werkstatt war ein heilloses Durcheinander. Hilten setzte sich und suchte aus einem Haufen Werkzeug ein Messerchen hervor.
Gunten trat einmal kräftig gegen die Trennwand mit dem aufgeklebten Tümpel und den Pelikanen, und machte dann drei Schritte in die Werkstatt.
Hilten sah augenblicklich auf, erschrocken und vorwurfsvoll. Ich darf doch bitten! sagte er. Sind Sie immer so ungeduldig?
Ich bin nur neugierig, weil ich technisch so unbegabt bin. Gunten ging bis in die Mitte der Werkstatt.
Hilten zündete sich eine Zigarette an und ließ dann, wie erschöpft, die Arme hängen. Gunten erinnerte sich

an Hiltens Sohn, wie er im «Louvre» vor ihm gestanden hatte, als er ihn nach dem jungen Benz gefragt hatte: wie in die Jacke gehängt. Sie könnten aus Versehen das Band löschen, sagte er. Das wollen wir doch nicht!

Wofür halten Sie mich eigentlich? Ich bin jetzt bald zwei Jahrzehnte in diesem Geschäft.

Gunten trat noch einen Schritt vcr und blickte Hilten fragend an. Zwei Jahrzehnte?

Hilten überhörte den leicht spöttischen Unterton; er drehte Gunten den Rücken zu. Darf ich jetzt Ihr Gerät reparieren?

Darum bin ich ja hier!

Als es Hilten gelungen war, den Deckel zu öffnen, sagte Gunten rasch: Das Band können Sie mir gleich geben! Bitte!

Hilten sah nicht einmal auf, als er Gunten über die Schulter hinweg das Band gab.

Gunten steckte es in die Tasche. Pelikane sind interessante Vögel, sagte er. Pelecanus! Gesellige Tiere, die im Schilf nisten. Man sagt, sie ernährten ihre Jungen mit dem eigenen Blut. Im Mittelalter wurde das auf den Opfertod Christi bezogen und daher oft dargestellt.

Interessant, sagte Hilten; er legte gerade die Scharniere und Gelenke des Gerätes frei.

Sie opfern sich für ihre Kinder. Haben Sie auch Kinder?

Jetzt sah Hilten auf. Sie sind ein Schwätzer, sagte er, aber er lächelte.

Ich rede zuviel, wenn ich einmal Gelegenheit habe, mich zu unterhalten. Ich wohne alleine, am See.

Hilten lächelte geduldig. Ich habe einen Sohn.

Arbeitet er nicht im «Louvre»?
Hilten nickte. Wäre es nicht besser, Sie würden am Spätnachmittag noch einmal vorbeikommen? Dann könnte ich jetzt in Ruhe arbeiten.
Da bin ich wahrscheinlich auf dem Mont Vully. Ich bin viel unterwegs. Oder ich spaziere durch den Chablais. Bis nach Sugiez. Ich wohne zwar am See –
Das sagten Sie!
Gunten machte ein beleidigtes Gesicht.
Hilten schlug die Beine übereinander und ließ die Zigarette im Aschenbecher verglühen.
Sie sind wohl nie gereist? fragte Gunten.
Hilten schüttelte fast unmerklich den Kopf.
Das ist schade. Ich dachte, Sie hätten die Aufnahme von den Pelikanen gemacht.
Ein ehemaliger Freund von mir, mit dem ich einmal zusammengearbeitet habe, hat sie gemacht.
Dann ist er an Ihrer Stelle gereist! Gunten lachte, als hätte er einen Witz gemacht. Hilten blieb beherrscht. Ich hätte zu zittrige Hände zum Fotografieren. Ich schreibe. Gunten grinste gemütlich und klopfte sich auf die Brusttasche, wo sein gelbes Heft steckte.
Hilten beugte sich mit einem Seufzer über das Gerät. Gunten sah über ihn hinweg, zum doppelt verglasten Fenster hinaus, in einen kleinen, schattigen Hinterhof, der ummauert war; Holunderbäume trugen verdorrte Früchte und verdeckten fast die ganze Sicht auf den See. Ein überwucherter Weg führte nach einem Holztor steil abwärts und verlor sich zwischen hingeduckten Häusern.
Ich habe keine Ambitionen, sagte er. Ich notiere bloß, was mir täglich auffällt. Und es fällt mir eine Menge auf. Im Alter wird man vergeßlich!

Hilten sah mit zugekniffenen Augen auf, dann blies er die Vertiefung für die Bandkassette aus, drückte den Deckel zu und ließ ihn wieder aufspringen.
Sie sind ein Fachmann! sagte Gunten anerkennend.
Haben Sie etwas anderes erwartet? Er erhob sich, gab Gunten das Gerät und schubste ihn rüde aus der Werkstatt.
Sie haben doch die Freundlichkeit und erklären mir das Gerät? Ich habe einen Kollegen, bei der Polizei, und ihm habe ich das Gerät auch gezeigt, aber er konnte mir nicht helfen.
Dann müssen Sie mir das Band geben.
Gunten zögerte. Haben Sie nicht noch eines hier?
Ich führe dieses Gerät nicht.

Hilten setzte das Band ein, erklärte Gunten die Funktion der Knöpfe. Sie löschen mir doch das Band nicht! sagte Gunten, als Hilten es abspulen ließ.
Wie komme ich dazu! Hilten lächelte. Es ist doch eine Botschaft darauf. Die Erinnerung an einen Sommer. Übrigens ist es nur zur Hälfte bespielt.
Genau! Er wurde ja unterbrochen, als er die Botschaft aufgenommen hat, sehr unsanft unterbrochen. Vom Ehemann seiner Geliebten. Ist das nicht komisch?
Sehr komisch, meinte Hilten und ließ sich das Gerät abnehmen. Jetzt können Sie ja die Romanze abhören, wenn Sie es nicht schon getan haben.
Das war ja nicht möglich. Aber ich weiß auch so, was darauf ist. Ich habe ihm zugehört, als er die Botschaft aufgenommen hat. Gunten sah Hilten treuherzig an. Zufällig. Und das nur wegen meiner kranken Galle. Verstehen Sie?
Hilten schüttelte den Kopf.

Ich war auf der Toilette. Und da sah ich ihn eben im Garten sitzen, alleine am Tisch, bis –

Sie schulden mir zwölf Franken, sagte Hilten unbewegt und ging hinter den Ladentisch. Eine Quittung?

Ja, bitte.

Hilten schrieb die Quittung.

Da haben wir Glück gehabt, sagte Gunten.

Wieso?

Daß keine Kundschaft Sie bei der Arbeit gestört hat.

Hilten sah Gunten aufmerksam an, mit gerötetem Gesicht, bevor er ihm die Quittung gab. Gunten legte das Geld hin, faltete die Quittung zusammen und steckte sie ins gelbe Heft. Bevor er ging, gab er Hilten die Hand; er war überrascht, wie kräftig Hiltens Hand war.

Gunten erwiderte Hiltens Lächeln. Ich danke Ihnen, sagte er und fühlte sich plötzlich elend, obwohl er unter der offenen Tür stand in frischer Luft. Als er zu den blühenden Oleandern links und rechts der Fußmatte sah, sagte er: Sie haben einen grünen Daumen.

Hilten nickte.

Die Oleander am See hätten auch Pflege nötig, es sind nur noch Besen.

Sie sind alt, sagte Hilten. Man hat sie vernachlässigt, und dann die kalten Winde. Er schwieg plötzlich, trat vor die Tür und zupfte trockene Blüten und Blätter ab. Sie sind nicht winterhart. Man nennt sie auch Rosenlorbeer, oder Lorbeerrose. Sie brauchen viel Wasser, darum halte ich sie in Blechkübeln.

Und Sie tragen sie der Sonne nach.

Der Hinterhof ist zu schattig, zu kühl. Tagsüber stelle ich sie hier auf. Gunten nickte anerkennend. Auch wenn Sie das Geschäft geschlossen halten? Hilten nick-

te, bückte sich und hob einen Blütenstengel auf. Gestern jedenfalls haben Sie es nicht vergessen, obwohl Sie den Laden erst um sechzehn Uhr geöffnet haben. So stand es auf dem Pappschild.
Ich war aber hier, sagte Hilten und gab sich erstaunt. Manchmal lasse ich das Schild aus Gedankenlosigkeit hängen.
Gunten lächelte. Im Alter wird man vergeßlich. Darum mache ich mir, wie gesagt, Notizen.
Hiltens Gesicht war gerötet, aber ausdruckslos, als er auf der flachen Hand Gunten den Blütenstengel hinhielt. Der Oleander gehört zur Gattung des Hundsgiftgewächses, sagte er. Er ist vom Mittelmeer bis nach Ostasien verbreitet. Er ist ein Fremdling hier. Und giftig. Tödlich!
Sie hätten Gärtner werden sollen, sagte Gunten.
Bevor er in die Kreuzgasse einbog, blickte er sich noch einmal um. Hilten stand zwischen den Oleandern und sah zu ihm hinüber. Gunten hatte einen Druck im Magen, als hätte man ihm einen Schlag versetzt; so ging er ins «Stadthaus». Er wäre lieber in die «Eintracht» gegangen, aber er wollte jetzt Jean nicht begegnen, der gewöhnlich um diese Zeit dort saß. Er verdünnte den Fernet mit Wasser und machte sich Notizen im gelben Heft.

15

Ich kann warten, sagte Gunten in der Metzgerei, die gegenüber der «Eintracht» und unterhalb des «Louvre» lag; aber warten hätte er sowieso müssen, bis die

Frauen, mit großen Körben und Taschen in Metallgestellen mit Röllchen, bedient waren. Er wollte dem Metzger nur zuvorkommen, der ihn herablassend begrüßt und dann noch gesagt hätte, während er Schweinekoteletts abwog: Sie haben ja Zeit! Der Metzger kannte Gunten inzwischen beim Namen, er wußte, daß Gunten alleine am See wohnte, von einer Rente lebte, gallenkrank war, alle zehn Tage zwei Kilo Herz und Lunge, hie und da eine Schweineleber für die Katze kaufte, selten ein Stück Fleisch für sich, da er Fleisch nicht besonders mochte. Als der Metzger ihn einmal, während er zwei Schweineherzen in Stücke schnitt, spöttisch angesehen hatte, als wollte er sagen, wenn er lauter solche Kunden hätte, könnte er seinen Laden zumachen, da hatte Gunten auf zwei Schweinekoteletts gezeigt und an Claire gedacht. Später ärgerte er sich, daß er sich für einen ausgegeben hatte, der er nicht war und dem Metzger in weinseliger Laune sein halbes Leben erzählt hatte, bemüht um sein Verständnis.

Eine Frau drängelte sich vor, und als der Metzger sich ihr beflissen zuwandte, sagte Gunten: Meine Katze hat zwar kein Zeitgefühl wie wir Menschen, aber wenn sie hungrig ist, verliert auch sie die Geduld. Sie ist zwar ein guter Fischer, und sie frißt Fisch sehr gerne, doch wir haben ihr den See so gründlich versaut, daß sie längst verhungert wäre, wenn ich nicht für sie sorgte. Und trotzdem sitzt sie jeden Tag geduldig am Ufer.

Der Metzger stand mit offenem Mund da und wischte sich die Hände an der Schürze ab.

Fisch ist gut fürs Gehirn, sagte Gunten, für die Kopfarbeit. Aber man wird davon nicht geduldig wie eine

Katze, der das Zeitgefühl fehlt – obwohl es manchmal ganz heilsam für uns wäre. Und jetzt darf ich Sie bitten, mir das Schweineherz für die Katze zu holen. Gunten atmete schwer, aber er war ganz zufrieden mit sich. Der Metzger brachte wortlos das verpackte Fleisch, tippte den Preis ein und vergaß, das Geld nachzuzählen.

Ich wünsche einen schönen Tag, sagte Gunten und ging zur Tür; er sah sich auf der Straße einmal um; der Metzger stand noch immer hinter der Kasse und rieb sich die Hände an der Schürze.In seinem gelben Heft war keine Notiz, daß er im «Louvre» etwas besorgen mußte, und an den jungen Hilten hatte er keine Fragen.

Braune und gelbe Blätter bedeckten seinen 2 CV; Gunten sah sofort, daß Jean Wort gehalten und keinen Bußenzettel hinter den Scheibenwischer gesteckt hatte. Ich bin bequem geworden wie die Jungen heutzutage, dachte er, als er von der Schulgasse in die Kreuzgasse abbiegen wollte und warten mußte, weil ein alter Mann einen Leiterwagen vor ihm herzog.

Die paar hundert Meter bis zum «Bain» hätte ich auch zu Fuß gehen können. Er sah dem Mann nach, der den Leiterwagen gemächlich in die Deutsche Kirchgasse zog. Sein Blick fiel auf das Schild der Druckerei des «Murten-Bieter»; da fiel ihm ein, daß er den Bericht über die Entwicklung von Weiss' Radiogeschäft vor fünfzehn Jahren nachlesen wollte. Er sagte sich, daß die Bequemlichkeit auch ihre guten Seiten hatte: sie ließ ihm Muße, sich zu erinnern. Er stellte den 2 CV im Parkverbot vor dem Gärtchen ab, wo Oleander eine Abschrankung zur Gasse bildeten, zögerte. Hilten versteht etwas von Pflanzen, dachte er, seine Oleander

blühen noch. Es sind Fremdlinge hier, Hundsgiftgewächse, tödlich! Die Tür zur «Ringmauer» stand offen; Gunten kämpfte mit sich. Er erinnerte sich an einen Arbeitskollegen, mit dem er oft zusammengesessen hatte. Im Laufe des Abends konnte der plötzlich sagen: Jetzt weiß ich, was mir fehlt! Der fünfte Zweier! Danach redete er, wie am Vortag, davon, daß er sein Leben ändern werde.
Gunten kehrte der «Ringmauer» den Rücken, obwohl ihm das Verlangen nach einem Glas Vully in den Rücken stach. So wird man zum Säufer, sagte er sich, und fällt eines Tages in den See, wie meine Schwester, oder wie mein Kollege vom Baugerüst! Mach es wie Cornichon: die läßt immer etwas übrig für den nächsten Tag! Er kam an dem alten Mann vorbei, der in einem Korb Holzscheite aus dem Leiterwagen zu einem Haus trug. Gunten nickte ihm zu. Sie sind ein optimistischer Mensch, sagte er, sonst würden Sie sich nicht einen Holzvorrat für den Winter anlegen. Ich bin auch ein optimistischer Mensch, aber mir trägt der See das Holz fast bis vor die Haustür. Wir glauben beide an den nächsten Frühling! Der Alte sah ihm nach, schüttelte einmal den Kopf, aber er lächelte.

Sogar beim Nichtstun sind die Menschen in diesem Land geschäftig, dachte Gunten, als fühlten sie sich andauernd beobachtet und müßten sich rechtfertigen. Er wartete in dem kleinen Büro des «Murten-Bieter», das zu ebener Erde lag. Eine Frau unterhielt sich mit einem Jungen, der hinter einem Glasschalter stand, dabei ordnete sie immer wieder Bleistifte, Schreibblöcke, Zeitungen und einen Locher um; hin und wieder kicherte sie. Gunten hüstelte. Die Frau wandte

sich ihm mit rotem Gesicht zu. Sie war Mitte Vierzig, rundlich, bäuerisch durch ihre kräftigen Oberarme, breiten Schultern und groben Hände; ihre Augen waren wasserhell. Sie schrieb auf den linken Arm gestützt, in schönen runden Buchstaben, mit kleinen Pausen, als freute sie sich an den gleichmäßigen Worten. Die kurzgeschnittenen Haare trug sie wie eine Kappe.
Gunten lehnte sich gemütlich über den Korpus, der ihn ans Buffet im «Hecht» erinnerte, und sah ihr ohne Ungeduld zu; aber dann bemerkte er, daß die Frau es gar nicht gemütlich fand. Sie nahm einen Auftrag entgegen, es war Routine, der Fall Weiss/Benz interessierte sie überhaupt nicht. Links und rechts von ihr lagen Zeitungsstapel mit ähnlichen Fällen: Informationen eines Tages. Und die Zeitungsstapel hätten ebenso Harasse mit verschiedenen Apfelsorten sein können.
Es wird eine Zeit dauern, sagte die Frau.
So eilig ist es nicht. Ich komme in einer Stunde wieder.
Sie lächelte mitleidig herablassend, als hätte er keine Ahnung von einem Zeitungsarchiv. Und wie viele Kopien?
Eine wird genügen. Er war noch nicht bei der Tür, da stand die Frau wieder bei dem Jungen am Glasschalter. Nun kicherte der Junge. Die Menschen sind nicht eigentlich dumm, sagte sich Gunten, als er den Motor seines 2 CV anließ, sie leben und denken nur in zu kleinen Räumen. Und ich darf mich nicht ausschließen!
Der Alte trug den letzten Korb mit Holzscheiten ins Haus und nickte Gunten zu, als er vorbeifuhr.

16

Gunten parkte den 2 CV und ging quer über den Rasen, den die Leute nur an der 1.-August-Feier betraten. Er hätte bis zum «Bain» fahren können, aber er wollte noch einmal den Garten absuchen, und das würde unauffälliger gelingen, wenn er wie ein Spaziergänger vom Uferweg kam.
Im Schatten der Stadt wünschte er sich, er hätte weiter seiner Bequemlichkeit nachgegeben, so quälte ihn wieder die Dornwarze. Er setzte sich auf einen Quader, am Rande des Rasens vor dem Bootshafen, wo das Baden und Campieren verboten war, zog den Schuh aus und massierte den Fuß.
Das Gerippe aus Leichtmetall, zur Sicherheit aufgestellt, wo der Weg zum See abfiel, war zugleich Wegweiser für enttäuschte Touristen – und ein Trick des Wirtes: ein paar Schritte weiter führte der Weg einer Buchenhecke entlang, dann verlor er sich im Rasen des Restaurants.
Gunten zog den Schuh an, erhob sich, und da sah er die beiden Frauen beim Gitter stehen. Sie waren etwas älter als er, trugen Regenmäntel und Plastikhäubchen und lächelten amüsiert, bevor sie sich abwandten; er folgte ihnen in gehörigem Abstand zum Hintereingang des «Bain». Sie machten, gemächlich und mit der Neugier von Touristen, kleine Umwege zum See und zum Steg, zur Voliere und zu den Badekabinen. Zwei Ruderboote lagen kieloben neben einem gedeckten Segelboot.

Gunten fröstelte, und er sagte sich, daß die Saison endgültig zu Ende war; er hoffte, daß der hundertjährige Kalender unrecht hatte, der einen frühen Winter voraussagte. Er stützte sich aufs Eisengeländer, als er die Treppe zum erhöhten Vorgarten hinaufstieg, und sah in die Kapuzinerkresse, die noch munter blühte, und da bemerkte er erst, daß Tische und Stühle weggeräumt waren. Das Birnenspalier war fast kahl, der Zementboden sauber gekehrt und der Kiesplatz gerecht. Er wußte, daß es unsinnig war, aber er suchte trotzdem den Boden vor der Pergola bis zum Eingang ab, gebückt, die Hände auf dem Rücken. Er ging die Treppe nochmals hinunter, suchte den Rasen unter der Mauer ab und ging die Treppe wieder hoch zum Birnenspalier.
Wo der Weiss einen Veitstanz aufgeführt hatte, lächerlich in seinem Bemühen, von den Drähten loszukommen, die das Spalier hochhielten, ging Gunten in die Knie, nachdenklich, so daß er das Rufen des Wirtes überhörte.
Sie meine ich!
Gunten richtete sich auf, rieb mit der Faust das Kinn und sah sich erstaunt um.
Der Wirt stützte sich mit einer Hand am Türrahmen, die andere hatte er auf der Hüfte und drückte den Bauch hinaus. Von der Pergola her, die zur Voliere führte, kamen die beiden Frauen spaziert.
Ja, Sie meine ich! sagte der Wirt und deutete auf Gunten. Was suchen Sie da? Gunten lächelte und griff ins Spalier. Sie sollten es zurückschneiden! Sie würden sich wundern, wie ebenmäßig es dann ausschlägt. Und düngen, auch mit dem eigenen Laub – und es nicht verbrennen.

Dazu gibt's Gärtner!
Gunten nickte beifällig. Sie müssen einen Gärtner haben, der seine Sache versteht, so sauber ist alles – außer dem Spalier. Der Wirt machte sich unter der Tür größer als er war, zog den Bauch ein und hob drohend den Arm; aber da standen die beiden Frauen vor ihm, er ließ den Arm sinken, machte eine galante Geste daraus und lächelte. Bevor er ihnen in die Gaststube folgte, warf er Gunten einen bösen Blick zu. Nun lächelte Gunten, und er dachte, wenn ich auch nicht willkommen bin, so braucht er mich, jetzt, wo die Saison zu Ende ist.
Die beiden Frauen setzten sich an den gedeckten Frühstückstisch am Fenster, der Wirt trug ihre Mäntel zur Garderobe. Gunten zögerte, unschlüssig vor so vielen freien Tischen; er fror. Der Wirt schloß die Tür; die Bestellung der beiden Frauen bestätigte er auf hochdeutsch und fragte, ob die Damen einen schönen Spaziergang gemacht hätten und sich wohl fühlten.
Gunten grinste in sich hinein. Vielleicht ist er darum so griesgrämig, dachte er, weil er sich von früh bis spät anpassen muß, um es zu etwas zu bringen!
Gunten knöpfte die Jacke auf: Er hatte den ganzen Tag vor sich und, obwohl er sich viel vorgenommen hatte, keine Eile; so sah er geduldig zu, wie der Wirt das Frühstück servierte. Er trug die gewohnte hüftlange weiße Schürze, die ihn auch als Koch ausweisen sollte, und brachte nicht ungeschickt die erwartete schweizerische Behaglichkeit in die Gaststube. Als er an Guntens Tisch trat, die Daumen unter der hüftlangen Schürze, war in seinem Blick der Eifer erloschen, die Röte des Zuckerkranken ließ ihn auf trügerische Art gemütlich erscheinen. Er erinnerte Gunten, wie er

vor ihm stand und auf die Bestellung wartete, an den Metzger in der Hinterstadt, wie er das Schaf an einem Strick in die Schlächterei zog. In der gleichen Pose hatte der Wirt, unter der Tür zum Garten, den jungen Benz weggewiesen. Gunten erschrak, als sich ihre Blicke trafen, wie nahe beieinander trügerische Gemütlichkeit, Geduld und Gewalttätigkeit bei seinen Landsleuten liegen konnten, als hätten sie sich jederzeit zu verteidigen, zumindest zu rechtfertigen.
Gunten bestellte einen Fernet und ein Glas Wasser. Er fand es an der Zeit, das «Bain» zu meiden – und zweifelte dann doch an seinem Entschluß: Nach einem Halben Vully spürte er wieder die Zuversicht, der Claire und er hier einmal einen Namen gegeben hatten. In jenen Tagen saßen sie auch einmal im Restaurant auf dem Mont Vully und sahen auf den See hinunter, der wie ein gläserner Teller dalag; sie orteten sein Haus und wohnten einen Tag lang in ihren Vorstellungen darin – bis er dann merkte: sie wohnten mit verschiedenen Vorstellungen darin, denn für ihn war das Haus nicht bloß eine Kapitalanlage.
Der Blick auf den See erinnerte ihn wie so oft an die offene Landschaft in Australien. Seine Frau, eine Bernerin, war zwischen bewaldeten Hügeln aufgewachsen. Sie hatte sich immer schutzlos gefühlt in diesen Landschaften; nach dem Tod der Kinder war sie darin verloren. Sie stellte sich schon in der Frühe, als Vorwurf eines vertanen Lebens, ihm in den Weg, und er hatte nichts mehr anzubieten als die Zuversicht in jeden neuen Tag.
Sie sagte nicht: In der Schweiz wäre uns das nicht passiert! Sie sagte: Mir wäre das nicht passiert!
So blieb er alleine zurück, dann alleine im Haus seiner

Schwester. Er hatte gelernt, aus seinen eigenen Entschlüssen zu leben; mit den Jahren wurde daraus ein Bemühen, die Tage auszufüllen, mit ein wenig Sinn und Würde sein Leben zu Ende zu leben. Oft wünschte er sich, kein Zeitgefühl zu haben wie Cornichon, wenn sie am Seeufer fischte.
Wenn er hier am Fenster saß, gelang es ihm manchmal; dann schien ihm alles noch einmal möglich. Jean hatte einmal gesagt: In deinem Alter fängt man nichts Neues mehr an. Wir haben alle unsere Chancen gehabt. Claire hatte auf dem Mont Vully gesagt: Dein Haus ist einmal unsere Lebensversicherung.
Vielleicht fürchtete er sich ganz einfach vor dieser Vorstellung.

17

Gunten drehte das leere Glas zwischen den Händen, als ließe sich darin die Zukunft erkennen. Er sah erst auf, als eine der beiden Frauen sagte: Da sind sie wieder! Sie zeigte mit dem Messer zum Seeufer. Ein ältliches Paar stand Hand in Hand beim Gerippe aus Leichtmetall, wo der Weg zum See abfiel.
Glaubst du, die sind verheiratet? fragte die Frau, die Gunten den Rücken zukehrte.
Das weiß ich nicht. Das hast du mich schon gestern gefragt.
Sie sind immer so vergnügt, sagte die andere.
Dann sind sie sicher nicht verheiratet.
Sie lachten etwas schrill, dann bestellten sie Kaffee nach.

Ich weiß nicht, wie ihr Schweizer es anstellt, daß euer Kaffee so gut ist, sagte die eine, unsere Kaffeebohnen sind doch nicht schlechter.
Das ist eben eines unserer Geheimnisse, sagte der Wirt, stellte das Kännchen hin, ging zum Stammtisch der Segler und schlug den «Murten-Bieter» auf.
Das Paar am Seeufer sah schon eine Weile zum «Bain» herüber; einmal nickte sie, er ging die paar Schritte den Weg entlang, der sich im Rasen verlor, blieb stehen und sagte etwas zu seiner Begleiterin; aber sie schüttelte den Kopf, und er ging, anscheinend verärgert, zu ihr zurück. Sie sind verheiratet, dachte Gunten. Ich werde Claire sagen müssen, daß wir uns getäuscht haben und unsere Vorstellungen zu verschieden sind; es wird mir leichter fallen, weil ich sie am Mittwoch versetzt habe. Das wird ihr vielleicht weh tun, aber nur die gemeinsame Lebensversicherung, für die sie das Haus hält, wird sie beschäftigen.
Der Mann stand nun mit hängenden Armen bei der Buchenhecke, etwas lächerlich in seiner Unentschlossenheit. Genau so hatte der Weiss dagestanden, bevor er losgerannt war, um dem jungen Benz die Sehnsucht nach seiner Geliebten mit Beschimpfungen, Schlägen und Fußtritten auszutreiben.
Unter den Gästen von damals ist der anonyme Anrufer zu suchen, notierte Gunten, ein Neider vielleicht.
Der Mann hatte sich zur Umkehr entschlossen: achselzuckend folgte er seiner Frau.
Ein wenig langweilte sich Gunten; sein Blick glitt zu den Seilknoten an der Wand, zum Fenster hinaus und blieb in den Drähten hängen, die das Spalier hochhielten, und er fragte sich, ob der Weiss beim Versuch, von den Drähten loszukommen, die Knöpfe von seiner

Jacke verloren hatte. Aber einer hatte ja beim toten Benz gelegen. Ein gut verknoteter Fall, aber sicher nicht so kompliziert geknüpft wie die Seilknoten!
Gunten leerte das Glas und schimpfte mit sich, daß er nicht gleich nachgesehen hatte.
Würden Sie mir bitte den «Murten-Bieter» bringen? fragte er.
Der Wirt trank das Glas in kleinen Schlücken leer. Bitte, sagte er, zwei Schritte vor Guntens Tisch.
Aufs Personal ist wohl kein Verlaß mehr, sagte Gunten.
Wieso?
Weil Anne nicht hier ist.
Ich habe sie entlassen.
Die Saison geht zu Ende, ich verstehe. Die Tage werden auch für Sie wieder länger.
Der Wirt wußte darauf nichts zu antworten, aber er blieb stehen, die Daumen unter der Schürze, und sah auf den See. Schön ist es noch, sagte er.
Die Touristen halten sich an die Jahreszeiten und nicht ans Wetter, sagte Gunten.
Vielleicht, meinte der Wirt und machte ein griesgrämiges Gesicht.
Gunten schlug die Zeitung auf. Trinken Sie ein Glas Weißen mit?
Der Wirt zögerte, dann nickte er gleichmütig und goß beim Buffet zwei Gläser ein.
Gunten fand die Todesanzeige neben Inseraten für Erdbestattungen; sie war nur wenig größer als sein Daumennagel und vom Stadthaus aufgegeben.
Über den Fall Weiss steht nichts weiter drin, sagte der Wirt, als er sich setzte. Das Geschäft ist wieder geöffnet. Seine Frau führt es nun. Als wäre nichts passiert.

Er lachte. Weiss weiß, was Kunden wünschen! Mir soll es recht sein: So hat er Zeit, mir den Garten auch weiterhin zu besorgen.
Wer besorgt Ihnen den Garten?
Hilten. Sein Geschäft geht doch nicht. Der Wirt sah aus dem Fenster. Den Garten zum See hat er in Ordnung gebracht... jetzt bleibt der Garten zur Straße.
Vielleicht hätte er Gärtner werden sollen, sagte Gunten.
Der Wirt schwieg.
Sie sahen eine Weile auf den See.
Er hat gute Arbeit geleistet, sagte Gunten.
Der Wirt drehte das leere Glas zwischen den Fingern.
Gestern?
Angefangen hat er am Samstag, sagte der Wirt und seufzte. Man muß eine Arbeit, die man angefangen hat, auch zu Ende führen. Aber Hilten hat nie gerne gearbeitet. Früher schon – aber man hat ihm das Leben schwer gemacht. Für wen soll er sich noch abschuften? Seine Söhne verdienen selber, und er lebt alleine, in Galmiz. Er hat das Haus geerbt.
Der Wirt erhob sich, da sich die beiden Frauen erhoben hatten und zur Garderobe gingen.
Noch ein Glas? fragte Gunten.
Der Wirt sah nachdenklich ins leere Glas. Danke, nein, der Tag ist noch lang! Er folgte den Frauen, half ihnen in den Mantel und begleitete sie zur Tür.
Übrigens: woher wußte der Weiss eigentlich, daß der junge Benz hier im Garten saß?
Der Wirt sah kurz über die Schulter, schloß die Tür, dann lachte er: Der Genarrte erfährt es immer zuletzt!
Dann muß es ihm wohl jemand gesagt haben, an jenem Nachmittag.

Der Wirt hob die Schultern.
Vielleicht hat einer angerufen, anonym. Derselbe Anrufer, der der Polizei gesagt hat, der Weiss habe dem Benz gedroht, ihn zu erwürgen und zu ersäufen.
Der Wirt schob mit einer ungeduldigen Handbewegung sein leeres Glas übers Buffet, dann stutzte er. Woher wissen Sie denn, daß der Weiss den Benz im See ersäufen wollte?
Ich war draußen auf der Toilette und habe es gehört. Zufällig.
Der Wirt streckte sich, zog den Bauch ein und sah geringschätzig auf Gunten herab.
Ist der junge Benz noch einmal zurückgekommen? fragte Gunten.
Er ist noch eine Weile bei der Buchenhecke gestanden. Ich mußte nur kurz die Tür aufmachen – und weg war er!
Vielleicht wollte er etwas holen, das er verloren hatte.
Bei mir hatte er nichts mehr verloren, sagte der Wirt und begann das Frühstücksgeschirr abzuräumen. Schließlich kam der Weiss mit seinen ausländischen Kunden immer zum Essen hierher.
Gunten nickte anerkennend; aber der Wirt ging an ihm vorbei, ohne ihn anzusehen, und in die Küche.
Seine Frau brachte Gunten dann ein Glas Vully.
Ich muß einen klaren Kopf behalten, sagte er sich, als er das Glas hob, und etwas essen muß ich auch. Er bestellte über die Tische hinweg, um der Wirtin einen Weg zu ersparen, ein kleines Schinkenbrot, ohne Butter, dafür mit Gurkenscheiben.
Haben Sie sonst noch einen Wunsch? fragte sie und spitzte dabei ihren kleinen Mund; den Kopf hielt sie im Nacken.

Vorläufig nicht, danke, sagte Gunten freundlich.
Sie hat es bestimmt auf dem Magen, dachte er, so abgemagert wie sie ist, nur Gift und Galle, überzogen mit modischen Stoffen. Nichts an ihr, das einen Mann erfreuen könnte. Vielleicht ist er darum so griesgrämig. Er seufzte, dann blätterte er die Zeitung um. Als die Wirtin ihm das Sandwich brachte, war er so vertieft in Hiltens Kleinanzeige, daß er vergaß, ihr zu danken. Er las sie ein zweites Mal: Mini-Shop, Rathausgasse 15, Murten. Jeden Mittwoch Ankauf von Radio-, TV-, Videogeräten, Musikinstrumenten und Fotoapparaten. Öffnungszeiten: Montag bis Freitag, 13.30 bis 18.30 Uhr; Samstag ab 10 Uhr.
Wollen Sie gleich wieder bezahlen? fragte die Wirtin. Es scheint bei Ihnen üblich zu sein, nach jeder Bestellung zu zahlen.
Gunten wedelte ungeduldig mit der Hand.
Ich habe einen gekannt, in Ihrem Alter übrigens, sagte die Wirtin, die Hände auf den flachen Hüften, der hat nach jedem Glas bezahlt. Er hat wohl gemeint, es fällt dann nicht auf, daß er ein Trinker ist. Sie lachte aufdringlich. Er ist später an der Leber gestorben.
Nun sah Gunten auf. Ich hätte gerne ein Messer, sagte er, in meinem Alter beißt man nicht mehr so gut zu. Er grinste anzüglich.
Die Wirtin nahm wortlos ein Messer aus dem Gestell für harte Eier. Gunten schnitt das Schinkenbrot in kleine Würfel.
Dann hat Hilten im Garten gearbeitet, dachte Gunten, und er wird auch den Laubhaufen angezündet haben, bevor er sich davonmachte. Sein Geschäft muß tatsächlich schlecht gehen, daß er sich nicht an die Öffnungszeiten hält.

Das Inserat war am unteren Zeitungsrand plaziert, was Gunten rührte; es war so ein leichtes, es herauszureißen. Er faltete die Zeitung zusammen, steckte das Inserat in sein gelbes Heft und räusperte sich. Ich möchte zahlen, sagte er.
Die Wirtin kassierte wortlos.
Übrigens habe ich vergessen, vorhin das Glas Weißen zu zahlen, das ich Ihrem Mann offeriert habe. Er war so freundlich, sich mit mir zu unterhalten. Und können Sie mir noch Zigaretten bringen?
Im Durchgang ist ein Automat, beim Telefon.
Beim Telefon? Das ist gut! Ich sollte auch telefonieren.
Ortsgespräch?
Genau! Gunten erhob sich. Könnte ich nicht auch vom Buffet aus telefonieren?
Die Zelle ist im Durchgang.
Gunten nickte. Aber Münzen können Sie mir geben, für die Zigaretten und fürs Telefon. Haben Sie auch orientalische Zigaretten?
Der Herrgott hat Ihnen ja Augen gegeben, sagte die Wirtin schnippisch und wechselte ihm einen Fünfliber.
Eines hat er mir bereits wieder genommen, sagte Gunten unter der Tür, aber mit dem anderen sehe ich noch ganz gut!

18

Was machst du im Reisebüro? fragte Jean. Er stand am Fuß der Treppe zum Polizeiposten, die Hände in den Hosentaschen, an Guntens Wagen gelehnt. Willst du wieder auswandern? Er grinste und ging langsam

auf Gunten zu. Im Parkverbot stehst du auch!
Ich hab es eilig, sagte Gunten; die Karte vom Seeland hielt er hinterm Rücken. Und wegen der paar Minuten.
Die kosten dich dreißig Franken! Ich habe dich vom Fenster aus beobachtet. Du meinst, weil du Freunde bei der Polizei hast, kannst du dir das erlauben.
Ich kann keine hundert Schritte gehen, so plagt mich die Dornwarze.
Geh zum Arzt!
Tu ich, sobald ich alles erledigt habe. Und nun laß mich einsteigen!
Jean lehnte sich an die Wagentür und grinste. Seit wann hast du es eilig?
Ich habe auch zu tun.
Was denn, außer deine Rente auszugeben?
Gunten machte ein beleidigtes Gesicht. Warum sitzt du um diese Zeit nicht in der «Eintracht»?
Weil ich auf Leute wie dich aufpassen muß. Und dann hält uns die Scheißbande ganz schön auf Trab. Du weißt: die Einbrüche am See.
Du bist schlecht gelaunt, weil du nichts im Magen hast, sagte Gunten und klopfte Jean versöhnlich auf die Schulter. Jeder Mensch hat seine Gewohnheiten: ich brauche am Morgen einen Fernet und du eine Neuenburgerwurst. Und jetzt laß mich einsteigen, du hast es doch auch eilig!
Beim Benz haben sie eingebrochen, sagte Jean. Bei dem ist doch nichts zu holen, das heißt bei Frau Marti. Er wohnte möbliert. Nur alter Plunder, Gerümpel.
Merkwürdig, sagte Gunten und rieb sich das Kinn. Es paßt auch gar nicht zu den anderen Einbrüchen.
Vielleicht haben sich die Einbrecher geirrt.

Am hellichten Tag? Frau Marti ist bei ihrer Schwester in Münchwiler gewesen. Gestern nachmittag –
Und wir haben um diese Zeit in der «Ringmauer» zu Mittag gegessen.
Genau! sagte Jean verärgert und gab die Wagentür frei.
Ihr werdet ihnen schon auf die Spur kommen! Und ich werde mich in der «Eintracht» daran erinnern, daß du ein Auge zugedrückt hast. Gunten lachte kameradschaftlich. Sieh zu, daß du etwas in den Magen bekommst. Du bist dann gleich umgänglicher. Wie meine Katze.
Ich mag Katzen nicht, diese falschen Viecher.
Beleidige Cornichon nicht! Gunten öffnete die Wagentür; bevor er sich hinsetzen konnte, hatte Jean ihm die Karte unterm Arm weggezogen.
Sieh mal an, sagte Jean und hielt die Karte wie ein Notenblatt vor sich hin. Geht deine Reise also nicht in die Ferne! Ich dachte, du kannst keine hundert Schritte gehen! Er wedelte mit der Karte. Du schwitzt ja plötzlich! Er warf Gunten die Karte auf den Schoß. Du führst irgend etwas im Schilde, das spür ich!
Man muß wissen, wo man lebt! In den letzten Jahren hat sich das Seeland verändert. Ich weiß nicht einmal, wo das Bächlein entspringt, das in der Nähe meines Hauses in den See fließt. Cornichon meint, es sei noch der beste Ort zum Fischen. Und der junge Benz lag dort ganz in der Nähe.
Da hättest du dir eine bessere Karte holen sollen, sagte Jean, dann stutzte er. Was hat der Benz damit zu tun?
Gunten sah den Tauben auf der Straße zu, die sich im Kreise drehten. Für meinen Zweck genügt diese Karte, sagte er und startete den Motor.

Und was ist dein Zweck?
Auf dieser Karte sind alle Banken in der Gegend blau eingetragen, das ist dir als Kriminalbeamten sicher aufgefallen. Vielleicht suche ich mir einfach eine Autobank, um meine Rente hinzubringen. Du weißt ja: ich kann keine hundert Schritte gehen. Er legte den ersten Gang ein. Und jetzt, Jean, geh und iß deine Neuenburgerwurst, du siehst aus wie Cornichon, wenn sie merkt, daß sie den Fischen nicht nachschwimmen kann. Salü, Jean!
Im Rückspiegel sah er Jean ihm drohend nachwinken. Beim Pfisterplatz, eingeparkt in die blaue Zone, zögerte er, dann fuhr er in die Schulgasse; die Stadt war nun hellwach und beim Geschäftemachen. Er fuhr langsam an den Verkaufsständen vorbei durch die Kreuzgasse, hielt dann, bevor er in die Hauptgasse einbog und so, daß er zur «Eintracht» sehen konnte. Er lachte vor sich hin, duckte sich, als er Jean unter den Lauben kommen sah. Ich habe ihm Probleme aufgegeben, dachte er und überhörte das Hupen hinter sich. Er wird sie beim Essen vergessen. Aber lösen wird er sie nicht. Und er muß schließlich die zwei Sprossen von der Bockleiter herunterkommen.
Fahren Sie doch endlich weiter, Sie alter Trottel! rief ein junger Bursche aus einem Lieferwagen. Sehen Sie nicht, daß Sie die Durchfahrt versperren?

Ist das alles? fragte Gunten enttäuscht.
Die Frau hinterm Schalter des «Murten-Bieter» schob ihm den Zeitungsartikel wieder hin. Ihr von Natur aus rotes Gesicht wurde noch röter. Unser Archivar ist zuverlässig, sagte sie. Auch wenn Sie ihn mit Ihrem Anruf gedrängt haben. Sind Sie immer so ungeduldig?

Ungeduld ist nicht das Privileg der Jugend, sagte Gunten, faltete die Kopie des Artikels zusammen und steckte sie in die Tasche.

Das macht acht Franken.

Acht Franken für eine alte Geschichte?

Bitte!

Gunten zahlte und ging. Auf der Heimfahrt summte er vor sich hin, den Takt trommelte er mit den Fingerbeeren aufs Steuerrad.

Cornichon saß vor dem Gartentor und putzte sich. Als Gunten seinen Nachbarn, neben einem Eimer mit Fischen, die Netze waschen und aufhängen sah, wußte er, wieso Cornichon so zufrieden war.

Sie saß am Wasser und blickte sehr trübselig, sagte der Fischer. Mein Fang wird auch von Woche zu Woche kärglicher, aber vielleicht sind wir beide ungeschickter geworden, die Katze und ich.

Sie verwöhnen die Katze, sagte Gunten.

Ich will bloß nicht, daß sie zum Dieb wird, sagte der Fischer; er stand wie gefangen zwischen den Netzen und lachte.

Gunten nickte ein wenig beschämt, ging zum Haus und schloß die Tür auf; die Katze folgte ihm. Gunten beugte sich zu ihr hinunter, und sie rieb ihren Kopf an seinem Bein. Du wirst wohl Durst haben nach deiner Mahlzeit, und das Seewasser schmeckt dir nicht mehr! Er verdünnte eine halbvolle Schale Milch mit Wasser und stellte sie neben die Küchentür.

Als er die Schweineherzen, zu Tagesportionen geschnitten und abgepackt, in den Kühlschrank legte, war die Schale leer. Gunten ging mit einem Eimer heißen Wassers, das Handtuch über der Schulter, ins Wohnzimmer, setzte sich in den Schaukelstuhl, krempelte die Hosenbeine hoch, zog die Socken aus und stellte mit einem Seufzer die Füße ins Wasser. Die Katze hockte unter der Tür und sah mit halbgeschlossenen Augen auf den See.

Du bist nicht falsch, Cornichon, sagte er, du willst mir nur sagen, daß du trotz allem deine Unabhängigkeit bewahrt hast. Das ist gut so. Wir werden sie beide bewahren, auch im Alter, und eines Tages hoffentlich mit Würde abtreten.

Die Katze sah ihn über ihren breiten Rücken hinweg lange an, bevor sie sich zufrieden beim Türpfosten ausstreckte, als hätte sie erst darüber nachdenken müssen; dann gähnte sie und schloß die Augen. Gunten schloß für eine Weile ebenfalls die Augen; er wiegte sich im Schaukelstuhl und lauschte dem Seufzen der Wellen am Ufer; dann schaltete er den Kassettenrekorder ein und merkte nicht, wie das Fußbad kalt wurde. Er sah auf den See hinaus und horchte den Erinnerungen nach, die der junge Benz auf Band gesprochen hatte. Er fühlte, in einer seltsamen Wehmut, die Schwere seines Körpers. Er sah sich auf der Kuppe des Chasseral, Claire zur Seite; er wanderte durch den Chablais, dem noch gesunden Schilfgürtel entlang, in dem das Tuscheln, Kichern und Flüstern des Frühlings war...

Er fror, als er merkte, daß das Fußbad kalt war, trocknete die Füße, und als er mit dem Rasiermesser die Dornwarze aus dem Fleisch schnitt, erinnerte er sich an seine Mutter, die es ihm gleich getan hatte. Er lächelte und dachte, daß auch die kleinen Übel vererbt werden.

Er rauchte unter der Tür eine Zigarette, als er das leise, blecherne Dröhnen von Flugzeugen hörte – und

da merkte er, daß er vergessen hatte, den Rekorder abzuschalten, wie es wohl auch der junge Benz am See vergessen hatte. Gunten ging zum Tisch, zögerte mit erhobener Hand und horchte dem leiser werdenden Dröhnen nach, dabei erinnerte er sich an die Zweierstaffel Hunter, die den See überflogen hatte, Richtung Chablais, als er mit Jean im «Bain» seinen Wein getrunken hatte, am Fenster, während der junge Benz alleine an einem Blechtisch im Garten saß, die Jacke zugeknöpft, still, die Schultern hochgezogen, in sich gekehrt.
Gunten drehte den Rekorder lauter, und ihm schien, er höre das Klirren der Kabel an den Masten der Segelboote im aufkommenden Föhn. Er holte das letzte gelbe Heft aus dem Schrank, blätterte seine Notizen zum Samstag durch, horchte auf die Geräusche auf dem Tonband, wartete auf die Rückkehr der Hunterstaffel, den Überfall von Weiss auf den jungen Benz – und dann glaubte er sein Husten zu hören. Sein Magen krampfte sich zusammen, und er schenkte sich einen Fernet ein.
Wieder das Klirren der Kabel, stärker nun, das Dröhnen der Hunterstaffel, die zurückkehrte, in der darauf folgenden Stille einmal das Gezeter von Bleßhühnern und dann wieder ein trockenes Husten, um einiges näher diesmal, so schien es Gunten.
Er folgte mit dem Zeigefinger seinen Notizen, nickte, als das Band sich lange leer drehte, bis wieder ein Husten zu den Seegeräuschen kam und, folgerichtig, Weiss den jungen Benz beschimpfte und das Band nach seiner Drohung: Und das hört jetzt auf! abgespult stehen blieb. Gunten merkte, daß nicht alle seine Eintragungen stimmten! Er war zweimal auf der Toi-

lette gewesen; er hatte sich auch beim zweiten Mal, nachdem er einen Kipfel gegessen hatte, unterm offenen Fenster erbrochen, und da saß der junge Benz am Blechtisch, alleine, und die Hunterstaffel war längst seeaufwärts geflogen.
In der Zeit, als die Hunterstaffel über den See zum Chablais und dann wieder zurückflog, saß ich Jean gegenüber, ergänzte und korrigierte Gunten seine Notizen. Es ist nicht mein Husten, den ich auf dem Band gehört habe; die Toilette liegt am gemauerten Durchgang zum See, aber so empfindlich ist das Gerät nun auch wieder nicht: man hört auf dem Band nicht, daß ich mich erbreche.
Es muß ein dritter Mann am See gewesen sein, zufällig und unbemerkt wie ich, notierte Gunten. Er hat Weiss' Drohungen gehört wie ich. Und nur er kann der anonyme Anrufer gewesen sein.
Unter der Haustür versuchte sich Gunten durch langsames Atmen zu beruhigen, den Magen zu entkrampfen. Cornichon rieb sich an seinem Hosenbein. Jetzt muß ich auch etwas essen, sagte er. Die Katze hielt sich zu seinen Füßen. Du bist schon satt! Wenn du weiter aus fremden Tellern frißt, wirst du fett und träge wie Jean.
Die Katze miaute fordernd.
Ich lasse dich zu oft alleine. Und ich meine, ich könnte es wieder gutmachen, wenn ich dir den Teller nachfülle. Dann bist du zu müde, um mir etwas nachzutragen, und ich kann mir einreden, deine satte Zufriedenheit sei Nachsicht. Verzeih! Er beugte sich zu ihr hinab, kraulte ihr den Nacken. Weil ich dich kenne und du mich kennst, werde ich heute im «Hecht» essen. Wir würden uns sonst wieder in die Mahlzeit teilen.

Gunten legte die beschriebenen Hefte in den Schrank zurück, packte den Rekorder in eine Schachtel, adressierte sie an Jean und verschnürte sie; er steckte das Päckchen, die Karte vom Seeland und die Kopie aus dem «Murten-Bieter» zum gelben Heft in die Jackentasche, ließ den Rolladen entgegen seiner Gewohnheit herunter und scheuchte die Katze mit einem leichten Anheben des Fußes aus dem Haus.

Ich verspreche dir, früh heimzukommen, sagte er. Wenn Oliver kommt, um die Äpfel zu pflücken, sei diesmal nett zu ihm. Und wenn er Fleisch mitbringt, rühr es nicht an. Du paßt aufs Haus auf!

Er ging zum Brunnengäßli, wo beim Zaun zu seinem Grundstück sein 2 CV stand; bevor er abbog zum See, sah Gunten sich noch einmal um. Die Katze stand unschlüssig auf dem Weg vor dem Haus, als könnte sie ihn so zur Umkehr zwingen. Gunten seufzte; zwischen seinem Wagen und einem Ginsterbusch hindurch sah er Cornichon auf Tasmanien zulaufen.

19

Man wird sich erinnern: Vor rund fünf Jahren übernahmen in der Hauptgasse zwei Junggesellen, Marius Weiss (ein Hiesiger) und Jakob Hilten (ein Zugezogener), das Radio- und TV-Geschäft Strub. In «wohlgesinnter Übereinstimmung», wie sie damals bei einem Apéro bekanntgaben. Das Geschäft entwikkelte sich und blieb konkurrenzlos, bis Marius Weiss vor einem Jahr die Sekretärin B. L., eine Bernerin aus gutbürgerlicher Familie, heiratete. Ihre Eltern betrieben in Bern, Interlaken, Thun und Fribourg ebenfalls Radio- und TV-Geschäfte (Lang

AG). Ein halbes Jahr später übernahm Marius Weiss, im Auftrag der Lang AG, die Liegenschaft Hauptgasse 17. Und in «wohlgesinnter Übereinstimmung», wie es dieses Mal in Anzeigen in der Tagespresse hieß, trennten sich die beiden Geschäftspartner, um unabhängig voneinander zwei Tür an Tür gelegene Geschäfte weiterzuführen. Wie sich die Trennung «in wohlgesinnter Übereinstimmung» tatsächlich vollzog, konnten die Murtener staunend mitverfolgen. «Ein Kampf bis aufs Messer», so Jakob Hilten, begann und zog sich fünf Monate hin: mit Sonderangeboten, Eintauschaktionen, Rabatten, Schleuderpreis- und Räumungsaktionen. Entschieden wurde er durch den Einfall der Firma Lang AG, einen Straßenmarkt abzuhalten, auf dem Marius Weiss seine Geräte zum halben Preis anbot, dazu Wurst mit Brot und Bier offerierte. Ein kleines, privates Volksfest sozusagen (am Nachmittag spielte noch eine Ländlerkapelle auf). Gleichzeitig machte die Lang AG in ganzseitigen Inseraten die «verehrte Kundschaft» darauf aufmerksam, daß dem Bedürfnis der Käuferschichten des Einzugsgebietes von Murten entsprochen werden könne und in Zukunft auch Foto- und Filmapparate mit allem Zubehör angeboten würden. Die Räumung von Jakob Hiltens Geschäft (und die Übernahme durch die Lang/Weiss AG) vollzog sich stillschweigend. Seit dem 4. September betreibt Jakob Hilten in der Rathausgasse ein neues Geschäft. So bedauerlich es ist, daß auch unsere kleine Stadt von den Geschäftspraktiken der «Großen» nicht verschont bleibt, so erfreulich ist es, daß Jakob Hilten den Mut zur Neueröffnung eines eigenen Geschäftes gefunden hat; über das berufliche Rüstzeug, wie man so sagt, verfügt er ja. Wir wünschen ihm Erfolg. Wir freuen uns, daß nun wieder zwei Unternehmen bestehen. Und wir hoffen, daß man künftig zu fairen Geschäftsmethoden zurückkehrt.

Gunten schob den Artikel, der vor etwas mehr als zehn Jahren von einem c. b. geschrieben worden war, zur

Seite. Inzwischen war die Lauchcrèmesuppe kalt geworden. Er saß auf seinem angestammten Platz im «Hecht», seitlich der Theke, mit dem Rücken zur Wand im schummrigen Licht einer Bierreklame. Eine Weile rührte er nachdenklich, das Kinn auf den Handballen gestützt, in der Suppe, dann legte er, verärgert über sein sinnloses Tun, den Löffel hin.

Die Uhr, die Marthas Sohn aus einer Kupferpfanne gebastelt hatte, zeigte die elfte Stunde. Gunten kam sich wie ein Relikt aus einer längst vergangenen Zeit vor, als der «Hecht» noch Gasthaus und nicht Restaurant geheißen hatte und die Gaststuben Holzdecken gehabt hatten. Das Buffet wuchs damals mit seinen Regalen aus der Wand, die Wände waren tapeziert, Schwarzweißaufnahmen zeigten Leute, die das Große Moos trockenlegten. Die Tische waren aus Eschenholz, weiß geschrubbt wie die Leintücher, die Martha im Garten zum Trocknen aufhängte. Die Holzdielen knarrten, wenn einer sich erhob, klebrige Fliegenfänger hingen zwischen schmiedeeisernen Lampen, Stumpenrauch gab der Gaststube das Uferlose eines nebligen Herbstabends am See... Gunten seufzte. Nun waren die Wände aus Kunstholz, den Boden bildeten Schweizerkreuze aus Linoleum, man saß an kleinen Tischen, auf die kein Bauer mehr wagte, mit der Faust zu schlagen. Die Nebenräume waren hell und kahl, und wenn der letzte Gast darin abgefertigt war, wurden sie geschlossen.

Man muß mit der Zeit gehen, hatte Martha nach dem Umbau vor zwei Jahren gesagt, sonst geht sie über uns hinweg.

Gunten hatte sie angesehen, wie sie vor ihm stand in ihrer weißen Trägerschürze mit unschuldig hellen Augen, die Arme unter der riesigen Brust verschränkt, das unbändige, inzwischen ergraute Haar zu einem Knoten geflochten. Sie ging wieder hinters Buffet zurück, und als sie Gunten lächeln sah, machte sie ein betroffenes Gesicht – wie die Gäste, die zum ersten Mal ins Restaurant kamen, getäuscht durch die Fassade des Hauses aus dem achtzehnten Jahrhundert, die stilgerecht renoviert worden war. Hier hatte Guntens Schwester ihre Rente versoffen und von Christophero erzählt, der in Gandria ein Grotto führte und den sie hätte heiraten können. Sie konnte auf dem Ölbild an der Wand – Gandria im Frühling –, das Christophero für sie malen ließ, jedem Christopheros Haus zeigen, das auch das ihre hätte sein können. Es lag direkt am See, unterhalb der Kirche, mit einem Gärtchen voller Ginster, Azaleen und Rhododendren, wenige Schritte vom Bootssteg, wo die Ausflügler anlegten. Sie hatte dann Martha das Bild geschenkt, und Martha hatte es in der Weinstube an die Wand gehängt, damit jeder sehen konnte, daß auch Guntens Schwester eine Geschichte hatte, und diese Geschichte verwob sich mit den anderen Geschichten im tränenreizenden Stumpenrauch, spät abends.

An jenem letzten Abend in ihrem Leben beschwichtige sie die Empörung ihrer Freunde am weißgeschrubbten Tisch, als ein Gemüsehändler aus dem Großen Moos sie gefragt hatte, warum sie denn ihren Christophero nicht geheiratet habe und nach Gandria gezogen sei. Sie könne dann, meinte der Händler, den an den glühenden Hängen gereiften Merlot trinken. Er würde ihre Nerven beruhigen und ihre überzogene Phantasie. Die trockene Luft klärte ihr Asthma und die laue Wärme des Sees ihr Rheuma.

Guntens Schwester, so hatte man ihm erzählt, wirkte trotz ihrer Magerkeit so kräftig, daß sie dem Händler wohl hätte eine verpassen können. Sie hatte einen Liter Vully bestellt für die Tischrunde und den Gemüsehändler eingeladen, mitzutrinken. Als sie das Glas hob, wollte sie einen Trinkspruch anbringen. Auf Christophero! sagte sie. Er liegt inzwischen unter der Erde, in der Nähe des Rebhanges, der uns eine Woche lang versorgt hat. Wir haben nicht geheiratet, weil im Wünschen Erwartung ist und kein Versagen.
Darauf hatten sie noch eine Flasche getrunken. Keiner merkte, als der Gemüsehändler, ohne seine Geschichte erzählt zu haben,vom Stuhl fiel und Guntens Schwester aufrecht ging, wie gewöhnlich.
Gandria erinnerte Gunten an seine Versäumnisse, und er überlegte, daß er trotz des Umbaus herkam, weil ihn Gewissensbisse plagten.
Schmeckt es dir nicht? fragte Martha.
Zwischen zwei jungen Arbeitern hindurch, die Henkelgläser Bier vor sich hatten und lautlos lachten, sah er Martha an einem Tisch neben der Küchentür Papierservietten falten. Da stand auch schon ihr Sohn, ein hochaufgeschossener Bursche mit Armen bis fast zu den Knien und einem ehrgeizigen Blick, unter der Tür; er prüfte den Stapel gefalteter Servietten, nickte Gunten wortlos zu und ging in die Küche zurück.
Sie hat nun doch die Kontrolle über die Küche verloren, dachte Gunten, wie er sie so dasitzen sah, während die Frau des Sohnes hinterm Buffet dünne Brotscheiben in Körbchen verteilte. Entschuldige, sagte er, als Martha an seinen Tisch kam, ich war in Gedanken.
Du vergißt darüber zu leben! Du bist zuviel alleine.
Gunten probierte einen Löffel kalter Suppe. Früher

habe ich gelebt und mir keine Gedanken darüber gemacht. Ich frage mich, ob der Mensch beides gleichzeitig kann und doch zufrieden vorwärtskommt. Manchmal meine ich, ich hörte deine Schwester! Soll ich dir die Suppe aufwärmen?
Nein.
Ins Heft schreibst du auch wieder. Und seit wann liest du Zeitung?
Sie drehte, neugierig wie eh auf teilnehmende Weise, den Artikel zu sich. Diese alte Geschichte! sagte sie, setzte sich aber.
Gunten saß ein wenig eingeknickt da; er fühlte sich, auf dem unbequemen Plastikstuhl, wie mit Gewichten beschwert von seinen Erinnerungen, die nur in der alten holzgetäferten Gaststube nicht bloß die banale Geschichte eines Versagens gewesen wäre. Er war plötzlich mutlos und wünschte sich einen Menschen, mit dem er über die Aufgabe, die er sich gestellt hatte, hätte reden können, einen, der Verständnis und Nachsicht gezeigt hätte für seine Versäumnisse. Er dachte an Jean, den er schadenfreudig mißbrauchte und dem er beweisen wollte, wie allen, die ihn belächelten, daß er noch lange nicht die Krümel vom Tisch des Lebens aß. Er schämte sich, daß er Jeans Arbeit und Leben in Frage stellte, um seinem eigenen einen Sinn zu geben. Er sah zwischen Brotkrümeln sein gelbes Heft liegen, die Karte vom Seeland, das Päckchen mit dem Rekorder, und er fragte sich, was ihn das alles anging. Aber dann sah er den jungen Benz, der ihm einen gesteppten Mantel anprobierte und dabei sagte, in einem Mantel müsse man sich wohlfühlen wie in einem Haus; er sah ihn am See, alleine, die Schultern hochgezogen, als suchte er Schutz in sich selber. Und er sah,

wie der Weiss über den Rasen gestampft kam: ein Betrogener auch er.
Und nur wegen meiner kranken Galle hat sich mir eine Aufgabe gestellt! dachte Gunten. Es wäre nicht recht, wenn ein Mensch für ein Verbrechen büßen müßte, das er vielleicht nicht begangen hat, und ihm so verwehrt würde, eines, das er begangen hat, wieder gutzumachen.
Gunten nickte und streckte sich; er lehnte sich zurück, und seine plötzliche Ruhe wärmte ihn.
Hilten war doch nicht Junggeselle, sagte Martha. Er ist geschieden! Seine beiden Söhne sind bei ihm aufgewachsen. Und getrennt hat er sich von Weiss nicht – was schreiben sie da –: «in wohlgesinnter Übereinstimmung». Daß ich nicht lache!
Gunten lächelte, mit über dem Bauch gefalteten Händen.
Eine Frau kann die besten Freunde auseinanderbringen! sagte Martha. Und der Weiss war eben jünger und aus gutem Haus. Und sie wollte eigene Kinder haben.
Martha stand auf und sah mit Widerwillen in den Speisesaal, der erst spärlich besetzt war mit Reisenden, Chauffeuren und Arbeitern, die auf das Tagesmenü warteten, das die Frau ihres Sohnes gekocht hatte. Dann schloß sie kurz die Augen und hob die Schultern, wie es der junge Benz am See getan hatte.

Gunten legte ihr die Hand auf den Arm: Willst du mir nicht die Suppe aufwärmen, Martha, ich bin hungrig! Er legte die Jacke ab, klappte die Karte vom Großen Moos auf und maß mit einem Zahnstocher den Fußweg vom Bootssteg beim «Bain» über Muntelier, dem

See entlang bis zum Chablais, durch den Chablais bis nach Sugiez Dorfmitte aus.
Als Martha ihm die dampfende Suppe hinstellte, maß er gerade den Uferweg ein drittes Mal aus: 2 Kilometer bis zum Zeltplatz und der Kläranlage, einen halben bis zum Weg, der durch den Chablais schnurgerade führt, 2.75 Kilometer bis zur Brücke und der Abzweigung nach Sugiez, und noch einmal 0.75 Kilometer, über den Broyekanal, bis Sugiez Dorfmitte. Total: 6 Kilometer. Also zwei Stunden Fußmarsch, wenn man langsam ging; aber der Weiss war ja betrunken gewesen! Gegen 19 Uhr war der junge Benz erschlagen worden. Um 21 Uhr war der Weiss im «Croix-Blanche».
Du hast immer noch die gleiche wacklige Handschrift wie auf den Postkarten, die du deiner Schwester geschrieben hast, sagte Martha.
Es kann hinkommen, notierte Gunten. Schlimm für ihn. Um zehn ist er zurückgelaufen – und später an meinem Haus vorbei. Er muß den toten Benz wieder am Ufer liegen gesehen haben. Da ist ihm sicher bewußt geworden, was er getan hat, wenn er es getan hat! Das muß furchtbar für ihn gewesen sein! Er hatte ein Motiv und kein Alibi! Nur daß er betrunken gewesen ist und sich an nichts erinnern kann. Er hat vielleicht gute Gründe, sich nicht zu erinnern. Und es fehlen ihm zwei Stunden. Und was suchte er in Sugiez...
Du machst dir die Augen kaputt, sagte Martha. Du solltest dir eine Brille kaufen. Du bist doch längst aus dem Alter heraus, in dem man eitel ist!
Gunten schlug mit der flachen Hand aufs Heft, so daß im Suppenteller ein kleiner Sturm entstand, und ver-

zog schmerzhaft das Gesicht; als er die Hand hob, steckte im Daumen der Zahnstocher. Er zog ihn heraus und leckte den Blutstropfen ab. Mein Hausarzt sagt, seien Sie bloß eitel, das hält Sie bei Figur.
Willst du eine Wanderung durchs Moos machen? Um bei Figur zu bleiben!
Lieb von dir, daß du mir die Suppe aufgewärmt hast, sagte Gunten, steckte das Heft in die Jackentasche, faltete die Karte zusammen und zog den Teller zu sich. Bevor er den Löffel aufnahm, legte er den Zahnstocher in den Aschenbecher. Mit einem solchen Stückchen Holz, lang wie eine Messerklinge und spitz, könnte man einen Menschen töten, sagte er.
Ich weiß nicht, was du vorhast, Gunten, aber mein Gefühl sagt mir, daß es mit dem Benz zu tun hat.
So, sagte er bloß, lächelte friedfertig, tauchte den Löffel in die Suppe und beugte sich ein wenig zu ihr hinüber. Kannst du schweigen, Martha?
Sie nickte, irritiert und ein wenig verlegen.
Dann ist es gut: ich nämlich auch. Er lachte schallend und nahm den Löffel wieder auf. Die Suppen, die deine Schwiegertochter kocht, sind ausgezeichnet. Aber im Vertrauen: deine sind würziger. Er legte ihr begütigend die Hand um die Taille.
Laß das, Gunten, aus dem Alter sind wir doch heraus! Iß deine Suppe, bevor sie wieder kalt ist. Ich mach dir ein schönes Kotelett, wie nach deiner Heimkehr aus Australien.
Das ist keine Frage des Alters, sagte er, das wissen wir beide.

20

Gunten ließ den 2 CV, mit eingelegtem ersten Gang, die leichte Böschung vom Parkplatz des «Hecht» zur Hauptstraße rollen und startete den Motor. Bevor er abbog, blickte er sich noch einmal um. Martha stand unter dem Kastanienbaum, einen Leinensack Wäscheklammern über der Schulter, und winkte ihm zu wie einem Verschwörer. Er hob die Hand, trocknete sich mit dem Hemdsärmel die Stirn und verfluchte seine Unbeherrschtheit, seine Gutmütigkeit und den alten Fehler, es allen recht machen zu wollen. Er rülpste hustend, knöpfte das Hemd auf, lockerte den Gürtel um zwei Löcher, klappte beide Seitenfenster hoch und fuhr Richtung Großes Moos. Und da erinnerte er sich wieder an das trockene Husten im Garten des «Bain», das der junge Benz, zufällig wie alle anderen Geräusche, aufgenommen hatte. Er hielt kurz nach dem Schloß, überprüfte seine Notizen und ergänzte sie mit einem Auflachen. Vielleicht bin ich ein Amateur, wie Jean sagt, aber ein Amateur hat Geduld und ist noch wach für das Beiläufige!

Die Zugluft tat ihm wohl, aber er wußte, daß er abends dafür mit Rheuma büßen mußte.

Links und rechts reihten sich ein- und zweistöckige Häuser aus Bruchstein, die zusammengehalten wurden von Holzriegeln, beschattet von weit hinausgezogenen Dachhimmeln. Reben krallten sich ans Gemäuer, überwucherten zusammen mit Rosen die Fenster, und Gunten hatte einen Augenblick lang das Gefühl, überhaupt nicht vorwärtszukommen; das dunstige Mittagslicht blendete ihn, und das Essen lag ihm schwer auf dem Magen. Aber Martha, sonst als Köchin in der Küche nicht mehr geduldet, da sie zu üppig kochte und zu große Portionen ausgab, war neben ihm sitzengeblieben – dem Relikt aus der guten alten Zeit –, bis er die beiden Koteletts, die Butternudeln und das letzte Salatblatt gegessen und die Sauce mit einer Scheibe Brot aufgetunkt hatte.

Mit dem Essen kommt der Appetit! sagte sie. Ich habe dir zwei Koteletts gemacht, weil sie nicht mehr das Gewicht von früher haben.

So durfte er sie in ihrer gutgemeinten Absicht nicht enttäuschen; er durfte ihr nicht das Gefühl nehmen, sich noch einmal, wie früher, nützlich gemacht zu haben. Und sie hatte recht gehabt: Mit dem Essen kam der Appetit! Er hatte, in genüßlicher Erwartung auf den nächsten Bissen, kleine Pausen gemacht und sich bedienen lassen wie von Claire – aber ohne einem anderen Anspruch gerecht zu werden, als zu essen.

Einmal sagte sie: Beim Braten der Koteletts ist mir plötzlich wieder etwas eingefallen, wie mir immer Dinge einfallen, wenn ich in der Küche hantiere.

Gunten dachte, sie wolle ihm wieder von der guten alten Zeit erzählen, von den im Stumpenrauch verwobenen Geschichten, um ihn dann wieder an den letzten Abend seiner Schwester zu erinnern. Er wischte sich den Mund ab, schloß die Augen und griff blind nach dem Weinglas.

Martha rückte ein wenig näher; ihre hellen Augen hatten plötzlich wieder den listigen Glanz früherer Jahre. Weißt du, wenn ich am Herd stehe –

Und in den Töpfen rührst, unterbrach er sie, dann

fallen dir wieder die alten Geschichten ein.
Diesmal nicht, Gunten, sagte Martha ohne Ungeduld. An jenem Abend, als der Benz erschlagen worden ist, stand ich in der Küche und trocknete Gläser wie früher. Auch wenn wir jetzt einen Geschirrspüler haben: man muß die Gläser immer noch abtrocknen.
Ich dachte, du standest am Herd.
Das ist jetzt nicht so wichtig! Wir haben zuviel Kalk.
Gunten schob mit der Gabelspitze den Knochen sanft an den Tellerrand.
Einen Augenblick war es wie früher, denn plötzlich stand der Weiss unter der Tür. Ein großer Mann, noch immer stattlich und trotzdem so verändert! Aufgeschwemmt, mit hängendem Kopf, betrunken. Ich hatte Angst, er würde hinfallen.
Gunten hatte langsam die Arme sinken lassen und vergessen zu kauen; er merkte nicht, wie ihm das Öl die Galle reizte.
Ich wußte doch, daß dich die Geschichte interessiert! Aber du mußt essen: es wäre jammerschade, wenn das Fleisch kalt würde!
Gunten schnitt das zweite Kotelett an, ließ sich Nudeln auffüllen, Wein nachgießen und aß weiter, wie Martha es wünschte. Sie erzählte auch gleich weiter, und mit dem Appetit kam die alte Neugier.
Einen Augenblick lang, sagte Martha, wäre sie nicht überrascht gewesen, wenn der Hilten hinter dem Weiss in die Gaststube getreten wäre. Der Schützenverein tagte, und der Raum war schwer vom Stumpenrauch. Früher, als Partner, waren sie fast täglich zusammen gekommen, um ihre Geschäfte beim Essen zu besprechen, das sie gekocht hatte. Sie waren zwei gute Esser, und standfeste Trinker. In Murten haben die

Wände Ohren, sagte Hilten immer. Aber in Galmiz, wo er wohnte, gab es keine vernünftige Wirtschaft. So trafen sie sich hier, im «Hecht».

Gunten aß, damit sie weitererzählte, aber auch weil es ihm schmeckte, und er vergaß darüber alle guten Vorsätze.

Weiss war alleine, sagte Martha fast enttäuscht, an dem Abend, als der junge Benz erschlagen worden ist, und er war, wie gesagt, betrunken. Nur darum hat er wohl den Weg zurückgefunden – wie du, Gunten, den Weg hierher findest mit deinen Erinnerungen, wenn du schon etwas getrunken hast. Er sah jämmerlich aus, der Weiss, mit aufgerissener Jacke und offenem Hemd. Er mußte sich am Türrahmen festhalten. Ich wußte nur vom Hörensagen, daß er trank; eigentlich soff er schon, bevor er erfahren hatte, daß ihn seine Frau nun mit dem jungen Benz betrog. Vielleicht war er hergekommen, weil er erfahren hatte, daß der Benz ab und zu hier zu Abend aß. Aber an jenem Abend war der Benz nicht hier. Er mochte die Leute vom Schützenverein nicht. Er war Pazifist. Und die Leute vom Schützenverein mochten ihn nicht. Sie mochten auch den Weiss nicht: der ist ihnen zu groß geworden, und er hat ihnen trotzdem nichts an die neue Fahne gezahlt. Bevor sich der Weiss setzen konnte, hatte mein Sohn ihn schon an der Jacke gefaßt, weil die Leute vom Schützenverein Stammgäste sind und manchmal auch mit ihren Frauen zum Essen kommen. Der Weiss hat nach dem Benz gerufen, und nach dem Hilten, und er hat gedroht, daß er alle totschlagen werde. Mein Sohn hat ihn zur Tür geschoben. Zerreiß ihm doch das Hemd nicht noch ganz! habe ich gesagt. Der Weiss hat mir leid getan, weil ich ihn noch

gekannt habe, als er ein anderer gewesen ist. Vielleicht wäre er jetzt froh gewesen, wenn der Hilten damals die Bernerin geheiratet hätte.
Gunten legte den zweiten Knochen subtil neben den anderen. Das ist am Samstagabend gewesen? fragte er. Um welche Zeit? Ich meine, du warst doch in der Küche.
Die Schützen kommen immer um sechs, und sie trinken die ersten zwei Flaschen Weißen ziemlich rasch. So war es etwa halb sieben. Sie waren gerade bei der dritten Flasche.
Dein Sohn hat ihm das Hemd zerrissen?
Gunten! Sie sah ihn vorwurfsvoll an. Ich erzähle dir eine traurige Geschichte, und du fragst nach einem zerrissenen Hemd! Obwohl sie ein wenig enttäuscht und auch beleidigt war, lächelte sie. Sein Hemd war schon zerrissen, aber mehr als die Jacke.
Interessant! sagte Gunten und tunkte die Sauce auf.
Der Weiss war früher nie so aggressiv und jähzornig. Das Geschäft hat ihn wohl so gemacht. Aber ein Mörder, Gunten! Nein! Ich habe dreißig Jahre gewirtet, ich kenne die Menschen, und mein Gefühl hat mich selten getäuscht. Der Weiss wäre doch nicht hergekommen, wenn er den jungen Benz erschlagen hätte. Er hat gesagt, er werde alle erschlagen. Und er war betrunken –
Genau! sagte Gunten. Das meine ich auch. Er war aber in der Nähe, als der Benz erschlagen wurde. Zufällig? Vielleicht! Ein schlimmer Zufall! Er tunkte den letzten Rest Sauce vom Teller und wischte sich den Mund an der Serviette ab.
Jetzt gefällst du mir, sagte sie beiläufig. Aber wenn es der Weiss nicht war, wer denn?

Gunten neigte sich zu ihr. Du kannst doch schweigen! sagte er leise und lächelte. Du hast es versprochen!
Martha erhob sich erschrocken; sie fuhr sich kurz mit dem Handrücken über den Mund, dann strich sie die Schürze glatt, doch es war eher ein Händeabwischen. Ich wußte, daß dich die alte Geschichte interessiert, sagte sie. Aber du willst doch auch Frieden haben mit der Welt!
Gunten nickte nachdenklich und nahm das gelbe Heft aus der Jackentasche. Bring mir noch einen Zweier Vully, sagte er und lächelte beruhigend.
Ein Glas noch, sagte sie, du wirst es mir danken.
Inzwischen servierte Luzi, eine Welsche, die nun zahlreichen Gäste im Speisesaal. Bring Gunten noch einen Einer Vully, sagte Martha, schob die gefalteten Servietten in ein Metallgestell, zögerte einen Augenblick, als sie ihren Sohn unter der Küchentür stehen sah, und kehrte zu Gunten an den Tisch zurück. Du solltest öfter kommen, nicht nur hie und da am Morgen, um deinen Fernet zu trinken.
In unserem Alter wird man die alten Gewohnheiten nicht mehr los und neue legt man sich nicht mehr zu. Er hielt sie an den Schürzenbändeln fest. Weißt du, Martha, es wäre nicht recht, wenn man einen Menschen für ein Verbrechen büßen ließe, das er nicht begangen hat, und man ihm so verwehrte, eines, das er begangen hat, wieder gutzumachen.
Sie sah ihn eine Weile fast bekümmert an, nickte dann. Das hast du schön gesagt, Gunten. Du hast das selbe Gefühl wie ich.
Er streichelte ihren Arm. Genau! sagte er.
Sie sahen sich noch in die Augen, als sich ihr Sohn unter der Tür zum zweiten Mal räusperte.

21

Gunten fuhr, zwischen Altmuntelier und einer Siedlung mit Einfamilienhäusern, einer Matte mit kümmerlichem Schilfbewuchs entlang; er sah einen Augenblick den See und erinnerte sich an Claire, die ihn zum Essen erwartet hatte. Er hustete und spuckte Galle in die Gegend, die er im «Hecht» mit einem Zahnstocher ausgemessen hatte. Es ist trotzdem gut, daß ich schon gegessen habe, dachte er, mit vollem Magen ist der Mensch versöhnlicher und trifft auch nicht gleich Entscheidungen.
Vom Zeltplatz wehte der Wind den Geruch nach gebratenem Fleisch, und von der Kläranlage her stank es nach Faulschlamm. Sogleich plagte ihn wieder sein voller Magen; er schimpfte mit Martha, die es gut gemeint hatte, er schimpfte mit sich, weil er sich von Luzi noch ein zweites Glas Vully und einen Kaffee Pomme hatte bringen lassen, statt einen Fernet, und zuviel geraucht hatte er auch.
Schweiß rann ihm über die Brust, kitzelte ihm die Haut und die Galle. Er fuhr einhändig, durchsuchte mit der anderen Hand die Jackentaschen, und er irrte sich nicht: Er hatte auch an diesem Morgen, für alle Fälle, ein Fläschchen Fernet eingesteckt. Nun lachte er und beschleunigte; die Straße, die er kannte wie seine Jackentaschen, führte schnurgerade zum Großen Moos. Er hielt die Spur und versuchte, den Schraubdeckel des Fläschchens in der richtigen Richtung zu drehen, nun schon auf der Höhe des Sport- und Reit-

zentrums; aber um Bewegung war ihm nicht, nur der Deckel sollte sich endlich drehen! Und gerade als es ihm gelungen war, ihn aufzuschrauben, aber noch bevor er einen lindernden Schluck nehmen konnte, schlug der Wagen mit der Ölwanne auf einem Buckel auf, der als Bodenwelle angezeigt war; Gunten wurde auf dem Sitz hoch- und niedergeworfen. Als er anhielt und sich aus dem Fenster beugte, sah er zuerst sein verblüfftes, keineswegs erschrockenes, aber sehr dummes Gesicht im Außenspiegel und dann den Buckel mit den Geleisen der Bahn nach Ins, die hinter ihm die Straße kreuzten.

Er trank das Fläschchen in einem Zug leer und fühlte sich für Augenblicke wohler, dann suchte er den Schraubdeckel auf dem Wagenboden, er lag aber auf seiner Jacke und hinterließ einen dunklen Ring auf dem Manchester.

Das ist die Strafe, dachte er, Gewohnheiten können verhängnisvoll sein, und der Schrecken sollte dich daran erinnern, daß du in einer Gegend, die du zu kennen glaubst wie deine Jackentaschen, aufmerksam bleibst! Er verschraubte das Fläschchen, steckte es in die Tasche und legte den ersten Gang ein. Er wollte eben in die Hauptstraße einbiegen, die zwischen dem Chablais und dem Großen Moos nach Ins und Neuchâtel führt, als sein Magen wieder schwer wurde wie ein vollgesogener Schwamm und ihm der Schweiß auf Stirn und Nase stand. Er überquerte die Hauptstraße, fahrlässig knapp vor einem Lastwagen, und parkte auf einem Flurweg, dicht neben dem Bahngeleise. Im Halbschatten eines Holunderbusches, der vertrocknete Früchte trug, erbrach er Galle und unverdauten Salat in die schwarze, nachgedüngte Torferde. Einen

Augenblick lang dachte er an die Holunderbäume in Hiltens Hinterhof und daß ihm damals etwas eingefallen war; aber er erinnerte sich nicht, was es gewesen war. Er trocknete sich das Gesicht und sah, erleichtert, aber matt wie nach einem langen Marsch, übers Große Moos, die Gemüsekammer der Schweiz, die abgeerntet vor ihm lag.

Er atmete, die Arme angewinkelt und mit dem Hintern an die Motorhaube gelehnt, tief durch, und in der Stille über den Feldern, von denen die Bauern mit List, Technik und Kunstdünger mehrere Ernten im Jahr wegkarrten, schwor er sich wieder einmal, künftig mäßiger zu sein.

Der Chasseral war in Wolken gebettet, die Sonne in einem kreisrunden Hof gefangen; Möwen stritten sich um die Reste der Ernte; kahle Baumreihen teilten das Land, das durch Gräben trockengehalten wurde, ein Maisfeld raschelte. Gunten ließ sich auf den Autositz fallen und fuhr der Bahnlinie entlang ins Große Moos hinein. Beim Bahnhof Galmiz, einer Holzbaracke eher, ohne überdachten Bahnsteig, zögerte er. Er dachte an Hilten, der hier wohnte, alleingelassen von seinen Söhnen, verlassen von seiner Frau und glücklos geblieben bei der Bernerin, die einmal seine und Weiss' Sekretärin gewesen war. Es schien ganz folgerichtig, daß Hilten an einer kranken Galle litt.

Gunten fuhr dem Galmizkanal entlang, quer durchs Moos, ein Umweg, der ihm Aufschub gewährte vor der Entscheidung, sich von Claire zu trennen; zugleich war es eine kleine Erholungsfahrt.

Jahrhundertelang, das wußte Gunten, war das Große Moos ein Sumpfgebiet gewesen; Moosfieber rafften Menschen und Tiere dahin. Am Morgen blieb die

Sonne düster im Nebel, und den Rest des Tages erhitzte sie die Torferde. Dann wieder ersoffen die Hoffnungen mit der Aussaat oder der Ernte im Hochwasser. Generationen standen bis zu den Knöcheln im moorigen Boden, der ihnen im Winter, schichtweise abgetragen, die kümmerlichen Stuben heizte. Ihre dürftigen Wehre, die sie bauten, hielten den Überschwemmungen nicht stand; aber alle Hilferufe nach Bern blieben ungehört. Schicksalsergeben beackerten die Menschen das Land weiter, bis endlich die Aare durch den Hagneckkanal in den Bielersee geleitet wurde; durch Broye-, Zihl- und Nidau-Kanäle und Binnenkanäle wurde das Große Moos entsumpft; Schleusen regelten den Grundwasserstand. Der Boden ließ sich ertragreicher bebauen. Es kamen andere, nicht weniger einflußreiche Feudalherren als vor Jahrzehnten, die das große Geschäft witterten; aber es fehlten ihnen das Wissen, die Umsicht, und sie scheiterten. Der Staat kaufte die Ländereien, die Witzwil genannt wurden, verlegte die Gefangenen aus dem Zuchthaus in der Stadt in die Gebäude im Moos, und die Sträflinge entwässerten das Land weiter, düngten, bauten Getreide, Kartoffeln und Gemüse an. Witzwil und das Große Moos wurden zur Gemüsekammer der Schweiz. Gunten erinnerte sich, während er zwischen den Häusern von Bellechasse abbog und dem Grand Canal Richtung Broye folgte, an die Spätoktobertage, an denen er mit seinem Vater dem Broyekanal entlang spaziert war. Stumm gingen sie Seite an Seite, die Bergler aus dem Emmental, so beeindruckt waren sie von der Weite des Landes. Er erinnerte sich an die Männer in ihren grau-beigen Hosen und Jacken, Strafgefangene der Anstalt Witzwil, und er dachte an

Weiss, den man verurteilen würde, da alle Indizien gegen ihn sprachen. Weiss würde in einer grau-beigen Hose und Jacke im Moos arbeiten, er würde die Ernten mehren und die letzten und kleinsten Weiher trockenlegen, um mehr Rosenkohl, Lauch, Zwiebeln und Karotten anbauen zu können, als betriebe er eine Fabrik. Wie die Bauern würde er immer tiefer pflügen müssen mit immer schwereren Maschinen, um den mineralreichen Boden mit dem noch vorhandenen Torf zu vermischen, und die Chemiewerke würden tonnenweise Dünger herschaffen lassen. Er würde dem Boden keine Erholungspause gönnen, sondern drei- bis viermal im Jahr Kulturen anlegen, und vielleicht würde das Große Moos, aus dem er die Schweiz mit Gemüse versorgte, bevor er seine Strafe verbüßt hatte, wieder eine Sumpflandschaft sein – wie es ein Bauer aus Müntschemier prophezeite. Gunten hatte es plötzlich eilig, nach Sugiez zu kommen, um Martha anzurufen. Als er an einem Haus vorbeifuhr, kurz bevor er in die Hauptstraße einbog, und die daumenbreiten Risse in den Mauern sah, eine Folge des abgesenkten Bodens, nickte er grimmig vor sich hin.

22

Gunten saß schon eine Weile an einem Ecktisch im «Croix-Blanche» in Sugiez; er hatte die Hände gefaltet und wartete darauf, bedient zu werden. Er sah auf seine Hände, die durch schwere Arbeit groß und breit geworden waren und im Müßiggang der letzten Jahre ihre Kraft verloren hatten; die Haut war zerfurcht wie

eine Landschaft, und aus den Runzeln ließen sich alle seine Anstrengungen, Verluste, Sünden und schmalen Gewinne herauslesen.
Er erinnerte sich, wie Claire am ersten Jahrestag ihrer Bekanntschaft auf dem Mont Vully seine Hände genommen hatte, sie öffnete und die Handflächen studierte. Sie schwieg lange, nachdenklich und heiter, und ihr Zittern ließ seine Hände ganz leicht beben. Da hatte er noch an ein gemeinsames Leben in seinem Haus am See gedacht.
Du hast zwei Lebenslinien, mein Lieber, sagte sie, wenn dir das überhaupt aufgefallen ist, so nachlässig wie du gewöhnlich bist. Eine verkümmerte und eine neue, sehr ausgeprägt gewachsene, als hättest du, seit wir uns kennengelernt haben, endlich zu einem wirklichen Leben gefunden.
Er schwieg mit ihr ein paar Herzschläge lang und blickte, in der abendlichen Frühjahrssonne, zum See hinunter; dann stand er auf und ging, die Hände in den Hosentaschen, auf und ab, als müßte er mit ihrem Einverständnis darüber nachdenken und vernünftigerweise mit ihr übereinstimmen.
Das war vor drei Jahren gewesen, und Gunten hatte sich von ihr nicht mehr aus der Hand lesen lassen.
Er räusperte sich und verschränkte die Arme. Er sah sich in der Gaststube um, in der er zum ersten Mal saß, obwohl sie auf dem Weg zum Mont Vully lag, und er sagte sich, wenn ich nicht nüchtern wäre, könnte ich meinen, ich säße im «Hecht». Die Wände waren aus dünnem Kunstholz, über die Decke zogen sich geschwärzte Holzbretter, die Balken vortäuschen sollten, der Boden war ein Feld von Schweizerkreuzen aus Linoleum und hatte die Farbe des öligen Wassers

des Broye-Kanals; gelb-braun waren auch die Stühle, die zerbrechlich schienen wie die kleinen Tische, die mit Kunststoff beschichtet waren. Wagenräder, die an Eisenketten von der Decke hingen, trugen Kränze erloschener Glaskerzen und sollten, mit einem Korb voll Strohblumen und Trauben aus Kunststoff, Ländlichkeit in den Raum bringen, eine Atmosphäre von feuchter Erde, Laub, Keller und gereiftem Wein; aber es roch nach Bohnerwachs und abgestandenem Zigarettenrauch.

Gunten seufzte und sah abwesend zu den drei Männern am Nebentisch, die auch im «Hecht» hätten sitzen können in ihren Unterleibchen und grauen Arbeitshosen, die Füße in den schweren Schuhen unterm Stuhl gekreuzt; ebenso abwesend hörte er ihnen zu, und es dauerte eine Weile, bis er merkte, daß er kaum ein Wort verstand, weil sie französisch sprachen. Natürlich, Sugiez lag jenseits der Sprachgrenze. Er würde Mühe haben, die Auskünfte zu verstehen, die er haben wollte. Er sah zum Buffet, an das Anschläge in Französisch geheftet waren und auf dem ein drehbarer Metallturm stand in Form eines Weihnachtsbaumes, aber statt der Kugeln hingen Gläser und Karaffen daran.

Gunten dachte, daß der Weiss, der ja ziemlich betrunken hier eingekehrt sein mußte, einen Augenblick bestimmt geglaubt hatte, im Kreis gegangen zu sein und wieder im «Hecht» zu stehen. Er hatte wohl erst bemerkt, wo er wirklich war, als man ihn auf französisch ansprach. Jedenfalls hatte man ihm nicht die Tür gewiesen wie im «Hecht»; mit der Sprachgrenze verlief gleichermaßen eine zweite Grenze: die der Toleranz und der Umgänglichkeit.

Vielleicht täuscht die Einrichtung hier nur, sagte sich Gunten, während er das gelbe Heft aus der Tasche zog, sie entstand aus Bequemlichkeit, aber eine Gemütlichkeit muß hier wohl nicht hergestellt werden, sondern wird gelebt.
Er rechnete die Wegstrecke von Muntelier durch den Chablais noch einmal nach. Zwei Stunden: länger konnte Weiss für den Weg nicht gebraucht haben, obwohl er sagte, er hätte sich verirrt, dabei verletzt und die Knöpfe verloren, als er sich in einem Brombeergestrüpp verhedderte.
Merkwürdig, dachte Gunten, daß der Weiss sich erinnert, wie er sich in einem Brombeergestrüpp verheddert hat.
Er rieb sich das Kinn mit dem Handrücken, als ihn die Serviertochter aufschreckte.
Monsieur?
Einen Zweier Vully.
Pardon, Monsieur?
Einen Zweier Vully. Den gibt's doch hier wohl, wenn die Reben gleich hinterm Haus wachsen!
Je ne comprends pas.
Sie verstehen mich ganz gut, mein Fräulein.
Deux de Vully, oui Monsieur, merci. Sie lächelte schnippisch, aber nicht unfreundlich.
Der junge Benz wurde zwischen halb sieben und sieben erschlagen, notierte Gunten. Und der Weiss hatte kurz nach halb sieben im «Hecht» nach Benz und Hilten gefragt und gedroht, sie alle umzubringen. Vielleicht hat er im «Hecht» nur den Betrunkenen gespielt, vor Zeugen. Und wozu? Weil er den Benz schon erschlagen hatte! Wollte er sich so ein Alibi verschaffen? Ein sehr unglaubwürdiges Alibi. Es sah

immer schlimmer für ihn aus! Zweifellos war Weiss es gewesen, der kurz nach Mitternacht an meinem Haus vorbeigestolpert war. Er hatte etwas über zwei Stunden für den Rückweg gebraucht, wenn es stimmte, daß er um zehn in Sugiez aufgebrochen war.

Gunten fragte sich, wozu er das alles nachprüfte, und was er sich beweisen wollte: Weiss log! Er war nicht um fünf beim «Bain» aufgebrochen: um halb sieben war er im «Hecht» gewesen und Jean darum so überzeugt, daß der Weiss den Benz erschlagen hatte oder ihn erschlagen wollte.

Aber wenn er ihn umgebracht hatte oder ihn umbringen wollte, dann wäre er doch nicht in den «Hecht» gegangen und hätte nach ihm gefragt und gedroht, ihn zu erschlagen?! Oder hatte er geglaubt, man nehme ihm das als Alibi ab? Hatte Weiss schon früher gedroht, den jungen Benz zu erschlagen, zu erwürgen und im See zu ersäufen? Oder war es nur im Garten des «Bain» gewesen? Dafür gibt es zwei Zeugen, notierte Gunten: den jungen Benz, der tot ist, und mich selber. Und es gibt noch einen dritten, genau! fügte er aufgeregt hinzu. Dafür habe ich den Beweis: das trokkene Husten auf dem Tonband. Es war ein dritter Mann als Zeuge am See, einer, der es auf der Galle hat wie ich: Hilten!

Er hat im Garten gearbeitet und, versteckt, die Auseinandersetzung und die Drohungen mitangehört. Später hat er die Polizei angerufen, anonym. Er hatte seine Gründe, dem Weiss zu schaden. Vielleicht hat er den Weiss angerufen, vom «Bain» aus – der Apparat steht im Durchgang –, und ihm gesagt, wenn er Beweise wolle, daß seine Frau ihn mit dem jungen Benz betrüge, dann solle er in den Garten des «Bain» kom-

men. Das erklärte auch, warum er vom See herkam. Und das würde beweisen, daß Hilten der Anrufer gewesen ist! Hilten muß auch gewußt haben, daß der Weiss trinkt. Er wollte den Weiss verletzen und demütigen; daß der Weiss dann den jungen Benz erschlug, war vielleicht überraschend für ihn, aber auch ein Triumph: nun hatte der Weiss sich selber ruiniert, so wie er ihn vor rund zehn Jahren ruiniert hatte!
Gunten schlug mit der flachen Hand hilflos und aufgebracht auf das Heft. Das war alles so einfach, wie Jean gesagt hatte, zu einfach, und doch viel komplizierter, hinterlistig und gemein!
Gunten steckte das Heft in die Jackentasche, stützte das Kinn auf die gefalteten Hände.
Und als wäre nichts geschehen, fuhr der Weiss am Sonntag mit seiner Familie an den Thunersee! Ein kaltblütiger Mörder? Unbekümmert und nicht zurechnungsfähig, weil er trank? Er muß verwirrt gewesen sein, dachte Gunten, als ihn die Polizisten bei der Heimkehr erwarteten. Und darum hat er dann auch alles durcheinander gebracht, zumindest verwechselt, sich in Widersprüchen verheddert in seiner Verzweiflung wie im Maschendraht des Birnenspaliers, schließlich geschwiegen und sich an nichts mehr erinnern wollen. Und der Beamte, der einen Verdächtigen verhört, gibt immer vor, mehr von der Tat zu wissen, um den Täter überführen zu können – bis der Verdächtige die Mutmaßungen des Beamten für wahr hält, und damit liefert er sich dann aus.
Das wußte Gunten von einer Krimiserie im Fernsehen.
Die Serviertochter hatte eine Karaffe mit Wein gefüllt; sie blieb aber bei den drei Männer am Nebentisch stehen, eine Hand auf die Hüfte gestützt und einen

Fuß über den anderen gestellt; einmal lachte sie fröhlich auf. Die Unbekümmertheit des Mädchens, das nicht viel älter als achtzehn war, tat ihm weh auf seltsame Weise, schon wie es die Haare aus dem Gesicht schüttelte, dann eine gespielt drohende Gebärde machte, als einer der Männer es um die Hüften faßte.

Er dachte an Martha, und daß sie wohl mehr von ihm erwartete, als nur seine Gewohnheit zu ändern, morgens einen Fernet im «Hecht» zu trinken. Bin ich denn blind und taub? fragte er sich und merkte nicht, daß er vor sich hinnickte, als er zum Nebentisch sah. Dann stand das Mädchen neben ihm und schenkte den Wein ein; es kam ihm so nahe, daß er seine Haut roch, und er sah auf und lächelte, und es lächelte auch, aber ein wenig herablassend, schien ihm.

Merci, Mademoiselle, sagte er und sah ihr nach, bis sie wieder am Nebentisch stand. Es ist die Herablassung der Jugend, dachte er, die noch Zeit hat, die zu ihrem Gesichtsausdruck passenden Erfahrungen zu machen. Er stellte das Glas auf den Tisch und spürte, wie der Wein sich wie eine Wolke in seinem Körper ausbreitete.

Langsam und mit ruhiger Hand goß er sich das Glas wieder voll, rieb sich mit dem Handrücken das Kinn, räusperte sich und fragte, mit kleinen Pausen nach jedem Wort, als riefe er sie einzeln aus seinem Gedächtnis ab, wo er sie sich zurechtgelegt hatte: Mademoiselle, je voudrais parler au patron.

Sie sahen alle ziemlich überrascht auf, anerkennend freundlich, schien Gunten, und er fand in ihren Gesichtern nicht den Anspruch der meisten Menschen auf der anderen Seeseite, denen er erst genehm war, wenn sie sich in ihm sehen konnten wie in einem Spiegel.

Mon père est au jardin. Im Garten! sagte das Mädchen.

Gunten sah zum Fenster hinaus, wo ein paar Stühle um runde Tische standen unter einer Linde, die längst keinen Schatten mehr warf, und nächstes Jahr würde sie nur einen winzigen werfen: sie war zu einem kümmerlichen Bürstenkranz heruntergestutzt. Gunten tat es leid um den Baum, und er dachte, wie verkümmerte Ansprüche junge Menschen an einen Garten stellten; aber da sagte das Mädchen: Le jardin derrière la maison, Monsieur. Und es lächelte dabei, als meinte es das Paradies.

23

Setzen Sie sich doch! sagte der Patron; er hatte eine weiche, leicht näselnde Stimme und einen fast akzentfreien Fribourgerdialekt. Gunten stand im knöcheltiefen Gras wie eingewurzelt in seiner Verblüffung. Er war sprachlos, und als er tief Atem holte, meinte er, ihm müßte schwindlig werden vom Geruch nach Blüten und Gewürzen; er träumte nicht, und die Holzmasken und kleinen Totems, die an Baumstämmen, in der Pergola und an der Bretterwand eines Schuppens für Gartengeräte hingen, waren vom Patron geschnitzt worden. Er forderte Gunten noch einmal auf, sich zu setzen, dabei wies er mit einem armlangen, exotischen Holz, in das er mehrere Gesichter geschnitzt hatte, auf die Holzbank neben sich. Er war anfangs Fünfzig, trug das schwarz gefärbte Haar glatt gekämmt und ein Schnäuzchen, das schmal war wie seine Augenbrauen. In seinen grauen Augen war eine Tiefe, die nichts mehr forderte; seine Hände waren klein wie die seiner Tochter; sein Hemd, das mit Palmen bedruckt war und das er aufgeknöpft hatte, war besprenkelt mit Holzspänen. Auf der Brust, an einem Kettchen aus Silber, trug er eine flache, fingerlange, aus rosa Perlmutt gearbeitete Figur, die Gunten an die Figuren erinnerte, die die Eingeborenen auf Tahiti aus Muscheln und Holz geschnitten hatten. Gunten war irritiert, gefangen in den Erinnerungen dieses Mannes an eine Insel, die er selber kannte, auch wenn er sie bei der Überfahrt nach Sydney, zusammen mit seiner Frau, nur einen Tag lang durchstreift hatte. Er sah gebannt zu, wie der Patron ein paar Schnitte ins unterste der drei Gesichter im Holz machte, und er vergaß, wozu er überhaupt hierher gekommen war.

Der Patron legte die Schnitzerei auf den Holztisch und erhob sich. Ich hole Ihnen ein Glas Wein, sagte er, und dann können Sie mir Ihre Fragen stellen – wenn Sie noch mögen!

Gunten ging durch den Garten, der vielleicht dreimal so groß war wie sein Wohnzimmer. Die Holzbänke standen so zufällig da wie die Pflanzen, die hier wuchsen, blühten und Früchte trugen in herbstlichen Farben. Eine Clematis verdeckte fast ganz das morsche Gebälk der Pergola; zwei Essigbäume trugen ihre gefiederten Blätter wie Flammen. Spitzblättrige Büsche, die Gunten nicht kannte, waren durchsetzt mit roten und gelben trompetenförmigen Blüten. Die Trauerweide hatte sich vom Efeu einfangen und umschlingen lassen, überall verstreut wuchsen Dahlien, Astern und

Chrysanthemen, Hortensien, Sonnenblumen. Der Patron erinnerte Gunten an einen Magier aus dem Fernsehen, der endlos Papierblumensträuße aus einem Kasten gezaubert und sie auf die Bühne geworfen hatte, bis er darin untergegangen war.

Vor einer brüchigen Sandsteinmauer wucherten Rosmarin, Liebstöckel, Thymian und Salbei. Tännchen standen dazwischen, so zufällig wie alles andere, das hier wuchs, ohne erdrückend zu wirken in der Vielfalt. Hüfthohe Geranien, die in Blechkübeln blühten, daneben ein Oleander, der Gunten einen kurzen Augenblick lang an seine Aufgabe erinnerte, aber schon zupfte er die welken Blüten einer gelben Kaktusdahlie ab, wie sie auch in seinem Garten wuchs. Er umging abwesend eine Föhre, die bis zur Spitze ihre Nadeln verloren hatte, die nun wie eine leichthin geflochtene, kreisförmige Matte die Steinfliesen bedeckten.

Man kann einen Baum auch zu Tode pflegen, sagte der Patron und stellte eine Weinkaraffe und zwei Gläser auf den Tisch.

Gunten nickte. Ich lasse in meinem Garten am See alles so wachsen, wie die Jahreszeiten es zulassen.

Manchmal muß man ein wenig nachhelfen, sagte der Patron, lächelte, setzte sich wieder an seinen Platz und goß die Gläser voll. Sie ist mein Lieblingsbaum gewesen, sagte er, eine Seestrandföhre, aber ich habe mich zu sehr um sie gekümmert – wie vor Jahren um die Kokospalme. Vielleicht, weil sie meine Erinnerungen wachhielt.

Er ist nicht verrückt, dachte Gunten und setzte sich. Andere trinken, oder sie rennen durch die Wälder, bis sie vor Erschöpfung fast umfallen, und wieder andere essen, obwohl sie satt sind wie Jean. Oder sie wandern

durchs Große Moos, sie fahren auf den Mont Vully, blicken auf den See hinunter und überlassen sich der Täuschung von Weite und Offenheit.
Sie sind nicht hergekommen, um sich über meinen Garten zu unterhalten, sagte der Patron, auch wenn ich sehe, daß er Ihnen gefällt. Darf ich nach Ihrem Namen fragen?
Gunten, einfach: Gunten.
Der Patron sah ihn aus schmalen Augen nachdenklich an, nickte und sagte: Justin, auch ganz einfach: Justin. Er schob Gunten ein volles Glas hin. Auf unser Wohl! Sie trinken doch ein Glas mit mir, auch wenn Sie im Dienst sind?
Ich bin nicht im Dienst, sagte Gunten verlegen. Ich bin kein Polizeibeamter.
Sie wären aber sicher ein guter Polizeibeamter, weit gereist wie Sie sind.
Gunten fühlte sich wie eingesponnen in diesen Garten und wünschte sich einen Augenblick lang, für immer hier bleiben zu können, zugleich sträubte sich etwas in ihm, als er mit Justin anstieß und in seinen Augen die tiefe Gleichgültigkeit bemerkte, die nichts mehr forderte, als hier mit Bäumen, Büschen, Gewürzen, Blumen und den stummen Partnern aus exotischen Hölzern zu leben – in höhnischer Verachtung für die Menschen draußen, so schien es Gunten. Er fragte sich, woher Justin wußte, daß er weit gereist war, und er fühlte sich plötzlich gehemmt; die zufällig, aber doch geschickt verteilten Masken und Totems erinnerten ihn an Gefühle, die er einmal gehabt hatte und die nur verschüttet waren.
Ich habe nicht versucht, Charaktere aus dem Holz herauszuarbeiten, sagte Justin, sondern Stimmungen.

Und wissen Sie warum?
Gunten fühlte sich ertappt.
Justin lächelte; seine Zähne waren ebenmäßig und weiß.
Sie sind falsch, dachte Gunten, und sein Haar hat er auch gefärbt, das habe ich gleich bemerkt.
Weil die Leute keinen Charakter mehr haben, sagte Justin.
Das würde ich nicht sagen, wehrte sich Gunten. Die Stimmung hängt doch vom Charakter ab.
Justin schob das Holzstück mit den drei Köpfen über den Tisch. Die Menschen sind austauschbar geworden. Nur in ihren Stimmungen und in ihren Ausbrüchen sind sie noch erkennbar. Und hinterher sind sie über sich selber erstaunt, und es tut ihnen leid! Aber das wissen Sie wohl so gut wie ich.
Ich bin ein alter Mann, sagte Gunten, und als er das Glas hob, sagte er sich, daß er aus verhaltenem Ärger zitterte. Er fragte sich, wozu er noch hier saß: die Auskünfte, die er haben wollte, konnte ihm sicher auch die Tochter geben; aber die sprach nur Französisch. Er lehnte sich gegen die Hausmauer und sah abwartend blinzelnd in die Sonne.
Ich meine, wir sind beide zu Beobachtern geworden, sagte Justin, und das ist keine Frage des Alters, sondern der Erfahrungen. Uns kann nichts mehr verwirren oder enttäuschen. Nun lächelte er hinterhältig. Wir kennen die Menschen, und darum haben wir uns zurückgezogen.
Gunten wedelte unwillig mit der Hand, bevor er einen Schluck Wein nahm.
Wir ziehen uns von Generation zu Generation unauffällig weiter zurück. Aber ist das verwunderlich? Es ist

eine stille, schmerzlose Krankheit zum Tode. Wir müssen einander nicht umbringen.
Gunten schloß die Augen, rutschte auf der Bank in den Schatten und horchte in sich hinein; sein Aufbegehren war ein Kribbeln in den Adern, und als er die Arme verschränkte, spürte er seinen Herzschlag.
Ich wußte von Anfang an, verzeihen Sie, daß Sie kein Polizeibeamter sind. Beamte sehen sich keine Gärten an, sie schauen nicht, sie fragen nur.
Wollen Sie einen alten Mann zum Narren halten? fragte Gunten so erbost wie überrascht; dann suchte er nach Zigaretten, und als ihm auch die zweite zwischen den Fingern zerknickt war, warf er die Packung auf den Tisch.
Ich habe seit zwei Jahren dieses Haus nicht mehr verlassen, fuhr Justin unbeirrt fort. Aber die Leute kommen zu mir: ich führe ja eine Wirtschaft. Sie kommen hierher, um zu reden, nicht um sich zu unterhalten: sie wollen angehört werden. Und worüber reden sie? Über ihre Nachbarn und Bekannten, über die Enttäuschungen und Wünsche der anderen. Das hilft ihnen, auf heitere und schadenfrohe Weise, sich mit ihrem eigenen, unerfüllten Leben auszusöhnen.
Gunten dachte an Weiss, der sich mit seinem unerfüllten Leben nicht ausgesöhnt und wohl den jungen Benz erschlagen hatte; er dachte an Hilten, der ihn so hinterhältig und gemein dazu getrieben hatte; er dachte an Claire und an Martha und an sein eigenes Leben.
Wir langweilen uns bloß nicht in unseren Erinnerungen, sagte Justin, denn in ihnen stehen uns noch einmal alle Möglichkeiten offen, nicht wahr, Gunten?
Gunten schob Justin das leere Glas hin und schwieg.

24

Ich weiß, daß Sie auf der anderen Seeseite ein Haus und einen Garten haben, sagte Justin. Ich sehe Sie oft hier vorbeifahren in Ihrem 2 CV. Und ich weiß, wie unbeliebt Sie auf der anderen Seeseite sind. Wenn wir über unsere Reisen reden würden, wären unsere Erinnerungen einander wohl ähnlich.

Gunten spürte wieder, wie sich alles in ihm sträubte, wie sein Magen sich zusammenzog und ihm der Schweiß ausbrach.

Ihre Neider, die hier zu Gast sind, übersehen aber, daß sie ihre Chancen auch gehabt haben. Wie der bedauernswerte Weiss, oder der noch sehr junge Benz.

Gunten dachte an seine Katze, die sich verächtlich abwandte, wenn ihr etwas nicht paßte; sie sträubte das Fell, oder sie stellte sich einfach müde. Gunten lehnte sich über den Tisch und sah in sein Glas, das ihm Justin wieder randvoll eingeschenkt hatte; ein kleiner Stern hatte sich auf dem Wein gebildet.

Justin drehte das exotische Holz mit den drei Gesichtern in seinen kleinen Händen. Ich weiß nicht, warum Sie mich über Weiss ausfragen wollen, überführt wie er zu sein scheint. Er lachte hinterlistig, aber nicht unfreundlich. Vielleicht ist er ein Freund von Ihnen? Ich kann mir das zwar nicht vorstellen. Oder Sie hören sich um, weil Sie sich langweilen.

Gunten sah zornig auf. Man hat einen jungen Menschen um seine Chancen gebracht, ist das nicht Grund genug?!

Die Menschen werden oft rachsüchtig, wenn anderen widerfährt, was ihnen hätte widerfahren können, sagte Justin und lächelte. Übrigens saß Weiss am Samstagabend hier, auf Ihrem Platz. Er trank und quälte sich. Er fragte sich, was er seiner Frau gegenüber wohl falsch gemacht hat.
Gunten richtete sich auf, um die Verkrampfung im Magen loszuwerden.
Dann ging er nach Murten zurück, schwerfällig durch den Wein und seine Probleme, doch eigentlich ganz ruhig, fast versöhnt. Er verträgt eine ganze Menge! Und ich glaube, an diesem Abend hat er die Lösung seiner Probleme gefunden. Er ist ja auch am anderen Tag mit seiner Familie an den Thunersee gefahren. Aber das hat man natürlich ganz anders ausgelegt. Ich habe versucht, die Stimmung, in der er an jenem Abend war, herauszuarbeiten. Ich versuche es immer noch. Sehen Sie es sich ruhig an!
Gunten nahm das Holzstück in beide Hände.
Das unterste Gesicht ist es, sagte Justin, die oberen beiden sind von früheren Besuchen. Er erhob sich, knöpfte das Hemd zu, dann schob er den Kübel mit dem Oleander in die Sonne.
Wie konnte der Weiss hier im Garten sitzen? fragte Gunten. Am Samstagabend stürmte es und goß wie aus Kübeln!
Justin zupfte vertrocknete Blüten und Blätter aus dem Oleander, als machte ihn das geduldiger. Vielleicht liebt er Unwetter?
Gunten erinnerte sich an Hilten, der genau so vor ihm gestanden hatte, die abgezupften welken Oleanderblätter und Blüten als Sträußchen in der Hand, und jetzt wußte er auch wieder, was ihm beiläufig in

Hiltens überwuchertem Hinterhof aufgefallen war, während er hinter Hilten in der Werkstatt gestanden hatte: er war zwar ummauert wie Justins Garten, aber man fühlte sich darin nicht gefangen, ein morsches Holztor öffnete sich zum See hinunter.
Wie lange saß er hier, der Weiss, fragte Gunten, und dabei prägte er sich ein, daß er seine Notizen überprüfen und ergänzen mußte.
Justin kam langsam zum Tisch zurück; die welken Blüten und Blätter warf er in einen Blecheimer. Ich war in Sorge um meinen Garten.
Und da sah ich ihn sitzen. Er sitzt immer hier, im Garten.
Und Sie haben ihn hereinkommen sehen?
Justin hob leicht die Hand. Vielleicht ist Ihnen aufgefallen, daß man zum Garten gelangen kann, ohne durch die Wirtschaft zu gehen.
Gunten nickte. Und wann war das? Als Sie besorgt in den Garten gingen?
Gegen neun.
Gunten sah nachdenklich vor sich hin, dann schüttelte er den Kopf und schnaufte ärgerlich durch die Nase. Sind Sie sicher?
Justin nickte. Gerade als ich hinausgehen wollte, sagte Armand: J'ai dit, jusqu'à neuf heures, et puis c'est fini. Mit dem Kartenspielen meinte er.
Gunten stützte das Kinn auf beide Hände. Und was haben Sie der Polizei gesagt?
Justin sah beleidigt auf die geschnitzten Gesichter, dann auf Gunten. Daß ich ihn um neun im Garten sitzen sah.
Und wie lange saß er schon im Garten, als Sie herauskamen?

Justin fuhr sich mit Daumen und Zeigefinger über die geschlossenen Augen, und Gunten schien, er lächelte ein wenig. Das weiß ich nicht.
Aber er hätte schon früher hier sitzen können?
Nein. Um halb neun war ich schon einmal im Garten: der Sturm hatte den Oleander umgeworfen.
Und das haben Sie ebenfalls ausgesagt?
Ja, daß er hier saß, kurz vor neun.
Gunten nickte zufrieden und sah sich im Garten um, weniger irritiert als zuvor, und er sagte sich, daß die Sache für Weiss vielleicht besser stand. Als er merkte, daß er aus Gewohnheit das Glas hob, nippte er nur daran und blickte auf den fingerbreiten Rostring, wo der Kübel mit dem Oleander gestanden hatte, bevor Justin ihn in die Sonne schob.
Ein giftiges Gewächs, sagte er mehr zu sich, und es braucht viel Sonne und Wasser...
Ein tödliches Gewächs, sagte Justin, wenn man es verwechselt, absichtlich oder unabsichtlich, mit Lorbeer zum Beispiel. Eine sauberere und intelligentere Art, einen umzubringen als ihn zu erschlagen. Und Weiss ist ein intelligenter Mensch! Man lädt das Opfer zu einem gemütlichen Abend am Seeufer ein. Man brät Fleisch an einem Oleanderspieß – natürlich nicht für sich selber! Von zwölf Soldaten, die dies einmal getan haben, starben sieben. Gunten schwieg und betrachtete die drei ins Holz geschnitzten Gesichter. Sie hatten wenig Ähnlichkeit mit dem Weiss, den er kannte. Das oberste Gesicht wirkte leidend, die Maserierung des Holzes machte es zudem alt; das zweite schien aus dem Holz herauszuwachsen, in gequältem Zorn; und das dritte, in Ansätzen herausgearbeitet, war von höhnischer Wehmut, der Blick von einer Tiefe

wie der Blick Justins, die herabgezogenen Lippen aber von einem wütenden Aufbegehren.
Nun? fragte Justin.
Gunten rieb sich mit der Handfläche das Kinn und schwieg.
Ich möchte Ihnen eine Geschichte erzählen, sagte Justin. Vor siebenundzwanzig Jahren fuhr ich nach Sydney, auf einem Fracht-Passagierschiff. Die Reise dauerte drei Monate, und um mich nicht zu langweilen – und man langweilt sich, wenn man wochenlang nur Himmel und Wasser sieht, aber das wissen Sie ja selber –, habe ich in der Mannschaftsküche gearbeitet. So ist dann das Abenteuer, sagen wir es so, Bekanntschaft mit einer Frau zu machen, durch die Umstände der Isolierung, etwas Einmaliges und Großartiges. Nur: die Frau fuhr nach Sydney zu ihrem Verlobten, der ihr die Überfahrt bezahlt hatte. Zweitausend Franken – damals eine Menge Geld! Rückblickend, muß ich sagen, war es eine ganz banale Liebesgeschichte; bestimmend ist nicht, ob man unter einer Palme auf Tahiti gesessen hat – das Sie ja auch kennen – oder unter einem Apfelbaum.
Gunten dachte an Claire, etwas länger an Martha: von einer wurde er längst zum Essen erwartet, und die andere hatte er anrufen wollen.
Ich war alleine wie sie; der einzige Haken bei dieser Geschichte war, daß die Frau Charakter hatte und darauf bestand, daß ich sie auslöste, also loskaufte. Daran scheiterte schließlich unsere Zukunft, sagte Justin, obwohl ich das Geld hatte, ein lächerlicher Betrag, wenn es um die Liebe geht! Er sah eine Weile zum Oleander, über den langsam Schatten fielen, aber er blieb sitzen. Ich hatte auch meinen Stolz. Es wäre ja

nur anständig gewesen, ihrem Verlobten das Geld für die Überfahrt zurückzuzahlen, damit wir unsere Gefühle, wie sie meinte, unbelastet ausleben konnten. In Melbourne, wo ich ein kleines Hotel führte, sah ich sie zum letzten Mal; sie hatte sich inzwischen in einen dritten verliebt, und auf ihrem moralischen Anspruch auf Rückerstattung der Reisekosten bestand sie nicht mehr.

Auf der letzten Aufnahme, die ein Freund von uns beiden machte, im Garten meines Hotels unter einem Zitronenbaum, hatte mein Gesicht den Ausdruck von Weiss' Gesicht, als er am Samstagabend hier saß, wo Sie nun sitzen. Und später beobachtete ich ihn, als er telefonieren wollte.

Justin erhob sich und rückte den Oleander in die Sonne. Ich hätte sie umbringen können, ihren neuen Liebhaber und mich selber auch.

Gunten drehte das Holz mit den drei Gesichtern zwischen den Fingern und schwieg. Ich glaube, Weiss wollte auch kein Lösegeld zahlen, oder zu spät, sagte Justin.

Heißt das, daß Sie ihn für einen Mörder halten?

Habe ich das gesagt?

Gunten sah in der Tiefe von Justins grauen Augen Empörung, auch Verachtung.

Ich verstehe sehr gut, Gunten, daß Sie sich für diesen Fall interessieren; er ist ja auch ein wenig der Ihre, sicher meiner. Und wenn Sie jetzt noch Ihre Fragen stellen wollen?

Gunten schwieg und hob nur müde die Hand, als Justin ihm das Glas nachfüllte. Er dachte an Martha und ihre Fürsorge, erhob sich und sagte: Ich möchte telefonieren, bitte.

Nach ein paar Schritten konnte er dem Garten den Rücken zukehren. Er war froh, als er bei der Tür zum Durchgang war und sich an der Klinke festhalten konnte, so schwerfällig und unsicher fühlte er sich. Da läßt du dich fast noch einwickeln, in deinem Alter! schimpfte er mit sich. Aber wäre das so schlimm? Er zog die Tür hinter sich zu, und als er im Dunkeln stand, fühlte er sich eingesperrt und verloren wie damals in Australien, als er geglaubt hatte, sich in den Gängen der stillgelegten Goldmine von Walhalla verirrt zu haben. In panischer Angst und mit trockenem Mund war er durch die Gänge geirrt, das Licht seiner Lampe verlor sich in der Höhe wie in einer Kathedrale – bis dann der Zufall oder die Götter ihn entließen. Fassungslos vor Freude saß er im Licht des Nachmittags zwischen dem Gestein, das vor fast hundert Jahren unter mühseligem Aufwand herausgebrochen worden war aus dem Berg, dem er entkommen war; dann warf er, unter wildem Gelächter, Steine in den Fluß, der lautlos unter ihm floß, bis ihn die Arme schmerzten.

Fehlt Ihnen etwas? fragte Justin unter der Tür zur Gaststube.

Gunten schüttelte den Kopf, aber er lehnte sich an die getäferte Wand, er spürte den Wein, wischte mit dem Jackenärmel den Schweiß vom Kinn und aus den Augen.

25

Sie hätten durch die Küche gehen können, sagte Justin. Sie müssen vom Buffet aus telefonieren. Haben Sie die Nummer?
Nein. Muntelier, das Restaurant «Hecht».
Justin blickte ihn überrascht an, dann ging er hinters Buffet und fuhr mit dem kleinen Finger über ein Riccard-Plakat an der Wand, als suchte er auf einer Karte nach einer Ortschaft. Seine Tochter saß bei den drei Männern am Tisch, und Gunten hatte das Gefühl, als hätte er nur ein paar Herzschläge lang im Garten gesessen.
Ich habe ihm die Nummer hier aufgeschrieben, sagte Justin, er war so betrunken, daß er sie nicht aus dem Telefonbuch heraussuchen und behalten konnte.
Gunten las die Nummer neben Justins kleinem Finger, sah ihn dann nachdenklich an und legte den Hörer zurück. Weiss wollte mit dem «Hecht» telefonieren?
Er hat telefoniert.
Und was hat er gesagt? Und was haben Sie der Polizei gesagt?
Nichts. Wozu? Ich stehe nicht daneben, wenn die Leute telefonieren.
Gunten lächelte und nahm den Hörer ab. Ich wäre vielleicht neugierig gewesen, sagte er.
Soweit ich mich erinnere, wollte er sich bei jemandem entschuldigen, und derjenige war nicht da.
Jetzt grinste Gunten.
Er sprach sehr laut, aber die Kartenspieler waren auch laut.

Jemand, der einen erschlagen will oder erschlagen hat, wird sich kaum entschuldigen.
Es müßte ein merkwürdiger Mensch sein, sehr gefühlvoll oder sehr zynisch, sagte Justin und ging dann mit einem Achselzucken durch die Küche in den Garten.
Gunten wählte die Nummer, und während er wartete, betrachtete er das blau-weiß-gelbe Riccard-Plakat, das ihn ans Meer erinnerte; er dachte, daß er wieder einmal verreisen sollte, aber da meldete sich der «Hecht», und Gunten fragte nach Martha.
Wo bist du? fragte sie. Im «Croix-Blanche»?
Im Garten eines Mannes, der Erinnerungen kultiviert wie seine Blumen, Sträucher und Bäume.
Hast du getrunken?
Und er verläßt Garten und Haus nicht mehr. Das Leben draußen langweilt ihn, aber trotzdem amüsiert er sich über die draußen.
Du hast getrunken! sagte sie enttäuscht und besorgt. Ich weiß übrigens, was man sich über den Wirt vom «Croix-Blanche» erzählt! Aber wenn du das Bedürfnis hast, dich mit ihm zu unterhalten...
Gunten sah durch die Küche in den Garten, und ihm fiel auf, daß die Küche so sauber und aufgeräumt war, als wäre schon lange keine Mahlzeit mehr gekocht worden.
Wenn du schweigst, Gunten, dann hast du getrunken, und du hängst deinen Erinnerungen nach, genau wie deine Schwester!
Er hat mich ums Haar eingewickelt. Und meine Schwester hat nicht geschwiegen, sondern geredet wie ein Wasserfall, wenn sie getrunken hatte.
Du enttäuschst mich wirklich. Ich weiß nicht, warum ich so besorgt um dich bin. Vielleicht, weil ich zu

wenig besorgt um deine Schwester war.
Laß mich doch endlich mit meiner Schwester zufrieden, Martha! sagte Gunten und sah noch immer in den Garten. Justin hatte ihm den Rücken zugekehrt und arbeitete mit dem Schnitzmesser; der Oleander stand im Schatten. Gunten erinnerte sich, wie er hinter Hilten gestanden und ihm zugesehen hatte, wie er den Kassettenrekorder reparierte. Einmal hatte er in den Hinterhof gesehen, und dabei waren ihm auch die zwei Rostringe auf dem Zementboden aufgefallen; er hatte sich gesagt, daß Hilten, auch wenn er den Laden verstauben ließ, ein ordentlicher Mensch sein mußte und verhaftet war in seinen Gewohnheiten, da er die Oleander jeden Abend an ihren gewohnten Platz zurückstellte, wie er sie gegen Mittag vor den Laden, links und rechts der Fußmatte, stellte. Das hatte ihn gerührt, und Hilten war ihm gleich sympathischer geworden.
Warum antwortest du nicht, Gunten? fragte Martha, nun eher ungeduldig als besorgt.
Entschuldige, mir ist eben etwas eingefallen.
Vielleicht, warum du mich anrufen wolltest?
Genau: ich wollte dir sagen, daß ich heute abend vorbeikomme. Ich will meine Gewohnheiten ändern.
Statt einer Antwort hörte Gunten nur, wie einer rief, er wolle zahlen. Gunten fuhr mit der Hand über das leicht gewellte Riccard-Plakat, als wäre es das Relief einer Landschaft. Und dann habe ich mir gedacht, sagte er, ich sollte wieder einmal eine Reise machen. Aber alleine macht das wenig Freude –
Du denkst zuviel!
Gunten machte ein paar Schritte in die Küche, das Kabel über der Schulter, und er spürte ein leichtes

Rieseln in der Wirbelsäule, als wäre er schon auf der geplanten Reise. Darüber können wir am Abend reden, sagte er.
Schön, wenn du zum Essen kommen willst?
Gunten nickte und sah Justin zu, wie er den Oleander in die Sonne rückte und sich wieder setzte. Hilten hatte seine Oleander am Samstag nicht vor die Tür gestellt. Das hat seine Gründe, dachte Gunten, er ist ein Gewohnheitsmensch!
Warum lachst du? fragte Martha.
Ich freue mich eben.
Dann bis heute abend. Und trink nichts mehr!
Da ist noch etwas, sagte Gunten. Ich habe vergessen, dem Küchenburschen zu sagen, er solle die Äpfel pflücken. Das Wetter wird umschlagen: ich spür's in der Schulter. Die Harasse sind im Schuppen.
Es hätte dir vielleicht besser getan, wenn du ihm beim Pflücken geholfen hättest, statt mit einem dubiosen Wirt zu trinken! Trotzdem: es freut mich, daß du angerufen hast.
Und noch etwas, Martha! Der Weiss hat doch bei Euch am Samstagabend angerufen?
Wer sagt das?
Justin, der Wirt.
Ich weiß nichts davon.
Vielleicht aber dein Sohn, oder deine Schwiegertochter. Wenn du sie fragen würdest.
Seit fast einem Monat reden wir nur das Nötigste miteinander.
Ich weiß, und das ist schade, Martha. Frag sie trotzdem, bitte! Es wäre eine Gelegenheit, wieder miteinander zu reden.
Du bist ein Schuft! sagte sie, nicht unfreundlich. Willst

du mir nicht erklären, was das alles soll? Was hast du vor? Das gefällt mir nicht!
Das hat Jean auch gesagt, dachte Gunten und grinste. Ich werde dir heute abend alles erzählen. Er hörte eine Weile nur Gelächter, dann eine Stimme: Immer ist es das letzte Bier! Und Martha vergißt es zu bringen! Gunten ging so weit vom Apparat weg, bis sich das Kabel spannte, und als Martha fragte: Warum mußt du damit bis heute abend warten? fühlte er sich wie an die Leine gelegt.
Ich habe Claire versprochen, mit ihr auf dem Mont Vully zu Mittag zu essen, sagte er, und jetzt ist es fast drei.
Ein wenig spät fürs Mittagessen, meinte sie, aber sie schien ganz zufrieden. Und gegessen hast du ja schon.
Sie wird sich Gedanken machen.
Dann sag ihr, was du dir für Gedanken machst! Du mußt endlich einmal mit ihr darüber reden!
Gunten schwieg.
Dann bis heute abend: ich verlaß mich darauf!
Gunten legte den Hörer auf; für einen Augenblick fühlte er sich, vor dem Gestell mit Gläsern und Karaffen, wie abgetrennt vom Leben.
Ist alles in Ordnung? fragte Justin.
Gunten trat einen Schritt zurück und wandte sich gleichzeitig um, dabei hätte er fast Justin die leere Weinkaraffe aus der Hand geschlagen.
Ich habe Sie erschreckt? Das tut mir leid. Sie waren so nachdenklich.
Justin spülte die Karaffe aus und hängte sie ins Gestell.
Schlechte Nachrichten?
Wieso?

In einem langen Gespräch will man jemanden überzeugen oder sich rechtfertigen. Für Wesentliches genügen ein paar Worte.

Gunten wandte sich gereizt ab und sah am Tisch beim Fenster, wo er zuerst gesessen hatte, eine dicke Frau in einem geblümten Rock sitzen und Kaffee trinken; das erinnerte ihn an Claire, und sein Magen zog sich zusammen. Ich nehme noch einen Kaffee, sagte er. Dann möchte ich zahlen.

Sie sind mein Gast, sagte Justin, als er Gunten einen Espresso hinstellte. Nur Ihr Telefongespräch muß ich Ihnen verrechnen: einszehn. Er lächelte, die Hände auf die Chromstange am Buffet gestützt, ein wenig nach vorne gebeugt, das Hemd wieder aufgeknöpft, und er wippte ganz leicht auf und ab, als stünde er an der Reling eines Schiffes, getragen von einer sanften Dünung. Gunten zahlte das Gespräch, trank den Espresso in kleinen Schlucken. Den ersten Zweier möchte ich aber bezahlen, sagte er, und den Kaffee.

Justin schüttelte mit geschlossenen Augen den Kopf. Ich sagte doch: Sie sind mein Gast. Sie können beim nächsten Mal bezahlen! Sie werden wiederkommen!

Gunten stellte die Tasse hin und schwieg.

Jeder, der in meinem Garten gesessen hat, ist wiedergekommen. Er wippte immer noch auf und ab, und Gunten wollte ihm sagen, er solle endlich damit aufhören, er mache sich lächerlich; aber er sah ihn bloß an. Er erinnerte sich, daß er auch einmal ein solches Hemd getragen hatte, locker über der Hose, aufgeknöpft. Juli war es gewesen, und er hatte mit seiner Frau an der Reling gestanden; sie froren und hielten angestrengt und aufgeregt Ausschau nach der australischen Küste. Wenn du frierst, sagte sie, dann zieh

dich um, hol dir wenigstens einen Pullover, aber zieh das lächerliche Hemd aus! Er hatte das Hemd anbehalten, aber einen Pullover in der Kabine geholt, und als er an Deck zurückkam, hatte er den Augenblick verpaßt: sie fuhren schon eine Weile der Küste entlang. Wo bist du so lange gewesen? hatte sie gefragt und beleidigt übers Wasser gesehen. Er blieb an der Reling, fror im leichten Hemd, und er hatte noch gedacht, das Schicksal beugen zu können.
Nun lag das Hemd in einer Kommode in seinem Haus am See; über den Vorsatz, es im nächsten Sommer zu tragen, war er alt geworden, und das Hemd hatte gelbe Ränder an den eingebügelten Falten bekommen.
Sie sehen nicht glücklich aus, sagte Justin, und in seinen Augen lag Spott und etwas Mitleid.
Gunten wurde wütend; am liebsten hätte er Justin am Hemd gepackt und geschüttelt, wie der Weiss den jungen Benz gepackt und geschüttelt hatte; aber dann besann er sich, weil er bemerkte, wie Justin erschrak, seine Augen an Tiefe verloren durch einen seltsamen Glanz. Er sah an Gunten vorbei, zögerte einen Augenblick und ging dann rasch durch die Küche in den Garten. Gunten folgte ihm. Was für einen Eindruck hat Ihnen der Weiß am Samstagabend gemacht? fragte er, an den Tisch gelehnt.
Sie haben sich doch die in Holz geschnitzten Gesichter angesehen.
Gunten wedelte mit der Hand: Sah er nicht ziemlich mitgenommen aus, die Jacke zerrissen, das Hemd offen, Kratzer im Gesicht und auf den Händen?
Justin wurde plötzlich verlegen; er sah an Gunten vorbei, machte eine leichte Kopfbewegung zur Küchentür hin und knöpfte das Hemd zu.

Nun ja, sagte Justin ungeduldig, das stimmt. Die Jacke war zerrissen, Knöpfe fehlten daran, auch am Hemd. Er hatte auch eine kleine Schramme, hier. Er hob die Hand, um anzudeuten, über welchem Auge, und Gunten schien es eher ein Zeichen für jemand in der Wirtschaft; aber da saßen bloß die dicke Frau und Justins Tochter, nun auch alleine an einem Tisch; beide kehrten ihnen den Rücken zu.
Dann sah Gunten eine Frau am Küchenfenster. Er versuchte, sich zu erinnern, wo er sie schon einmal gesehen hatte.
Justin trat wie zufällig vor Gunten, beherrscht plötzlich in seiner Ungeduld. Er sei im Chablais hingefallen, hat er mir gesagt. Justin lachte. Was ja begreiflich ist, wenn einer so betrunken ist!
Ich dachte, er verträgt eine ganze Menge? Und wirklich betrunken ist doch erst gewesen, als er hier fortgegangen ist?
Er konnte einen täuschen, sagte Justin. Und jetzt entschuldigen Sie mich. Er ging zur Küche. Sie werden ja wiederkommen, und dann werde ich Ihr Gast sein. Er deutete unter der Tür eine kleine Verbeugung an. Au revoir, den Ausgang finden Sie ja!
Als Gunten in den düsteren Durchgang trat, der zur Wirtschaft führte, stand die Frau, die er kurz am Küchenfenster gesehen hatte, auf Armeslänge von ihm entfernt, vor ihm, als hätte sie auch eben die Tür öffnen wollen. Justin, sagte sie, willst du mir erklären – Sie brach überrascht und erschrocken ab und wandte sich um. Jetzt wußte Gunten, wo er sie schon einmal gesehen hatte: Auf einem Bild im «Murten-Bieter», den Jean an einem Morgen in der «Eintracht» aufgeschlagen hatte, nachdem er ein paar Neuenburgerwür-

ste gegessen und zwei Bier getrunken hatte, als Zeichen, daß er sich nicht unterhalten wollte. Die Frau trug zwischen einem Tisch, an dem Leute saßen, und einem Gestell mit Radio- und Fernsehapparaten ein Tablett mit Gläsern und lachte ein wenig verkrampft in die Kamera.
Was hat denn Weiss' Frau hier zu suchen? dachte Gunten. Bevor er den Motor startete, notierte er, was ihm aufgefallen war und seine Überlegungen bestätigte, und als das Heft vollgeschrieben war, benützte er die Rückseite des Umschlages. Er blickte zögernd zur Wirtschaft. Erst jetzt fiel ihm auf, daß die Fassade im Stil des «Hecht» renoviert worden war. Wie die Leute einen doch täuschen können! sagte er laut und schüttelte den Kopf; dann dachte er daran, wie er Claire sagen könnte, daß ihre Beziehung zumindest schwierig geworden sei...

26

Dieses Miststück! dachte Gunten, da hat sie nicht nur ihren Mann betrogen, sondern auch noch den jungen Benz!
Er fuhr durch den alten Dorfteil von Sugiez: flache, ziegelgedeckte Häuslichkeit, die sich wohlgefällig hinter Vorgärten aneinanderreihte, hie und da verkleinert, vor Büschen und schrittlangen Weiherchen, als Abbild wiederholt in Gärten, bewacht von Gartenzwergen beim Müßiggang. Ein Fremder konnte meinen, sich verfahren zu haben und in eine Sackgasse geraten zu sein, als die geteerte Straße beim letzten

Haus, das sich hinter Thujahecken versteckte, schmal wurde und anstieg, in Schotter überging und in Grasland führte. Das Holzschild an der Hecke belehrte ihn, daß er auf dem richtigen Weg zum Mont Vully war, dem seltsamen Moränenzug, der ins Große Moos hineinragte und Murten- und Neuenburgersee trennte. Als Gunten nach einer Linskurve in den Wald einbog, sah er eine Schar Kinder, in Windjacken und mit Rucksäcken, den Wanderweg hochsteigen. Er warf sich mit dem Oberkörper nach vorne, als ließe sich so der 2 CV beschleunigen, der Mühe hatte mit der Steigung.

Dieses Miststück! wiederholte er und fühlte sich um seine Aufgabe, die ihm die Tage wieder ausgefüllt hatte, betrogen. Jetzt blieb ihm nur noch übrig, nachzuprüfen, was andere schon nachgeprüft hatten. Aber er hatte seine Zweifel und einen Verdacht. Als der Wald sich lichtete und er einem Sandwall entlang fuhr, sah er auf die gedrängte Häuslichkeit von Sugiez herunter, und sie erinnerte ihn an die Enge in Elsternwick, wo dicht gedrängt Bungalow an Bungalow gestanden hatte, eine Enge, der er nicht entsprechen konnte und die nicht seine Vorstellung gewesen war vom Leben in einem weiten Land.

Er war dann der Betrogene gewesen, wie der Weiss, weil sie einen gefunden hatte, der sich um Häuslichkeit nicht bemühen mußte, sondern sie lebte aus der Erinnerung an seine Kindheit und in Übereinstimmung mit den Nachbarn. Es war Gottes Strafe gewesen, nicht Schicksal, wie seine Frau gesagt hatte, daß die Kinder an Hirnhautentzündung gestorben waren –: die Strafe für seine Fehler, Versäumnisse und Nachlässigkeiten.

Jahrzehnte lag das zurück, aber der Schmerz ließ ihn sich zusammenkrümmen. Charles fiel ihm ein, der eine Woche lang jeden Abend hier hochgefahren war, um sich herunterzustürzten ins Große Moos.
Gunten umklammerte das Steuerrad und trat das Gaspedal durch, und der 2 CV schwankte um die Kurven. Er dachte an Claire, die dieselben Erwartungen in ihn gehabt hatte wie seine Frau: Sehnsucht nach Ruhe, verläßlicher Geborgenheit und Sicherheit, die er wohl manchmal auch empfand, aber nicht erfüllen konnte und wollte.
Soll er doch sitzen, der Weiss! dachte Gunten und hielt knapp vor dem Erdwall, der beim letzten Mal noch nicht aufgeschüttet gewesen war. Meinetwegen für den Rest seines Lebens, der Tropf! Das bewahrt ihn davor, zum Massenmörder zu werden!
Unschlüssig, ob er wie gewöhnlich erst über die Wiese zu den Graupappeln spazieren und zum See herunterblicken sollte, zu seinem Haus, ging er dann die paar Schritte zum Aussichtspunkt, wo der Moränenhügel steil abfiel und der Blick frei war aufs Große Moos, den Jura und den Bielersee, auf die Alpen.
Baumaschinen standen umher, vergessenes Werkzeug lehnte gegen einen Baum; man hatte begonnen, die Naturstraße, die in einem weiten Bogen leicht anstieg und aus dem Wald auf den Kamm des Mont Vully führte, zu asphaltieren. Neu war die aus Brettern gebaute Rampe, die über das Metallgeländer hinausragte, von der aus sich Deltasegler ins Große Moos hinabschwangen.
Gunten blieb bei der Bauabschrankung stehen, die Wanderer vor dem Abgrund warnen und davon abhalten sollte, sich zu weit vorzuwagen: die Straße war hier

abgerutscht durch die Bauarbeiten und vielleicht auch durch das Unwetter am letzten Wochenende. Gunten hielt sich an einer Holzlatte fest, die in den Farben der Schweizerfahne gestrichen war; er blickte, zwischen Haselnußgestrüpp und Tannen, über das herbstliche Laub verkrüppelter Birken aufs Große Moos. Ein weiterer Schritt, er wußte es, wäre ein Verhängnis gewesen.

Mit einer leichten Kopfbewegung folgte er dem Flug eines Schwarmes Möwen, die sich kreischend auf einem abgeernteten Feld niederließen; dann war es wieder still. Er roch den ausgewalzten Teer, er spürte den kälter gewordenen Wind und fröstelte. Er atmete ein paarmal tief durch und wedelte mit der Hand aufs Große Moos hinaus – als könnte von dort eine Antwort kommen, wie er es oft, alleine an einem Tisch im «Bain», auf den stillen See hinaus getan hatte. Er erinnerte sich an seine Aufgabe, die ihn ausfüllte und verändert hatte, und daß das Wort Aufgabe einen ganz anderen Sinn gehabt hatte in den letzten Jahren seines Lebens am See.

27

Gunten fuhr auf der Straße, die hier noch sanft abfiel Richtung Lugnorre, über den Rücken des Mont Vully. Das letzte Emd war eingebracht, der Mais geschnitten, die umgepflügten und geeggten Felder bereit für die Wintersaat. Auf der Höhe einer vergessenen Egge fühlte er sich plötzlich wieder alleine, beschleunigte

aber nicht, als er den Wegweiser zum Restaurant Vully sah. Er parkte auf dem geteerten Platz, oberhalb des Gartens, wo der Mont Vully über Weideland und Reben zum See abfiel; er legte den Rückwärtsgang ein, zog die Handbremse an und lauschte dem Wind.
Er knöpfte die Manchesterjacke zu, umging einen Sandhügel, den das Eis vor Jahrtausenden hingeschoben hatte und in den sich Büsche und Sträucher klammerten. Auf der Wiese, neben dem abfallenden Sträßchen zum Garten, weideten keine Kühe mehr, nur ein Pferd trabte zum Zaun und bettelte nickend und schnaubend um ein Stück Zucker. Gunten zeigte ihm die leeren Hände; er erinnerte sich, daß ein Tier sich nicht mehr herlocken ließ, wenn es einmal enttäuscht worden war, und er dachte an seine Katze, der er versprochen hatte, vor dem Eindunkeln zu Hause zu sein. Er bog um die Scheune, die an die Wirtschaft gebaut war; die Sonne leuchtete in einem weißen Licht über den See. Er blieb im Windschatten der Scheune, schmerzhaft geblendet, neben einem Buddleyastrauch stehen; die vertrockneten Blütenkerzen rochen nach Tannenwäldern und blühenden Wiesen, und als er weiterging, duftete es nach Brot, Äpfeln, nach feuchter Erde und dem Laub der Linde im Garten.
Claire kehrte ihm den Rücken zu und löste die Klammern, mit denen die gelb-grün gewürfelten Tischtücher festgemacht waren, steckte sie in die Schürzentasche und legte die Tischtücher sorgfältig zusammen. Gunten blieb unwillkürlich stehen, als hätte er ein schlechtes Gewissen – und das hatte er ja auch, mußte er sich zugeben.
Einmal sah sie über die Blechtische im Kies unter der Linde, die das Haus weit überragte, zum See, strich

sich übers Haar, das sie seit einem Jahr blaß violett tönte; dann leerte sie die Aschenbecher über einem Eimer und baute mit ihnen auf dem Fenstersims, zwischen Geranien, einen kleinen Turm.
Man könnte sie durchaus für die Wirtin halten, dachte Gunten. Sie trug ein kurzärmeliges Kleid, darüber eine weiße Schürze mit über dem Rücken gekreuzten Bändeln, um den Hals eine goldene Kette mit einem eingefaßten Zwanzigervreneli, am rechten Handgelenk einen schmalen Reif, ebenfalls aus Gold, Erbstükke, wie Gunten wußte; aber Claire war nur Angestellte, die sich von den Gästen anhören mußte, für sie sei es doch hier oben so, als hätte sie immerzu Ferien.
Als sie sich an den letzten Tisch setzte, den sie noch nicht abgeräumt hatte, rief Gunten sie beim Namen, zögernd und wohl auch zu leise, denn sie sah nicht auf. Sie hatte Teller und Tassen zurückgeschoben, die Ellenbogen aufgestützt; das Kinn auf den Händen blickte sie fast erstaunt in den sich aufklarenden Himmel, dann über die eben abgeräumten Tische auf den See, in einer Verlorenheit, die ihn an seine eigene erinnerte und die ihn frösteln ließ. Zögernd, wie er ihren Namen gerufen hatte, ging er zwischen den Tischen durch.
Hast du mich erschreckt! sagte Claire, dabei hatte er kein Wort gesagt, er stand nur neben ihr. Sie erhob sich sogleich, als hätte die Wirtin sie beim Müßiggang ertappt, lächelte aus Verlegenheit und zupfte an der Schürze. Sie trägt ihre goldgefaßten Zähne, wie sie ihren Schmuck trägt, dachte Gunten, und er kam sich ein wenig lächerlich vor in seiner Gehemmtheit. Ich habe mich verspätet, sagte er. Ich hatte zu tun.
Sie ging ein paar Schritte vor ihm auf und ab. Seit

wann hast du zu tun? Ich habe dich zum Essen erwartet!
Das tut mir leid.
Sie hielt die Hände in der Schürzentasche und ließ die Klammern rasseln. Du kommst über drei Stunden zu spät und sagst einfach: Das tut mir leid. Und ich warte! Du hättest wenigstens anrufen können!
Gunten schob, verärgert, die Hände in die Hosentaschen: er war ihr schließlich nicht Rechenschaft schuldig.
Sie war einen Kopf kleiner als er, ihr Gesicht rundlich geworden wie seines, mit Falten über der Stirn und um den Hals; er las in ihrem Gesicht, wie er am Morgen vor dem Spiegel in seinem las, und was er wiederfand, war die gleiche Leere, die gleiche Müdigkeit. Er dachte, wie ähnlich sie sich geworden waren, nicht anders als Jean und seine Frau, und er schüttelte fast unmerklich den Kopf.
Ich habe dich nicht einmal erreichen können.
Du hast ja kein Telefon, sagte sie. Und wenn dir einmal etwas passiert, in deinem Alter, zu Hause –
Ich war ja gar nicht zu Hause, wollte er sagen, aber er schwieg.
Und wie du wieder angezogen bist! Wie ein Bauer! Sie drehte ihm den Rücken zu, räumte das Geschirr auf ein Tablett und ging zum Haus.
Er stand eine Weile ratlos da und roch ihr Parfüm, das ihn an den Geruch der Rosen in seinem Garten erinnerte.
Manchester ist ein praktischer Stoff, er hält jahrelang, sagte er; aber da war sie schon unter der Tür und sah sich nur kurz nach ihm um.

Sie haben angefangen, die Straße zu teeren, sagte er, als Claire zurückkam. Hast du das gewußt?
Sie sammelte die gefalteten Tischtücher ein, legte die Klammern darauf, ordnete sie fast spielerisch zu einer Krone und stelle die Aschenbecher dazwischen. Daran siehst du, wie lange es her ist, seit du versprochen hast, zum Essen zu kommen, sagte sie. Hast du überhaupt schon gegessen?
Er nickte.
Das wundert mich. Wenn ich mich nicht um dich sorgen würde! Sie trug die Tischtücher ein paar Schritte weit. Seit wann rauchst du wieder?
Er hob nur die Schultern.
Du weißt, daß ich es nicht mag, wenn du rauchst, Gunten! Ich bin den ganzen Tag eingesperrt in der Wirtschaft, im Rauch.
Er knöpfte die Jacke auf und sah den Spatzen zu, die im Kies umherhüpften. Ich frage mich, was du eigentlich an mir magst.
Sie machte einen Schritt auf ihn zu und sah ihn herausfordernd an. Warum bist du überhaupt gekommen?
Er kam sich selber überflüssig vor, entschieden wie er sich hatte, aber er stampfte bloß mit dem Fuß auf, und die Spatzen flogen ins schützende Geäst der Linde.
Sie trug die Tischtücher mit dem kleinen Turm aus Aschenbechern ins Haus.
Wo hast du denn gegessen? fragte sie, keineswegs versöhnt, und zupfte beim nächsten Fenster welke Blüten und Blätter von den Geranien. Gunten erinnerte sich daran, wie Justin welke Blätter und Blüten vom Oleander gezupft hatte, und daß er Martha anrufen und sie fragen mußte, ob sie mit ihrem Sohn wegen

Weiss' Anruf aus Sugiez geredet hatte. Kennst du das «Croix-Blanche»? fragte er.
Ich stehe den ganzen Tag in einer Wirtschaft, das genügt mir. Hast du dort etwas gegessen?
Ich habe mit Justin, dem Wirt, ein Glas Wein getrunken.
Eines? Man braucht sich nur deine Augen anzusehen! Ich kenne dich doch!
Du solltest einmal seinen Garten sehen!
Sie sah zum See hinunter, wo sein Haus zwischen Pappeln stand.
Justin sagt, sein Garten genüge ihm zum Leben. Er sitzt da und schnitzt die Gesichter der Gäste aus Holz und sagt, sie hätten keinen Charakter mehr, nur Stimmungen. Die Menschen langweilen ihn, und darum geht er nicht mehr aus. Mir wäre das zu wenig.
Du bist doch auch mit dem zufrieden, was du hast. Einer schnitzt Gesichter, der andere schreibt Hefte voll.
Das genügt mir nicht mehr, Claire. Ich habe darüber nachgedacht.
Du solltest über uns nachdenken! sagte sie und zerdrückte die Blätter und Blüten.
Er sah auf ihre Hände, die rauh waren vom Spülwasser und von der Gartenarbeit. Er dachte an ihre Söhne, die sich auch dieses Jahr wieder erst zu Weihnachten daran erinnern würden, daß sie ihren Geburtstag vergessen hatten (aber er hatte ihn dieses Jahr auch vergessen), und daß sie so lange arbeiten mußte, wie sie die Beine trugen, während er drüben am See wohnte, alleine, und seine Rente aufbrauchte; er kam sich schäbig vor und konnte ihr doch nicht mehr das sein, was sie erwartete.

Und was hast du gemacht, bevor du mit diesem Justin getrunken hast? Er wedelte mit der Hand zum See hinüber. Ich habe im «Hecht» zu Mittag gegessen, sagte er und ärgerte sich, weil er verlegen wurde.
Na ja, meinte sie, Geld kommt zu Geld. Sie scheuchte eine Katze unter einem Tisch auf.
Was hat dir denn das Tier getan? fragte er, ging etwas in die Knie und versuchte, die Katze zu sich zu locken; aber sie mißtraute ihm.
Ich mag Katzen nicht, sagte Claire und zupfte an den Geranien.
Das hatte ihm schon jemand gesagt, aber er hielt sich an ihrer Seite. Es hat einen Toten gegeben! Der junge Benz ist erschlagen worden.
Sie warf die Blätter und Blüten in einen Blecheimer, der neben der Eingangstür stand, und begann, die Geranien zu gießen. Gunten ging weiter geduldig neben ihr her.
Seit wann liest du denn die Zeitung? fragte sie. Ich habe genug mit mir selber zu tun.
Dieser Fall interessiert mich eben. Und er hat in gewissem Sinn auch mit uns zu tun.
Sie stellte die Gießkanne ab. Wenn er mit uns zu tun hat – in gewissem Sinn –, gut: ich höre!
Das ist alles zu kompliziert, um es in ein paar Sätzen zu erklären. Man hat einen jungen Menschen erschlagen. Man hat ihn um seine Erwartungen gebracht, Claire, und dazu noch betrogen.
Wenn er tot ist, dann weiß er es ja nicht mehr, sagte sie und wischte angeekelt ein Spinnennetz unterm letzten Kistchen Geranien weg, bevor sie sie goß.
Ich weiß es, und du jetzt auch!
Was habe ich davon?

Damit ist es für alle Beteiligten unmöglich geworden –
Man merkt, daß du getrunken hast! sagte sie, leerte die Gießkanne überm Kies aus und trug sie zur Eingangstür; aber er folgte ihr nicht.
Wir haben unsere Erwartungen auch gehabt. Aber wir sind älter geworden.
Unter der Tür blieb sie stehen. Ich fühle mich noch nicht alt!
Keine hundert Schritte von meinem Haus entfernt hat man ihn erschlagen!
Was geht dich das an?
Er drehte ihr den Rücken zu und sah über den See. Weißt du, ich sehne mich wieder nach der Zeit, als noch alles offen schien und in der Zukunft lag.
Du solltest lieber über unsere Zukunft nachdenken.
Das hat doch mit uns zu tun!
Für wie dumm hältst du mich eigentlich? fragte sie und ging, da er schwieg, ins Haus.
Er sah auf den See und zu seinem Haus hinüber; er wußte, daß er Claire nicht mehr erklären mußte, warum sie nicht zusammen leben konnten.

Er trug das Päckchen unterm Arm, als Claire mit einem Besen herauskam.
Er wandte sich um, entschlossen, und ein heftiger Windstoß nahm ihm den Atem. Die Linde rauschte bedrohlich, und die Blätter, die Claire zwischen den Tischen und der Hauswand zusammengefegt hatte, waren wieder gleichmäßig verteilt. Sie wartete geduldig, bis der Wind sich gelegt hatte, und begann ihre Arbeit von neuem. Gunten sah ihr gerührt zu, legte das Päckchen auf einen Tisch und half ihr, die rot-gelb gestreiften Sonnenschirme zusammenzuklappen.

Gehört dir das Päckchen? fragte sie und kehrte die Scherben eines Weinglases zusammen.
Er nickte.
Ich dachte, ein Gast hätte es vergessen, fügte sie beiläufig hinzu, und es klang wie ein Abschiednehmen. Einen Augenblick dachte er, daß sie vielleicht geglaubt hatte, er habe ihr ein Geschenk mitgebracht, zur Versöhnung.
Ich wäre froh, wenn du es für mich aufbewahren würdest, sagte er.
Wozu denn noch? fragte sie und arbeitete sich mit dem Besen von ihm weg, dem Eingang zu.
Am anderen Seeufer hupte langanhaltend ein Auto. Gunten blieb unter der Birke, die ihre Äste wie Schirme über die Begonien hielt, um Claire nicht im Weg zu stehen, und er kam sich verlassen vor. Falls mir etwas zustoßen sollte, sagte er, darum.
Was sollte dir schon zustoßen!
Sie stand nun unter der Tür, einen Schritt vom goldgerahmten Stich des Well- und Wetterhornes entfernt, der zwischen Säbeln und getrockneten Blumen an der getünchten Wand hing, und sie hielt den Besen so, als wäre sie eine Schildwache. Dafür bin ich dir wieder gut genug, sagte sie. Was ist denn in dem Päckchen?
Ein Tonbandgerät.
Und was soll ich damit? Sie bückte sich und kehrte mit einem Handbesen Scherben und Blätter auf eine Schaufel.
Es abschicken, wenn mir etwas zustößt.
Sie erhob sich und warf einen Blick auf die Adresse. Was hat das mit der Kantonspolizei zu tun?
Jean ist ein alter Freund von mir.
Dann bring's ihm doch selber.

Er schüttelte den Kopf. Das geht jetzt nicht mehr.
Du mußt wissen, was du willst.
Er nickte, erleichtert, daß sie keine weiteren Fragen stellte, und zugleich war er enttäuscht.
Sie leerte die Schaufel in einen Blecheimer. Er lächelte, als sie ein Blatt von der Fußmatte vor der Tür aufhob und es ebenfalls in den Eimer warf. Jetzt erst fiel ihm ein, wie die Serviertochter im Garten des «Bain» die Scherben von Benz' Tasse, zusammen mit Blättern vom Birnenspalier, in den Eimer geleert hatte, der neben der Tür stand. Das hatte er völlig außer acht gelassen, und auch nicht in seinem Heft notiert!
Machst du das immer so? fragte er.
Sie sah ihn verständnislos an.
Was du eben gemacht hast: Blätter und Scherben in diesen Eimer leeren.
Dazu steht er ja da.
Er rieb sich mit der Faust das Kinn. Sehr schön, sagte er und blickte auf die Uhr.
Wenn du es schön findest, anderer Leute Dreck zusammenzukehren, sagte sie aufgebracht und warf Schaufel und Handwischer in den Eimer.
Entschuldige, so war es nicht gemeint. Ich dachte eben an etwas anderes.
Sie schnalzte kurz mit der Zunge, wie Jean es tat, wenn er wütend war, aber dann sagte sie: Etwas mit mir trinken könntest du wenigstens, wenn du noch Zeit hast!
Als sie ihm den Kaffee brachte und sich setzte, schob er ein angefangenes Kreuzworträtsel zur Seite und sah an ihr vorbei in die leere Wirtschaft. Eine Pendule schlug halb fünf. Er hatte Mühe, die Tasse ruhig zu halten, und so bequem er sich setzte, die Galle plagte

ihn vor Ungeduld. Er trank den Kaffee beherrscht langsam; einmal hob er den Vorhang und blickte zweifelnd und mißmutig in den Himmel; aber sie stimmte ihm zu: Für einen Spaziergang war es ohnehin zu spät.

Er erinnerte sich nun an jede Einzelheit, wie die Serviertochter im «Bain» erst die Scherben zusammengekehrt und dann den ganzen Vorplatz gefegt hatte.

Du hörst mir nicht zu, sagte sie und rührte ärgerlich in der Tasse.

Entschuldige, Claire.

Ich sagte: es ist ein Jammer, wenn man auf diese Art alt werden muß wie Herr Lüscher, der Wirt. Gestern haben wir ihn auf dem Estrich gefunden. Er saß am Boden und schälte Zwiebeln. Den ganzen Wintervorrat hat er geschält. So hätten wir nicht mehr soviel Arbeit, meinte er. Er hat's ja gut gemeint, sicher! Sie tippte sich an die Stirn und sah ihn abwartend an.

Was soll ich dazu sagen?

Nichts! Sie erhob sich mit ihm, seufzte und strich die Schürze glatt; er knöpfte die Jacke zu.

Sie fragte nicht, wann er wiederkommen würde, sie gab ihm nicht die Hand, sie blieb im Flur stehen, am Fuß der Treppe, die zur Wohnung der Wirtsleute führte und zu ihrem Zimmer. Er stand vor dem Stich des Well- und Wetterhornes und sah auf Tannenwälder, in Tobel, in denen Bäche zu Tal stürzten; er blickte in die Fenster einer Hütte, die aus rohen Stämmen gezimmert war, aber zerbrechlich und gefährdet wirkte auf einer grasüberwachsenen Kuppe. Er suchte vergeblich nach einem Menschen in dieser abweisenden Berglandschaft. Er dachte an seine ersten Jugendjahre im Emmental, und wie Vater und Mutter schweigend am Tisch gegessen hatten und so ihre Probleme zu lösen glaubten. Er dachte an seine Frau, von der er nicht wußte, ob sie noch lebte, und er dachte an sein stilles Haus. Dann wandte er sich um und sah Claire auf dem geblümten Spannteppich stehen, zwischen Kupfergeschirr, das sie pflegte, Schalen mit Blumen, die sie goß, und Stühlen aus dem letzten Jahrhundert, auf die sich keiner setzte. Die Häuslichkeit, die sie pflegte, in der sie wohnte, aber die ihr nicht gehörte, tat ihm weh; aber er wußte nicht, was er ihr noch sagen sollte.

28

Fernand?
Gunten blieb an den linken Kotflügel seines 2 CV gelehnt und sah auf den See; er fror nicht, obwohl der Wind die Luft abgekühlt hatte, auch regnete es, ein leichtes Getröpfel zwar nur.
Claire hatte es ihm leicht gemacht: Sie nahm eine Gießkanne aus gehämmertem Kupfer und begann, treppaufwärts, lanzenförmige Kakteen zu gießen.
Fernand, bist du es?
Gunten wandte sich um. Der Mann war in seinem Alter, kleiner als er und barhäuptig, aber kahl; er hatte einen Schnauz und ein erdfarbiges Gesicht, trug Stiefel und kam mit den Händen fast bis zu den Ellenbogen in der Taschen seiner Überhose auf ihn zu.
Ich bin nicht Fernand, sagte Gunten gutmütig.

Du gleichst ihm aber! Der Mann nahm die Hände aus den Taschen und bog verlegen das Kreuz durch. Gunten sah in ihm sich selber, bemüht um seine Würde.

Entschuldigen Sie, ich habe Sie verwechselt.

Macht nichts, wir gleichen uns alle ein wenig.

Der Mann schwieg, lächelte und kratzte sich hinterm Ohr.

Gunten stieg ins Auto, löste die Handbremse, nahm den ersten Gang heraus, und während er den Motor zu starten versuchte, rollte er im Leerlauf zurück.

Nach Guntens fünftem Versuch, den Motor zu starten, rief der Mann: Warten Sie, ich schieb' Sie an! Beim zweiten Schritt schien er auszurutschen, dann konnte er sich an der Motorhaube festhalten. Sie verlieren Öl, sagte er. Wissen Sie das?

Gunten hob die Hand zum Gruß, da der Motor angesprungen war, legte den ersten Gang ein und wendete; einen Augenblick schillerte der Ölfleck auf dem Asphalt in den Farben des Regenbogens. Er hielt beim Sandhügel, den das Eis vor Jahrtausenden hingeschoben und zurückgelassen hatte, unentschlossen, ob er die Straße nach Lugnorre oder nach Sugiez nehmen sollte. Die Regentropfen waren im Scheinwerferlicht wie Kristalle; sie erinnerten ihn an den nahen Winter und seine Sehnsucht nach Wärme; und da fiel ihm ein, daß Cornichon seit der Morgenfrühe ausgesperrt war. Und auch Martha wartete! Er mußte sie noch einmal anrufen!

Inzwischen mußte sie ihren Sohn gefragt haben, ob er der Polizei gesagt hatte, daß der Weiss aus Sugiez angerufen hatte. Er mußte auch unbedingt wissen, ob ihr Sohn vielleicht dem Weiss das Hemd zerrissen und ob sie einen oder zwei Hemdenknöpfe in der Wirtschaft gefunden hatte. Aber das alles konnte er sie fragen, wenn er bei ihr aß, beruhigte er sich: Jetzt mußte er zuerst nach Murten, in den Garten des «Bain»!

Er bog nach links ab, wo die Straße nach Lugnorre abfiel, ein Umweg, aber er kam so schneller voran als über den Aussichtspunkt, der Naturstraße nach, Richtung Sugiez.

Er fuhr im zweiten Gang, bei aufgeblendeten Scheinwerfern, in der Straßenmitte; das Klappfenster hielt er offen, um sich wachzuhalten, auch wenn er fror: es war ein langer Tag für ihn gewesen, und noch war er nicht zu Ende.

Kurz bevor er auf Weideland hinauskam und das Gefälle flacher wurde, trieb der Wind welke Blätter aus verwahrlosten Kirschbäumen und Büschen wie Federn aus dem Gefieder urweltlicher Vögel, die sich hier für die Nacht niedergelassen hatten, über die Straße.

Gunten kannte die Straße und vertraute seinem Wagen; so ließ er ihn wie gewöhnlich im dritten Gang auf die Rechtskurve eingangs Lugnorre zurollen, zur Hauptstraße nach Murten und Neuchâtel, die wenig später nach links abbog nach Môtier, Richtung Sugiez und dem Chablais entlang...

In Gedanken war er schon im Garten des «Bain», dann auf dem letzten Wegstück dem See entlang, heimwärts.

Jetzt war er doch zu schnell, oder einfach zu ängstlich. Er bremste, zu spät, wie er meinte, zudem war die Straße naß, glitschig vom Laub und Erdreich der Traktoren, die Sicht schlecht. Der Wagen geriet aus

der Spur und schlidderte der Sicherheitslinie entlang, dann darüber hinaus auf ein Beet mit roten Astern zu; die hüfthohe Bruchsteinmauer, an der der Wegweiser nach Murten angebracht war, wurde ihm fast zum Verhängnis.
Als der Wagen die Spur wieder hielt, eingangs Lugnorre, das verlassen und fremd im Licht der Neonleuchten dalag, lächelte er, dankte seiner Geistesgegenwart und den Göttern; an den Mann, der ihn für Fernand gehalten und ihm beim Anschieben etwas zugerufen hatte, dachte er nicht.
Links und rechts, bevor er die ersten Häuser von Môtier erreichte, lagen abgeräumte Rhabarber- und Kohlfelder; die Rebstöcke und Johannisbeerstauden standen da wie gerupft.
Gunten hatte, als er nach Sugiez in die Hauptstraße einbog, die Heizung eingeschaltet; sie wärmte ihm gerade die Füße und stank nach Motorenöl und Gummi. Der Wind hatte auf Nordwest gedreht und schob den 2 CV auf der Geraden dem Chablais entlang vor sich her.
Der Himmel war aufgeklart, und Gunten hätte nach den Sternen fahren können. Vor der Kreuzung, wo die Straße nach Muntelier abbog, schaltete er herunter und fuhr dann der Straße nach, die er kannte wie seine Jackentaschen. Er versuchte, den Tag zu ordnen, der ihm einen Abschied gebracht hatte, den er längst vorweggenommen hatte – und da fuhr er schon über den Buckel, der als Bodenwelle angezeigt gewesen war, auf der das Geleise der Bahn nach Ins die Straße kreuzte.
Der Wagen schlug mit der Ölwanne auf und ab, aber Gunten lachte.

Auf der Höhe des «Hecht» bremste er etwas ab. Dann sagte er sich, daß er auf dem Rückweg bei Martha vorbeifahren und auch etwas essen würde; er war hungrig, aber er dachte an den Plan, den er sich auf dem Parkplatz hoch überm See gemacht hatte.
Er parkte bei der Französischen Kirche, wo Jean es nicht erwarten würde, und ging den Hauswänden entlang, Richtung Rathaus.
Er hatte eigentlich nichts anderes erwartet, als er vor Hiltens Laden stehenblieb, so war er nicht überrascht: die farbigen Neonlämpchen flimmerten, das Pappschild *«Geöffnet ab 16 Uhr»* hing an einer Schnur hinterm Glas, nur war es jetzt zehn vor acht und ganz normal, daß der Laden geschlossen war; die Fußmatte lag vor der Tür, aber die Oleander standen nicht davor.
Er blieb eine Weile nachdenklich stehen, dann bog er in den matt erleuchteten Durchgang des Rathauses ab, der zur Treppe führte, die sich in Windungen und steil zum See hinunterzog; er überquerte die Hauptstraße; zwischen einem Opel und dem VW 1200 des Gemeindeschreibers sah er, über Rosensträucher hinweg, zum «Bain». Die Vorhänge waren nicht zugezogen, jeder Tisch besetzt, und statt der Serviertochter, die Gunten und Jean Kleinkrämer genannt und dem jungen Benz zehn Franken für zwei Kaffee und eine zerbrochene Tasse abgenommen hatte, saß die Wirtin bei den Leuten vom Segelklub.
Gunten ging, solange er vor den Fenstern der Gaststube war, in der Hocke und mit angehaltenem Atem. Er kauerte einen Schritt entfernt vom Durchgang, der zum See führte, in einem Beet von blauen Astern und wollte sich eben aufrichten, als die Tür aufging und

das Licht ihn wieder in die Knie zwang. Er fluchte in sich hinein; die Knie wurden feucht in den Astern, schmerzten, und der Hosengurt drückte ihm auf den Magen. Das kannst du selber machen, alt genug bist du ja – aber wahrscheinlich schon zu alt, lieber Freund! hörte Gunten den Gemeindeschreiber Chervet sagen, und dann lag der Durchgang wieder in dem Licht, das der See ans Ufer spiegelte. Gunten richtete sich langsam auf; er stöhnte beim ersten Schritt, lokkerte die Beine und lief in den Durchgang hinein und hinaus in den Garten.

Vor der noch blühenden Kapuzinerkresse, wo er den Kassettenrekorder von Benz gefunden hatte, ging er wieder in die Knie und schlich gebückt der Mauer entlang, die den Vorgarten stützte. Er machte sich noch kleiner, als das Licht aus den Fenstern, die offen standen, zwei Schritte weit seinen Schatten ins taunasse Gras warf.

Er kauerte sich ratlos hin: der Eimer, in den die Serviertochter die Schaufel leerte, wenn sie den Vorplatz gekehrt hatte, stand neben dem rechten Türpfosten, hell beleuchtet vom Licht, das aus der Gaststube fiel. Gunten fluchte leise vor sich hin, und wie das Gelächter in der Gaststube anschwoll, als lachte man über ihn, rannte er los, treppaufwärts; er sah nur den Eimer beim Türpfosten.

Erst als er sich in den Drähten des Birnenspaliers verhedderte, wie der Weiss, und dabei fast hinfiel, spürte er den brennenden Schmerz in der linken Hand, mit der er den Eimer trug. Er bog keuchend in den Durchgang; bei der zweiten Windung der steilen Treppe, die zum Rathaus führte, blieb er stehen; die Knie schmerzten ihn, und das Herz schlug ihm bis zum Hals. Er mußte den Eimer hinstellen und sich mit beiden Händen am Holzgeländer festhalten, um zu Atem zu kommen. Er rieb sich mit der Hand über die Augen, übers Kinn, und erst jetzt merkte er, daß er blutete und schon eine Weile in eine erleuchtete Stube sah, in der eine Frau den Tisch abräumte. Er duckte sich, gefangen in der Mitte der Treppe, zugleich sah er zur Ryf hinunter; aber die Frau hatte ihn nicht entdeckt, sie stellte Kaffeetassen auf, und verfolgt wurde er nicht.

Gunten fühlte sich ruhiger; er hätte auflachen können vor Zufriedenheit und Stolz, und er hatte plötzlich wieder Hunger. Er bückte sich nach dem Eimer, und jetzt fiel ihm auf, daß er vor einem kleinen Gatter stand, das ein Weglein zur Hinterseite des Hauses versperrte, in dem die Frau nun Kaffee eingoß und ihrem Mann einen Stuhl hinschob. Das Weglein war überwuchert von Farnen und geknickten Malwen, aber es schien begangen zu werden. Das Licht aus der freundlichen Stube genügte ihm, den Pfad weiterzuverfolgen, bis er in einen Gemüsegarten abbog und durch ein verwildertes Stück Land zu einer Plattform führte, auf der zwei Oleander in Kübeln standen. Er rieb sich mit der Faust das Kinn, und er hatte ganz vergessen, daß die Hand blutete und schmerzte. Er sah zur Ryf herunter, zum See, der glitzernde Wellen zum Ufer des «Bain» trug, dann sah er wieder zu den Oleandern vor dem dunklen, vorhanglosen Fenster, wo Hilten seine Werkstatt hatte; er nahm den Eimer auf und ging die Treppe hoch.

Bevor er aus dem Durchgang in die Rathausgasse trat, sah er sich noch einmal um; er hörte nur den See, das Flügelschlagen einer Taube und kurz ein Auto.

Er band sein Taschentuch um die verletzte Hand, verknotete es und ging dann im Schatten der Dächer den mittelalterlichen Häusern entlang zu seinem Wagen. Der Eimer wog nun, schien ihm, leicht, wie damals der Kassettenrekorder in seiner Jackentasche gewogen hatte.
Als er das Raffor hinunterfuhr, pfiff er vor sich hin.
Er erschrak gehörig, als er das Bremspedal, bevor er Richtung Muntelier in die Ryf einbog, ganz durchdrücken mußte und das Stoppsignal überfuhr; aber noch hatte er Glück...

29

Du mußt die Bremsen überprüfen lassen, sagte Martha, als sie in den Außenbezirken von Kerzers, nach einem besorgten Blick auf Gunten, erst Richtung Agriswil abbiegen wollte statt nach Galmiz und damit Richtung Murten.
Gunten stöhnte, hin- und hergeworfen bei ihrem Manöver auf dem Nebensitz des 2 CV. Du fährst wie alle Frauen, sagte er.
Und du redest wie alle Männer! Man würde nicht glauben, daß du noch vor einer Stunde sterben wolltest! Wie ein Küken bist du dagehockt.
Nett sagst du das! Kürzlich hat mich einer einen alten Trottel genannt.
Martha lächelte und saß nun, da sie sich nicht mehr verfahren konnte, entspannter am Steuer und streifte die Ärmel der Wolljacke zurück, die sie sich, auf der Suche nach Gunten am See, über die Schürze gezogen

hatte. Ich meine es ernst: du mußt mit dem Wagen in die Garage! Gunten wollte sich mit der genähten, mit Jod bepinselten und verbundenen Hand am Kinn kratzen.
Du mußt deine Gewohnheit für eine Weile aufgeben, sagte Martha. Sie lachte gemütlich, schaltete dann, vor der Abzweigung nach Gurzelen, hart in den dritten Gang zurück. Du hast ja noch eine zweite Hand!
Mit der muß ich mich festhalten, damit ich mir den Kopf nicht ein zweites Mal anstoße, so wie du fährst!
Wie alle Frauen, ich weiß.
Genau! sagte Gunten, und dann: Geradeaus!
Sie nickte und beschleunigte wieder im vierten Gang, auf der Geraden nach Galmiz. Wenn du in deinem Garten mehr Ordnung halten würdest, wärst du nicht hingefallen!
Gunten schloß die Augen.
Und wenn du weniger trinken würdest. Denk an deine Schwester!
Gunten rutschte, verärgert, tiefer in den Sitz und schlug mit dem Hinterkopf, wo ihm der Arzt den Schwartenriß genäht hatte, gegen das Eisenrohr, an dem die Rückenlehnte verdrahtet war.
Ich habe dir immer gesagt: eines Tages wird dir deine Unordentlichkeit zum Verhängnis!
Gunten stöhnte, dann sagte er: Die Natur besorgt sich selber in meinem Garten.
Und das Zeug, das herumsteht, verfault und verrostet? Du fällst lieber hin, mitten in der Nacht, als endlich den Eingang zu beleuchten. Ich weiß nicht, warum ich mir Sorgen um dich mache.
Das hat mir heute schon jemand gesagt. Er war froh, daß sie nicht fragte, wer ihm das gesagt hatte, aber

gewiß wußte sie es und nahm an, daß er den Abend über bei Claire gewesen war. Er lächelte. Du bist besorgt, weil du mich magst.
Sie blickte ihn an, und er tippte sie leicht an die Schulter. Ich würde wieder einmal auf die Straße achten, auch wenn's geradeaus geht. Wir wollen uns doch beiden noch ein paar Jahre gönnen!
Sie fuhren eine Weile schweigend dahin.
Weißt du, sagte er, vielleicht hat mich gerade meine Unordentlichkeit gerettet.
Ich verstehe dich nicht.
Hätte ich meinen Garten rund ums Haus so ordentlich wie meine Nachbarn, und ich wäre hingefallen, so wärst du nicht zum See heruntergekommen. In einem ordentlichen Garten fällt man nicht hin und schlägt sich den Kopf auf. Ich wäre erforen, es ist ja saukalt geworden gegen Abend. Und ich bin ein alter Mann.
Sie lachte glucksend.
Er griff sich an den Hinterkopf, knurrte tief im Hals, schloß die Augen und genoß es, einfach so dahinzufahren an Marthas Seite. Er wünschte sich, noch lange so weiterzufahren, dann die Augen zu öffnen und in einer Landschaft aufzuwachen, wo das Atmen leicht fiel, wo man die Arme ausbreiten konnte und die Wärme der Nachbarn spürte und wo der Horizont nicht gleich vor der Haustür begann.
Da sagte Martha: Du hättest auch überfallen werden können!
Wieso? Er schielte mit dem gesunden Auge zu ihr.
Du liest doch wieder Zeitung? Sie haben im Kiosk auf dem Zeltplatz eingebrochen. Und jetzt bei Strobel, du kennst ihn vom Sehen. Er trinkt immer Algerier.
Gunten schwieg.

Am heiteren Nachmittag haben sie ihn niedergeschlagen, sagte Martha. Das könnte dir eines Tages auch passieren, so alleine wie du wohnst am See. Du läßt ja auch nachts die Rolladen nicht herunter.
Bei mir ist nichts zu holen, sagte er, und dann will ich den See sehen, die Lichter. Er puffte sie leicht in die Seite. Aber ich will es mir überlegen.
Er überlegte, ob man ihn vielleicht doch beobachtet hatte am See, ihm treppaufwärts zum Rathaus und zu seinem Wagen bei der Französischen Kirche gefolgt war; aber man hatte ihn nicht verfolgt: Er war hellwach gewesen; er fror, und das Blut pochte in der verletzten Hand. Nach der Stoppstraße vor der Ryf, die er überfahren hatte, hielt er sogar einmal an, weil der Blecheimer umgekippt war; er löste den Hosengurt und zurrte den Eimer auf dem Nebensitz fest.
Nein, er war nicht verfolgt worden! Man hat mich erwartet – man hat mir aufgelauert! dachte er staunend.
Bevor er ins Brunnengäßli abgebogen war, hatte er bei ausgeschalteten Scheinwerfern und abgestelltem Motor gewartet, eine Zigarette geraucht. Er hatte sich überlegt, was jetzt zu tun war. Erst wollte er den Inhalt des Eimers untersuchen, die Katze füttern, dies zuerst, dann zum «Hecht» hinaufgehen und Martha die Fragen stellen, die er sich notiert hatte, auch etwas essen mußte er, aber erst einen Fernet trinken.
Er parkte dann am Drahtzaun, im Laub einer Pappel, löste den Gurt vom Nebensitz, und als er ums Auto herumging, fand er seine Schritte im Kies sehr laut. Das flaue Gefühl im Magen hätte ihn eigentlich warnen sollen; aber er meinte, ihm fehle bloß ein Fernet und dann etwas zu essen. So ging er, den Eimer in der

Rechten, den Gurt über die Schultern, während er mit der verbundenen Linken die Hosen festhielt, die letzten Schritte zum See, wo der Kiesweg in den Wanderweg führte und zu seinem Haus.

Am Ufer rief er nach der Katze; das Wasser trug seine Stimme hinaus. Er rief ein zweites Mal, lauter und seltsam beunruhigt; doch nur ein Bleßhuhn flatterte auf, und am anderen Ufer flackerten Lichter, als wollten sie ihn warnen; dann war es so still, daß er meinte, das Laub fallen zu hören. Er kam sich plötzlich verloren vor im Geruch nach Fäulnis, Moder und Schlamm; er dachte daran, daß er im Schuppen Holz holen und Feuer machen mußte und wie schön es wäre, wenn schon ein Feuer brennen würde im Ofen, das Essen bereitstände und das Glas, aus dem er gewöhnlich seinen Fernet trank, gespült wäre. Eigentlich war dieses Haus ein leeres Haus. Er hatte keine Erben, niemanden, dem er das Haus zum Wohnen und den Garten zum Anpflanzen überlassen konnte. Keiner würde es erhalten, wie er es erhalten wollte auf seine Weise und auf Zeit, um es wiederum weiterzugeben.

Er fluchte, als er sich an einem Haraß mit Äpfeln, den der Küchenbursche hingestellt hatte, das Schienbein anstieß. Er stopfte den Gurt in die Jackentasche, nahm einen Armvoll Schwemmholz auf, das er am Ufer gesammelt hatte, und ging im blassen Licht des halben Mondes zum Haus zurück; und da sah er die tote Maus auf der Türschwelle. Er lächelte und nickte, mit leicht schrägem Kopf übers Holz hinweg, zum See. Du bist ein guter Jäger, Cornichon, sagte er. Wir Menschen haben es nicht viel weiter gebracht, wir sind alle noch Jäger und Sammler: sieh mich an! Jetzt werde ich

uns erst einmal ein Feuer machen! Er suchte, leicht in den Knien, damit ihm die Hose nicht herunterrutschte, nach dem Schlüssel und rief über die Schulter nach der Katze: er war überzeugt, sie saß auf Tasmanien, hatte ihn längst erkannt und hielt sich beleidigt versteckt.
Da traf ihn der Holzknüppel. Im Hinstürzen war einen Augenblick lang ein Rauschen in seinem Schädel, als holte ihn der See zu sich und rollte ihn mit dem Schwemmholz am Ufer hin und her im Kies.

30

Gunten erinnerte sich gut: noch war ein leises Dröhnen und Rauschen in seinen Ohren, und in seinem Schädel klopfte es. Er sagte sich, daß er bei Benz' Beerdigung einen Hut werde tragen müssen und daß Jean dann sagen würde, er sei eitel geworden. Er lächelte zufrieden und dachte, wie leicht es gewesen war, Martha auf der Fahrt nach Kerzers, zum Arzt, zu belügen.
Ein Schwartenriß blutet immer sehr stark, hatte ihn der Arzt beruhigt. Auf Marthas Vorwürfe hatte er leise gewimmert, und als sie hartnäckig wurde, hatte er sich hinter seiner Wehleidigkeit versteckt. Sie hatte ihm im Garten auf die Knie geholfen, und als er dann aufrecht stand, machte sie ihm die ersten Vorwürfe.
Er meinte, sie sei heilfroh, daß er noch am Leben war, als sie laut auflachte. Aus Verlegenheit wollte er die Hände in die Hosentaschen stecken, und da merkte er, daß ihm die Hose auf die Knie heruntergerutscht war;

er schämte sich, auch wenn der halbe Mond nur wenig Licht in den Garten warf. Sie half ihm, die Hose hochzuziehen, schnupperte dabei an seinem Gesicht und sagte: Getrunken hast du nicht, oder doch?
Er hielt die Hose fest.
Wer weiß, wie lange du schon dagelegen bist! Dann riecht man natürlich nichts mehr.
Er suchte den Gurt in der Jackentasche und spürte erst nicht, daß ihm das Blut in den Nacken lief. Er wehrte sich störrisch und aufgeregt, als sie ihm die Hose zuknöpfen wollte, und er merkte, daß Jacken- und Hosentaschen nach außen gekehrt waren, auch die Innentaschen. Er fluchte.
Du solltest dich schämen, so zu fluchen! sagte sie. Danke Gott, daß du nicht verblutet bist oder dir das Genick gebrochen hast! Sie band ihm ihr Taschentuch um den Hals, und als er sich bückte, meinte sie, er würde wieder hinfallen, aus Schwäche.
Auf den Knien suchte er erst den Gurt.
An der Hand bist du ja auch verletzt!
Er fand den Gurt, das Portemonnaie, die Hausschlüssel und die Karte des Seelandes. Er suchte weiter, zuerst hastig und aufgeregt, dann gelassen und gründlich. Das gelbe Heft, der Zeitungsausschnitt aus dem «Murten-Bieter», die Quittung, die ihm Hilten ausgestellt hatte, blieben verschwunden. Er fand das leere Fernet-Fläschchen, und im Portemonnaie fehlte neben den Scheinen auch das Kleingeld: knapp vierzig Franken.
Dummköpfe gibt's! dachte er und ließ sich von Martha aufhelfen. Ich werde Gott, dem Allmächtigen, morgen auf dem Friedhof danken! sagte er und lachte grimmig.
Was gibt's denn da zu lachen?

Das Lachen wird anderen bald vergehen! sagte er.
Ich verstehe dich nicht, Gunten, aber komm jetzt: du mußt zum Arzt! Ich fahre dich. Sie mußte ihm helfen, den Gurt umzubinden. Du hast getrunken! schimpfte sie beim 2 CV, als sie sich kurz an der Tür festhalten mußte, so schwer stützte er sich auf sie.
Du wärst ein guter Kriminalbeamter geworden, sagte er.
Du solltest dich schämen! Es steht schlimm mit dir, daß du anfängst, dich auszuziehen, wenn du getrunken hast! Wie deine Schwester, fügte sie bekümmert hinzu.
Sie half ihm in den Wagen, und als er aufstöhnte, war sie wieder besorgt. Sie schaltete die Innenbeleuchtung ein, und als sie sah, daß er die Scherbe einer Tasse unterm Hintern hervorzog, lachte sie, schaltete in den Rückwärtsgang und fuhr zur Ryf hinauf: Wie kommt denn diese Scherbe in dein Auto?
Was weiß ich?
Irgend etwas stimmt nicht, Gunten! War noch jemand bei dir?
Fahr jetzt, Martha! Oder willst du, daß ich hier verblute? Wir wollen doch diesen Herbst noch zusammen ins Tessin verreisen!

Nun fuhren sie schweigend durch Galmiz, heimwärts; die Häuser und Höfe waren der Straße entlang gebaut, abgeschirmt durch Gärten mit winterhartem Gemüse und Astern.
Gunten richtete sich auf, als er die Cardinal-Bierreklame sah.
Das fehlte gerade noch, in deinem Zustand! sagte sie, als er sie bat, anzuhalten. Hast du nicht schon genug

getrunken? In ein paar Minuten sind wir zu Hause.

Wo denn: im «Hecht»? fragte er und sah enttäuscht zu den Fenstern der erleuchteten Wirtschaft, aber er grinste.

Du bist abgefeimt, Gunten, wie deine –

Bieg rechts ab, und dann dem Moos entlang!

Sie hielt vor den Harassen mit dem Lauch. Wozu? fragte sie.

Es ist nur so ein Einfall... Ich mag das Große Moos bei Nacht.

Du gefällst mir nicht, Gunten, sagte sie, aber sie legte den ersten Gang ein. Du verheimlichst mir etwas!

Sie fuhr langsam über das Bahngeleise, hinaus ins Große Moos und dann Richtung Chablais. Er hielt beide Hände unter den Hinterkopf und sah zu den Häusern von Galmiz; aber nur in der Wirtschaft waren die Fenster erleuchtet. Kannst du schweigen? fragte er.

Sie schaltete ruppig in den dritten Gang.

Gunten stöhnte. Es geht um einen Freund. Ich bin es ihm schuldig, auch wenn ich ihm nicht mehr helfen kann. Ich verdanke ihm, daß ich nicht mehr bloß in meinen gelben Heften lebe.

Das freut mich für dich, auch wenn ich dich nicht ganz verstehe.

Du wirst es noch verstehen, Martha! Er sah aufs Große Moos hinaus, das schwarz und leer an ihnen vorüberglitt. Man kann nicht zur gleichen Zeit an zwei Orten sein, sagte er, als sie anhielt, um einen Wagen, der vom Chablais kam, vorbeizulassen, bevor sie in die Hauptstraße nach Muntelier einbog. Das würde einem zum Verhängnis werden.

Du denkst an Claire und an mich.

Nein: da habe ich mich inzwischen entschieden. Er legte ihr kurz die verbundene Hand auf den Arm.
Sie lächelte und beschleunigte auf der Geraden, und er sah über die Schulter dem Wagen nach, der nun Richtung Kerzers fuhr.

31

Jetzt ziehst du erst einmal die Jacke aus, auch das Hemd, sagte Martha. Ich nehme alles mit in die Reinigung.
Gunten stand, die Schultern nach vorne gedrückt und die Arme verschränkt, vor dem kalten Ofen.
Ich mache Feuer, sagte sie.
Du kennst dich mit dem Ofen nicht aus.
Ich werde dir auch etwas zu essen machen, sagte sie ungerührt. Du nimmst inzwischen ein Bad. Sie heizte, auf den Knien, den Ofen an, während er danebenstand, den Kopf im Nacken, und schnupperte wie seine Katze.
Es geht dir ja wieder ganz ordentlich. Sie blies in die Glut. Was stehst du noch herum?
Er hielt nachdenklich die Scherbe der Tasse in der gesunden Hand und sah sich aufmerksam um. Der Geruch war ihm bekannt, aber zu schwach, als dass er sich gleich erinnert hätte. Er umging den Tisch, während sie wieder in die Glut blies; der Geruch gehörte nicht zu diesem Haus, das wußte er, aber es fiel ihm nichts Außergewöhnliches auf. Er legte die Scherbe auf die Fensterbank und sah in den Garten; er war beunruhigt wegen der Katze, und er fror. Bevor er den

Rolladen herunterließ, öffnete er kurz das Fenster; aber er hörte nur den See.
Er wollte sich einen zweiten Fernet einschenken, denn der erste hatte seinen Magen nicht beruhigt, als Martha sagte: Du hast recht, der Ofen ist heimtückisch. Gib mir noch eine Zeitung.
Er schenkte sich erst das Glas randvoll ein, grinste, als sie ihn mißbilligend ansah, leerte dann das Glas in einem Zug und deutete mit dem Daumen an, daß es das erste sei; sie schüttelte den Kopf und streckte zwei Finger hoch, er hob die Schultern, und dann lachten sie beide.
Laß mich mal! sagte er.
Eine Zeitung, bitte! beharrte sie und blieb auf den Knien. Du hast doch welche, auch wenn du keine Zeitungen liest.
Ich lese wieder Zeitung! sagte er entrüstet. Und ordentlich gestapelt habe ich sie auch.
Na ja, wenigstens im Haus hältst du Ordnung. Sie stopfte die Zeitung zwischen Anfeuer- und Schwemmholz. Du könntest dir trockenes Holz leisten, Buchenscheite vom Bauern.
Gunten blätterte in den gestapelten Zeitungen.
Sie hustete und schloß die Ofentür. Wenn ein Mensch in sich Unordnung hat, dann muß er wenigstens äußerlich Ordnung halten.
Genau, sagte er, wie meine Schwester. Nächste Woche werde ich auch im Garten Ordnung machen.
Schön, sagte sie. Und jetzt mache ich dir etwas zu essen. Was stehst du noch da? Geh endlich ins Bad und gib mir die Jacke.
Als er die Zeitungen zurücklegen wollte, die er gewöhnlich mit dem Falz zur Wand und den Titeln nach

oben stapelte, wußte er plötzlich, woran ihn der Geruch erinnerte, der nicht zum Haus gehörte.
Die Jacke, Gunten!
Er ging in die Knie, während sie sich erhob, und trug mit einem Eifer den Zeitungsstapel ab, als gelte es sein Leben.
Das Feuer brennt, Gunten, was soll das?
Du hast die Zeitungen durcheinandergebracht!
Sie schüttelte ungeduldig den Kopf.
Nein? Sehr schön! Es ist manchmal ganz gut, wenn man Ordnung im Haus hält. So findet man alles, blind, könnte man sagen, und ein anderer hat auch keine Mühe, das zu finden, was er sucht. Aber es kann ihn leichtsinnig machen.
Ich verstehe dich nicht, Gunten.
Er erhob sich, zog Jacke und Hemd aus und ging ins Bad. Martha stand ratlos da; sie kam sich überflüssig vor, als er in Unterhosen und offenem Bademantel zurückkam, ihr wortlos das blutverfleckte Leibchen gab, dann zur Eingangstür ging und in der Hocke das Schloß betrachtete.
Du bist schamlos, sagte sie.
Ich bin ein alter Mann, alte Männer dürfen das. Er öffnete die Tür und betrachtete das Schloß von außen, rieb sich das Kinn, erhob sich mit einem Seufzer und schloß die Tür. Ich muß ein neues Schloß montieren lassen, sagte er und ließ den anderen Rolladen herunter. Vor Martha blieb er kurz stehen. Wir wollen doch keine Zuschauer haben! Er puffte sie sanft in die Seite.
Gunten, du bist schamlos!
Du stehst da, mit dem blutigen Hemd, wie Maria Magdalena dagestanden hat, du weißt doch! sagte er, dann ging er ins Bad.

Sie legte das Leibchen zur Jacke und zum Hemd, und weil sie nicht wußte, was sie ihm antworten sollte, setzte sie sich in den Schaukelstuhl, und da bemerkte sie die Katze unterm Schrank, der aus dem achtzehnten Jahrhundert war und schief stand. Die Katze hatte die Vorderpfoten unterm Leib angewinkelt, die Augen weit offen in aufmerksamer Neugier, hochmütig; aber erst als Martha das Badewasser einlaufen hörte und Gunten, schamloser als zuvor, ins Wohnzimmer kam und sagte: Du wolltest mir doch etwas zu essen machen, wurde ihr klar, daß im Haus und mit Gunten etwas nicht stimmen konnte.
Die Katze, Gunten! sagte sie dann bloß.
Er hatte eben die oberste Schrankschublade herausgezogen. Was ist mit der Katze?
Du hast sie eingeschlossen!
Was habe ich? Red keinen Unsinn. Die Katze ist draußen. Sie hockt beleidigt auf Tasmanien, weil ich mein Versprechen nicht gehalten habe. Er drehte ihr den Rücken zu und suchte immer aufgeregter nach den gelben Heften. Sie sind weg, einfach weg! sagte er eher überrascht als wütend, und er lachte. Gestohlen. Vielleicht hat sie einer für Sparhefte gehalten. Er lachte wieder, so schien ihn das zu freuen.
Sie sitzt vor dir! sagte Martha vorwurfsvoll.
Wer?
Die Katze. Unterm Schrank!
Er ging auf die Knie. Cornichon! Was machst denn du hier? Er streckte die Hand aus, aber Cornichon wich zur Wand zurück.
Sie ist beleidigt, sagte er.
Das wäre ich auch, wenn man mich den ganzen Tag eingesperrt hätte.

Ich habe meine Katze noch nie eingesperrt. Sie hat ihre Freiheit.
Gunten, du hast getrunken, und dann... also, du solltest dich –
Das tu ich ja auch, Martha. Du siehst ja: ich knie! Herrgottnocheinmal, wie oft bin ich heute schon in die Knie gegangen!
Du solltest lieber einmal in der Kirche auf die Knie gehen. Und Gott danken –
Genau: daß man bei mir eingebrochen hat!
Ich hab's doch geahnt, daß etwas nicht stimmt! Du wußtest es schon, als du hereinkamst, sagte sie. Du verheimlichst mir doch etwas, Gunten!?
Aber Martha: wie könnte ich dir etwas verheimlichen? Diese jungen Lümmel machen die Gegend unsicher, das wissen wir ja. Aber was soll ich mich aufregen: bei mir war nichts zu holen! Nicht einmal die Fünfzigrappenstücke für den Gasofen haben sie mitgenommen. Es war ihnen wohl zu wenig. Komm her und überzeuge dich selber!
Sie trat zum Schrank.
Sie haben sie sogar wieder aufgeschichtet, sagte er, wie die Zeitungen. Ordentliche Einbrecher, findest du nicht?
Sie sah ihn mißtrauisch an.
Aber sie haben sie falsch aufgeschichtet! Ich lege sie immer mit der Helvetia nach oben. Gewohnheiten können einem zum Verhängnis werden... und auch ganz nützlich sein. Übrigens: die Helvetia ist die einzige Frau, die ich im Haus halte, mit Schild und Lanze.
Er puffte sie wieder sanft in die Seite, lachte, dann verzog er das Gesicht und hielt sich den Hinterkopf.
Die kleinen Sünden bestraft der Herrgott sofort, sagte

sie, aber lächelte gutmütig und führte ihn zum Bad. Wir wollen doch nicht, daß du den See auch noch im Haus hast!

Dann ging sie in die Küche. Und was ist mit der Katze? frage sie und schlug zwei Eier in eine Glasschüssel.

Man muß ihr Zeit lassen. Sie ist beleidigt, und sie wird noch beleidigter sein, wenn man sie hervorholt. Sie hat auch ihren Stolz. Sie wird von alleine hervorkommen, wenn sie glaubt, wir hätten nun lange genug auf ihre Gesellschaft verzichten müssen. Sie wird den ersten Schritt tun, eine nette Geste ohne Hochmut, und sie wird die Erstaunte spielen, wenn sie uns sieht, als hätte sie uns eben erst bemerkt. Wir werden dann auch die Erstaunten spielen, ebenfalls eine nette Geste ohne Hochmut. Wir werden uns begrüßen mit vornehmer Achtung und Würde; hörst du mir überhaupt zu, Martha?

Martha rührte ein Omelett an und summte ein Lied, wie sie es getan hatte, als sie in der Küche des «Hecht» noch geherrscht hatte...

In Elsternwick hatten wir einen Zitronenbaum im Garten, erzählte Gunten und schnitt die dritte Omelette an. Der Garten lag hinter einem hohen Bretterzaun. Erstens, weil man sich so ungenierter bewegen konnte, und zweitens wegen der Diebe. Es war ein schöner Zitronenbaum, und Diebe gibt's überall. Er spießte mit der Gabel gekochte Apfelschnitze auf. Vielleicht hatte es der Dieb auf die Äpfel abgesehen. Ich werde morgen nachsehen. Der Küchenbursche hat doch einen Haraß mitgenommen?

Martha sah ihm zu, wie er aß, und nickte.

Aber was wollte ich dir erzählen?
Von deinem Zitronenbaum, sagte sie geduldig.
Die Nachbarn wollten sich ja auch ungeniert in ihrem Garten bewegen, und sicher waren sie keine Diebe. Man kannte sich, besuchte einander. Aber die Nachbarn hatten auch andere Gäste als mich und meine Frau. Und da fehlten dann mal Zitronen zu einem kühlen Getränk. Man ist ja nicht kleinlich. Aber was ich eigentlich sagen wollte... dieser Zitronenbaum blühte und trug Früchte zur gleichen Zeit, er trieb neue Blätter und düngte sich selber. Weißt du –
Du willst mich loswerden, Gunten, sagte sie sanft. Es geht dir besser, du bist satt. Sie zog im Sitzen die Strickjacke an, erhob sich dann und schob den Stuhl an den Tisch.
Willst du wirklich gehen?
Immer wenn du von Australien anfängst, weiß ich, daß du mich loshaben willst. Und ich nehme es dir nicht übel. Aber sag es doch in Zukunft! Du redest mit der Katze ja auch!
Er legte Messer und Gabel hin, goß sich Weißwein nach; sie schüttelte bloß den Kopf.
Weißt du, Martha, so setz dich doch wieder hin! Nein? Die Omeletten sind vorzüglich. Keiner macht sie besser. Er schwieg, nun hilflos verlegen, da sie ebenfalls schwieg, aber lächelte und die Jacke zuknöpfte.
Vielleicht hast du recht, sagte er und drehte den Teller zwischen den Händen. Aber was hinzukommt: ich habe gut gegessen, das macht mich müde und nachdenklich. Es war auch ein anstrengender Tag. Er griff sich an den Hinterkopf und grinste. Wenn man gut gegessen hat und satt ist, dann macht man keine Pläne, denkt nicht an den neuen Tag, dann verdaut

man und erinnert sich ein bißchen an sein Leben. Man verdaut mit dem Essen seine Geschichte, sozusagen. Und an einer Omelette habe ich eben lange zu verdauen. Er legte beide Hände auf den Magen. Länger als die Katze. Er erhob sich und nahm den Teller auf. Diese letzte Omelette werde ich mit der Katze teilen.
Ich mag dich, Gunten, sagte sie.
Er nickte, verdutzt und gerührt, räusperte sich dann. Ich mag dich auch, Martha! Er stellte den Teller in die Küche, dann trug er ihr das Bündel mit seinen Kleidern bis zur Tür, gab ihr die Hand und sagte: Komm gut nach Hause. Ich werde vorbeikommen.
Paß auf dich auf! sagte sie, blieb stehen und horchte eine Weile zum See hin. Dann sagte sie: Du hast Nachbarn, Gunten, die leben nicht getrennt von dir durch einen Bretterhag.
Er nickte. Ich weiß, was du damit sagen willst, Martha. Ich habe darüber nachgedacht. Seit ich mir eine Aufgabe gestellt habe.
Er hielt sie an der Schulter fest, als sie gehen wollte. Ich werde dir später davon erzählen.
Das ist gut so, daß du nachdenkst, sagte sie, das freut mich.
Sie ging durch den Garten, zum See.
Ich werde jetzt achtundsechzig, das ist doch kein Alter! rief er ihr nach. Heutzutage! Da bleibt einem noch viel Zeit.
Sie blieb auf dem Uferweg kurz stehen und winkte ihm zu.

32

Gunten hatte den Teller abgewaschen, die Küche aufgeräumt, darauf geachtet, daß der Verband an seiner Hand trocken blieb, und immer wieder von den gekochten Apfelschnitzen gegessen; er hatte der Katze die zweite Hälfte der Omelette in Streifen geschnitten und die Schale mit Milch und Wasser aufgefüllt, dann den Pyjama angezogen und Holz nachgelegt. Nun saß er im Schaukelstuhl wie in jener Nacht von Samstag auf Sonntag, als ihn die Schmerzen wachgehalten hatten. Doch diesmal waren die Rolladen heruntergelassen, die Stehlampe brannte, und die Katze saß unterm Schrank. Er war satt, ohne Beschwerden außer dem leisen Klopfen im Hinterkopf, und weiter war nichts zu tun, als zu warten, bis der Inhalt des Blecheimers, den er auf dem Tisch über Zeitungen ausgeleert, mit Wasser besprüht und durchsucht hatte, erfolglos übrigens, trocken war – um ihn nochmals und gründlicher zu durchsuchen.

Ein wenig fürchtete er sich; er sah zum Karabiner an der Wand, dann zur Kommode, in der er die Munition aufbewahrte. Er dachte an Martha, beobachtete den großen Zeiger der Wanduhr, der sich bei der zehnten Stunde langsam dem kleinen näherte, und er sagte sich, daß er selber schuld war, alleingelassen hier zu sitzen.

Hin und wieder sah er zur Katze. Ihr Blick ruhte gelangweilt in seinem, dann schloß sie die Augen.

Gunten unterdrückte ein Lächeln, wandte den Kopf zur Seite und schloß ebenfalls die Augen.
So nahmen sie sich, bis die Wanduhr die zehnte Stunde geschlagen hatte, beiläufig zur Kenntnis, und als die Katze dann hervorkam, sich schüttelte, ausgiebig streckte, gähnte, richtete sich Gunten auch auf, gähnte und sagte dann: Na, Cornichon, sind wir endlich wach geworden?
Die Katze putzte sich das Bauchfell.
Bist du nicht hungrig? fragte er.
Die Katze sah ihn lange an, miaute leise und gedehnt, dann durchstreifte sie das Wohnzimmer, schnupperte auch einmal und sah, bevor sie ihre Kreise enger zog und dabei Gunten näher kam, kurz zu ihm auf, als wollte sie ihn auffordern, mit ihr zusammen die alte Ordnung zu überprüfen.
Er hob sie auf die Knie, bevor sie noch hochspringen konnte, und in ihren Augen war fröhliche Verschmitztheit. Den Teller an der Tischkante ignorierte sie; flach ausgestreckt auf seinen Oberschenkeln hörte sie sich an, wie er den Tag verbracht hatte und daß er ihn weiter nicht in ein gelbes Heft eintragen wollte; er würde keine Hefte mehr führen, denn sie könnten ihm gestohlen werden, er wollte alles im Kopf behalten.
Dann aß er die letzten Apfelschnitze.
Du hast mir sehr geholfen, Cornichon! sagte er und strich ihr über den Nacken. Sie legte die Ohren an, schloß die Augen und krallte sich mit den Vorderpfoten in seine Schenkel. Er ließ es zu, als kleine Strafe, und so war es, halbwegs, auch gemeint.
So saßen sie eine ganze Weile da, schaukelten sanft; sie hörten dem Feuer zu und dem See, der seine Wellen im Rhythmus der Wanduhr ans Ufer trug.

Als er einen Schluck aus dem Weinglas nahm, sprang die Katze auf den Boden; sie harrte geduldig aus, bis er ihr den Teller hinstellte und die Milch.
Er setzte sich an den Tisch und durchsuchte mit einer Gabel das, was die Serviertochter im oberen Garten des «Bain» am letzten Samstagnachmittag zusammengekehrt hatte.
Es ist nicht die Frage, ob ich etwas falsch gemacht habe, sagte Gunten zur Katze. Sie saß auf der Tischecke, satt nach einer zweiten Mahlzeit aus Schweineherz, und sah ihm zu, wie er die Stehlampe heranzog und ein drittes Mal mit der Gabel die Abfälle umkehrte. Die Frage ist, ob ich es auch anders hätte machen können.
Die Katze hielt die Augen halb geschlossen: schließlich hatte er einiges an ihr gutzumachen, er hatte sie alleingelassen, und sie war erschreckt worden.
Diese Frage, Cornichon, stellt sich in vielem anderen auch, sagte er und häufelte dürre Blätter und Scherben am Zeitungsrand auf. Ich denke an Claire und an Martha, auch an meine Frau. Aber ich hoffe, daß uns noch genügend Zeit bleibt. Was meinst du?
Cornichon machte ein spitzes Gesicht und ließ die Schnauzhaare hängen.
Wir sind jetzt beide im gleichen Alter. Und wenn es stimmt, daß ein Katzenjahr sieben Menschenjahre zählt, bist du sogar ein wenig älter. Er zog mit der Gabel Linien in den Staub und die krümelige Erde. Das scheint dich überhaupt nicht zu interessieren! sagte er beleidigt.
Er stockte; dann hielt er, auf den Zinken der Gabel, einen rosa Hemdenknopf hoch und zeigte ihn der Katze. Was sagst du jetzt?

Die Katze schnupperte kurz, mit vorgestrecktem Kopf.
Ist das alles, was du zu unserem Erfolg zu bemerken hast? Seine Hand zitterte. Er legte die Gabel hin, faltete die Zeitung zu einer Tüte, warf sie in den Blecheimer und stellte ihn neben den Ofen; dann setzte er sich wieder an den Tisch und betrachtete den Hemdenknopf.
Das Material ist auch nicht mehr wie früher, sagte er und befingerte den rosa Faden, der als Brücke im Knopf saß. Aber das ist unser Glück. Und es ist vielleicht Weiss' Glück, daß Martha keinen Knopf im «Hecht» gefunden hat. Das spricht für seine Aussage. Aber es spricht wiederum für und gegen ihn, daß er vom «Croix-Blanche» aus im «Hecht» angerufen und sich nach dem jungen Benz erkundigt hat. Er lachte tief in der Kehle. Er kann doch nicht gleichzeitig an zwei Orten gewesen sein! Und ein Glück ist, daß Martha und ihr Sohn sich wieder miteinander unterhalten. Er kraulte der Katze den Nacken und ging dann, ein wenig schwankend, zur Kommode. Was dieser Fall alles in Bewegung gebracht hat, sehr schön! sagte er und setzte sich, mit der Schreibmappe, an den Tisch. Das oberste Blatt hatte einen vergilbten Rand, als wäre es gerahmt. Er legte den Knopf in die Handfläche und sah so lange aufs Blatt, bis sich die Ränder weiteten und diesig wurden, wie es der Horizont des Sees vor seinem Haus manchmal werden konnte.
Er versuchte sich zu erinnern, wann er zum letzten Mal einen Brief geschrieben hatte. Vor sieben Jahren war das gewesen: in einem heißen Sommer, der See hatte Niedrigwasser und stank, sein Nachbar, der Fischer, zog täglich leere Netze ein; damals hatte er

seiner Katze den Namen Cornichon gegeben. Und seinem Freund in Australien hatte er von seiner Sehnsucht nach dem Land geschrieben, in dem er geglaubt hatte, ein neues Leben angefangen zu haben. Er hatte den Brief zur Post gebracht, in der «Eintracht» einen Fernet getrunken, dann einen Zweier Vully, einen zweiten und dritten im «Bain», griesgrämig in seiner Sehnsucht. Der Tag hatte sich zu den anderen gelegt, Tag um Tag, Jahr um Jahr, und der Freund hatte nicht mehr geantwortet.

Gunten riß das oberste Blatt vom Block und zerknüllte es, aber auch das nächste und übernächste hatte vergilbte Ränder; so ließ er es, und die Katze, die auf ein neues Spiel gehofft hatte, schloß enttäuscht die Augen. Gunten dachte, wie lang und ereignislos die sieben Jahre gewesen waren und wie kurz ihm die Tage seit Samstag erschienen, und was mit ihm dabei geschehen war. Er dachte an Martha, lächelte und füllte die Feder, mit der er damals seinem Freund geantwortet hatte, daß er nicht wisse, was ihn hier noch halte, aber auch nicht, was ihn zum Fortgehen zwinge.

Gunten seufzte und schrieb in seiner runden, leicht nach links geneigten Schrift: Mein Herr, ich glaube, ich kenne den dritten Mann am See. So aufmerksam er auch gewesen ist: den einen Knopf – den wichtigen – hat er vielleicht übersehen. Diesmal werde ich ihn erwarten.

Er adressierte ein Kuvert; es war vergilbt an den Rändern und leicht mit dem zu verwechseln, in das er den Hemdenknopf getan hatte; dann lachte er laut auf, riß den Kragenknopf von der Pyjamajacke, spuckte dreimal kurz darauf, hielt das adressierte Kuvert wie eine Tüte und ließ den Knopf hineinfallen, zum Brief.

Er ging zum Schaukelstuhl, und nun spürte er den Wein; die Katze saß in der Mitte des Sofas und beobachtete ihn mißmutig.
Der wird sich wundern, sagte Gunten und schob sich ein Kissen unter den Kopf. Und er wird sich Fragen stellen, die ich mir auch gestellt habe. Du, Cornichon, wirst dich freuen: ich werde die nächsten Tage zu Hause bleiben.
Gunten sah sich, vergnügt und zufrieden, im Wohnzimmer um, kicherte einmal, als er das Licht der Stehlampe im nachgefüllten Weinglas auffing und schaukelte im Rhythmus der Wanduhr.
Die Katze lag, den Kopf auf den Vorderpfoten, zufrieden mit sich und der Wärme des Hauses in einer Sofaecke; hin und wieder blickte sie aus schmalen Augen zu ihm, als mißtraute sie seiner ruhigen Häuslichkeit.
Nun, es ist nicht die Frage, ob ich etwas falsch gemacht habe, sagte er, sondern ob ich es auch hätte anders machen können. Vielleicht hätte ich Martha davon erzählen sollen, oder Claire.
Er seufzte, unruhig plötzlich, weil die Katze den Kopf hob und zur Türe horchte.
Vielleicht weiß er schon, daß ich es weiß, vielleicht vermutet er es auch nur. Gunten fiel aus dem Rhythmus der Wanduhr und erhob sich.
Dann wird er wiederkommen, vielleicht heute nacht noch. Er wird gemerkt haben, daß ein Heft fehlt, das wichtigste! Auch den Kassettenrekorder hat er nicht gefunden.
Er umkreiste den Tisch und mußte sich dabei aufstützen.
Was meinst du: wird er wiederkommen?

Die Katze rührte sich nicht, aber folgte ihm mit ihrem Blick.
An seiner Stelle würde ich wiederkommen. Und da du dich nicht rührst, aber aufmerksam bist wie als Fischer am Seeufer, bist du meiner Meinung.
Er verkorkte die Weinflasche. Wir werden aufhören zu trinken und uns verteidigen müssen.
Er nahm den Karabiner von der Wand und lehnte ihn an den Schaukelstuhl.
Wir werden natürlich nicht schießen, nur drohen. Wir wollen herausfinden, was er will, und ihn dann überführen. Aber wir wissen ja, was er will. Vielleicht sind wir zu weit gegangen.
Er stolperte kurz vor der Kommode, konnte sich aufrechthalten und kicherte. Als er die letzte Schublade nach der Munition durchsucht hatte, vierundzwanzig Schuß, war er verwirrt, und als er den Schrank durchsucht hatte, erfolglos wie die Schränke im Schlafzimmer und in der Abstellkammer, umkreiste er ratlos den Tisch.
Ich werde sie verlegt haben, beruhigte er sich und schmatzte, um den Geschmack von Galle loszuwerden. So gut verlegt, daß ich sie nicht mehr finde. Oder er hat sie gefunden und mitgenommen. Aber was will einer mit der Munition, wenn er kein Gewehr hat?
Er setzte sich in den Schaukelstuhl, hielt sich aber, das Gewehr auf den Schenkeln, aufrecht und ruhig. Jeder Schweizer hat ein Gewehr, sagte er. Das macht uns so gewichtig ernst, aber auch komisch. Üben wir uns im Warten für die nächsten Tage. Was bleibt uns anderes übrig?
Die Katze betrachtete ihn neugierig, wie einen Fremden.

Mit einem Streichholz kann man eine Zigarette anzünden, ein Feuer oder ein Haus, sagte er; aber rauchen mochte er nicht, und der Wein hatte ihn schläfrig gemacht, so blies er das Streichholz aus. Er löschte dann eine Birne in der Stehlampe, horchte auf das Pochen in seinem Schädel, auf seinen Herzschlag, er horchte auf den See und hielt sich noch eine Weile wach; als die Uhrzeiger um Mitternacht sich trafen, war er eingeschlafen wie die Katze...

33

Du bist geschmacklos, Jean! sagte Gunten.
Sie standen, die Hände in den Manteltaschen, den Hut in die Stirn gezogen, im Windschatten einer Eibe, die ihre roten Früchte über den Kiesweg streute; sie schützte sie auch vor dem Nieseln aus dem violettschwarzen Gewölk, das an den Rändern die Farbe der Erikastöcke hatte, die vor den Grabsteinen blühten.
Man darf doch fragen, ob du etwas von deiner Frau gehört hast.
Nein, sagte Gunten und wedelte mit der Hand.
Hast du dich verletzt?
Würde ich sonst einen Verband tragen?
Du siehst schlecht aus.
Ich habe zuviel getrunken, zuviel nachgedacht, schlecht geschlafen, und eine Erkältung bekomm' ich auch.
Warum bleibst du denn nicht zu Hause?
Gunten sah zum frisch geschaufelten Grab. Weil ich mich verantwortlich fühle! Und warum bist du hier?

Jean streckte sich und zog den Bauch ein. Vielleicht dienstlich! Wir haben auch unsere Skrupel und Zweifel. Und dann habe ich so einen Verdacht, Gunten. Ich will dir helfen, als Freund.
Hilf dir selbst, so hilft dir Gott! sagte Gunten und zeigte über die Grabsteinreihen, die alle gleich hoch waren und ausgerichtet wie die Einfamilienhäuser, die den Friedhof einschlossen: Sie kommen! Ein kümmerlicher Haufen.
Sie traten zurück in den Windschatten der Eibe, die ihre drei Stämme in den Himmel reckte, als hätten die Gärtner, die in einer neuen Grabreihe anstelle eines Holzkreuzes einen Stein setzten, beim Pflegen der Eibe an die Hl. Dreifaltigkeit gedacht.
Ein Ministrant trug ein Holzkreuz voraus, dahinter ging ein Priester, ein offenes Buch in den Händen. Vier Männer trugen den Sarg aus gehobelten Tannenbrettern; ihre Anzüge waren dunkel wie das Gewölk.
Wirklich ein kümmerlicher Haufen, sagte Jean. Aber er hatte nur Onkel und Tante, und eine Schwester. Frau Marti kennst du ja.
Gunten nickte. Und der Dicke? Ich kenne ihn nicht, oder doch?
Er kennt dich.
Gunten hob die Schultern; er fror, die Nase juckte ihn, und er wußte, daß er sich letzte Nacht im Garten erkältet hatte; das heiße Bad hatte nichts genützt. Er horchte auf die Schritte im Kies, auf den Gesang einer Amsel und das asthmatische Atmen von Jeans verrauchter Lunge. Er dachte daran, daß seine Schwester hier begraben lag unter einem Stein, der auch die Namen seiner Eltern trug und den seinen, darunter sein Geburtsjahr; einzumeißeln war bloß noch das

Sterbejahr. Dann hörte er nur noch den Gesang der Amsel, Jeans trockenes Atmen, und er sah eine junge Frau in gelben Gummistiefeln aus einem der Einfamilienhäuser kommen.

Eine Weile stand sie zwischen dem Geißblatt, das neben der Eingangstür hochkletterte, und einer kranken Föhre. Dann begann sie, nach einem Blick auf den Friedhof, Rosenstöcke zurückzuschneiden, ohne Hast und gekonnt, Rosen in derselben Farbe ihrer Stiefel. Gunten lächelte; er dachte daran, wie oft er, den Jahreszeiten entsprechend, sein zukünftiges Grab bepflanzt und gegossen hatte, und daß er es ordentlicher hielt als seinen Garten. Es war zur heiteren Gewohnheit geworden, und sie hatte ihm die Angst vor dem Tod genommen; vor dem Sterben fürchtete er sich noch immer.

Gunten seufzte, schraubte den Deckel eines fingergroßen Fläschchens auf und nahm einen Schluck Fernet.

Jean stieß ihn an. Mußt du sogar noch auf dem Friedhof saufen?

Die Galle plagt mich auch auf dem Friedhof, sagte Gunten und steckte das Fläschchen ein.

Dann nimm wenigstens den Hut ab! Seit wann trägst du überhaupt einen Hut?

Vielleicht bin ich eitel geworden im Alter, sagte Gunten; aber er nahm den Hut ab – Jean hatte ja recht –, einen Augenblick lang hatte er vergessen gehabt, warum er hier stand. Er hielt den Hut, wie Jean, in den gefalteten Händen, und der Wind trug die Stimme des Priesters zu ihnen herüber: Für Gott sind wir auf der Welt.

Die paar Leute vor dem Grab hielten die Köpfe gesenkt, während die vier Männer den Sarg herunterlie-

ßen, dann zurücktraten, die Köpfe ebenfalls senkten und die Hände falteten. Die Amsel war verstummt, und irgendwo dröhnte ein Lastwagen.
Was hast du denn da für ein Pflaster auf dem Kopf? fragte Jean neben ihm.
Gott ist die Quelle, aus der wir geboren sind, betete der Priester und segnete das Grab.
Ich bin gestern nacht im Garten hingefallen. Wenn Martha mich nicht gefunden hätte, wäre ich vielleicht erfroren.
Sauf dich nur zutode!
Die einen saufen, und die anderen können den Teller nicht voll genug kriegen; die Probleme sind in beiden Fällen damit nicht gelöst.
Zur Erde, die dich ernährt hat, wirst du, betete der Priester und stieß eine kleine Schaufel in den Erdhaufen neben sich.
Gehen wir, sagte Jean.
Gunten sah in die entlaubten Kronen der Birken, während einer der vier Männer das Seil zusammenrollte und die paar Trauernden dem Priester halfen, mit der kleinen Schaufel ein wenig den Erdhügel abzutragen.
Jean setzte den Hut auf, sah auf die Uhr und sagte: Er hat's gnädig gemacht. Traurig ist es doch: die paar Leute.
Gunten sah den beiden Gärtnern zu, die den Stand des gesetzten Steines einträchtig mit einer Wasserwaage maßen; die Frau in den gelben Gummistiefeln unterhielt sich mit einer Nachbarin, die Tagetesstauden ausgrub; das Gewölk hatte seine erikafarbigen Ränder verloren und den Regen hinausgetragen ins Große Moos.

Gunten nickte, mit einer angedeuteten Verbeugung, Frau Marti zu, dem Paar, das Benz' Onkel und Tante war, der Schwester und dem Dicken, den er inzwischen erkannt hatte: es war der Geschäftsführer des «Louvre».
Zwei der Friedhofarbeiter begannen das Grab zuzuschaufeln, während die anderen gelangweilt zusahen, dann eine Schale mit roten Astern zurückstellten.
Gunten dachte an seine Kinder, die längst begraben waren in einem Land, das auf der anderen Seite der Erdkugel lag, wo seine Frau vielleicht noch immer mit einem anderen lebte, und er zählte, als gäbe das ihm Trost, die Holzkreuze in der Reihe Grabsteine, es waren sieben; ein schlimmer Herbst.
Als einer der Gärtner seine Jacke von einem Holzkreuz nahm, an die er sie gehängt hatte, erhitzt durch die Arbeit beim Setzen des Steines, erschien Gunten das Leben so selbstverständlich. Er folgte Jean dem Kiesweg entlang, der in einem Halbkreis zum Eingang führte, und er fragte sich, warum er trotzdem ein schlechtes Gewissen hatte; aber da standen sie schon unterm Torbogen; zwei Thuja trugen ihre Äste weit hinaus zur Straße.
Ich gehe jetzt in die «Eintracht», sagte Jean, ich friere. Und du siehst so aus, als könntest du auch ein Glas vertragen. Wir kommen gerade rechtzeitig.
Gunten sah über die Schulter zum Friedhof. Ein Kreuz aus Holz mehr war hinzugekommen.
Die anderen kommen auch in die «Eintracht», meinte Jean. Die Wirtin sagt, sie haben dort einen Sechsertisch reserviert.
Gunten sah abwesend den Halbwüchsigen zu, die auf dem Sportplatz neben dem Friedhof Fußball spielten.

Weißt du, als wir deine Schwester beerdigt haben, da waren zwölf Tische im «Hecht» reserviert. Schinken im Brotteig und Kartoffelsalat hat es gegeben und Vully, roten Vully! Den kannst du heute gar nicht mehr bezahlen. Bei ihrem Begräbnis solle man feiern, hat sie gesagt, deine Schwester. Nur du hast gefehlt.
Gunten hustete und spie Galle unter die Thuja. Ich weiß, Jean, ich weiß, sagte er müde, schließlich hast du mir jahrelang von der Beerdigung meiner Schwester erzählt.
Jean hob die Schultern und sah ärgerlich ins Geäst der Thuja.
Das ist ein abendländischer Lebensbaum, sagte Gunten. Er ist widerstandsfähig, aber trägwüchsig.
Es ist elf, sagte Jean ungeduldig, und um elf bin ich in der «Eintracht». Ich lade dich zu einem Glas ein.
Sie gingen die Friedhofgasse hoch, zur Bernstraße.
Lebensbaum! sagte Jean, blieb kurz stehen und sah über die Schulter. Wie kann man nur auf einem Friedhof einen Lebensbaum pflanzen!
Darauf schwieg Gunten, einen Schritt voraus.
Du hast dich verändert, sagte Jean und blieb am Ende der Friedhofgasse stehen. Oder bist du wirklich krank?
Ich sagte dir doch: ich habe mich erkältet und zuviel getrunken.
Du kommst auch nicht mehr in die «Eintracht».
Ich habe meine Gewohnheiten eben geändert, und außerdem habe ich zu tun.
Was hast du schon zu tun! sagte Jean geringschätzig und bog in die Bernstraße, Richtung Murten; als ein Lastwagen vorbeifuhr, drehte er sich um, und da merkte er, daß Gunten ihm nicht folgte. Zur «Ein-

tracht» geht's hier lang! Er hob den Arm, als zeigte er einem Fremden die Stadt.
Gunten winkte ab. Ich muß noch Besorgungen machen, und dann geh ich nach Hause. Vielleicht schaue ich noch im «Hecht» vorbei. Das kommt auf dich an.
Er tippte sich an den Hutrand, dann ging er in entgegengesetzter Richtung und schob die Hände in die Manteltaschen; der Briefumschlag erinnerte ihn daran, daß er noch zur Post mußte.

34

Der Weiss hat ein Geständnis abgelegt! sagte Jean und gab, wie immer wenn er bester Laune war, vier Stück Zucker in den schwarzen Kaffee, den Martha ihm gebracht hatte.
Gunten hatte eben einen Schluck Marc genommen; er hielt den Kopf noch im Nacken und empfand zufrieden den Geschmack auf dem Gaumen und die Wärme im Magen. Einen Augenblick lang war er wie erstarrt.
Jean schnüffelte genüßlich an seinem Glas und nahm einen winzigen Schluck. Wie alle eifersüchtigen Männer ist er ein Schwächling: nach einem mehrstündigen Verhör ist er zusammengebrochen.
Zu spät erinnerte sich Gunten daran, daß er sich vor Jean hatte in acht nehmen wollen, als er ihm auf dem Rückweg vom Friedhof gefolgt war – und dann hatte er ihn noch im «Hecht» zum Essen eingeladen!
Gunten hatte, wie Jean, den Wein gelobt, die Forelle zerlegt und dann den Mund nur aufgemacht, wenn er die Gabel hob, einen Schluck Wein nahm oder eine

Gräte zwischen den Zähnen hatte. Jean hatte es ihm auch mit der Bemerkung leicht gemacht, ein gutes Essen vertrage keine Unterhaltung, das habe seine Frau noch immer nicht begriffen, er wolle genießen und satt werden ohne Ärger.
Gunten hatte ihm zugestimmt, mit Appetit gegessen und überlegt, wie er beim Kaffee das Gespräch auf den anonymen Anrufer und den Stand der Untersuchung bringen konnte.
Er ließ sich von Martha geduldig den Hinterkopf untersuchen, bevor sie seinen leeren Teller abräumte, Jean die zweite gebackene Forelle brachte, dann zögernd Wein nachschenken – aber er konnte sie beruhigen: er fühlte sich wohl, nur ein wenig erkältet war er. Eine zweite Forelle bestellte er dann doch nicht. Er drehte das Weinglas zwischen den Händen und erzählte Jean, beiläufig, daß nun auch bei ihm eingebrochen worden sei. Gestohlen habe man ihm nichts; Jean wisse ja, daß bei ihm nichts zu holen sei.
Als Gunten sich eine Zigarette anzündete, wedelte Jean mit der Serviette, hob leicht die Mundwinkel, und es geriet ihm ein recht hinterhältiges Lächeln. Nervös, Gunten, daß du die Tischmanieren vergißt?
Gunten sah irgendwohin wie seine Katze, wenn sie verlegen war.
Dein Appetit erstaunt mich immer wieder, sagte er.
Jean lächelte gemütlich. Vielleicht, weil du mich eingeladen hast? Er zwinkerte, schob sich ein Stück Forelle in den Mund und hob das Glas. Ein Fisch muß dreimal schwimmen: im Wasser, in der Pfanne und dann im Wein. Schade, daß du die Forelle gebacken nicht verträgst! Früher habe ich auch geangelt. Weißt du, Gunten, ich habe diesen prickelnden Augenblick

seither oft vermißt, wenn die Angel anschlägt und du spürst, wie der Fisch den Köder schluckt.

Gunten bestellte sich einen Fernet.

Sie saßen dann schweigend einander gegenüber, bis Jean mit der letzten Kartoffel die braune Butter aufgetunkt hatte.

Du bist in den letzten Tagen viel unterwegs gewesen, sagte er, nahm die Serviette aus dem Hemdkragen, wischte sich den Mund ab und rollte sie zusammen. Man hat dich im Großen Moos gesehen, im Chablais und auch in Sugiez. Darum trägst du wohl auch die Karte vom Seeland mit dir herum. Gib sie mir einmal!

Gunten hatte nur einen Augenblick gezögert, aber doch zu lange: er wußte es, noch bevor Jean seine Hand auf die Karte legte.

Einer, der sich dauernd etwas auf seiner Karte notiert, macht die Leute neugierig, sagte Jean und faltete die Karte auseinander.

Er bestellte noch zwei Marc und zwei Kaffee, für sich mit vier Stück Zucker, stieß sich vom Tisch ab und rückte mit dem Stuhl so weit zurück, bis er es bequem fand. Erst als Kaffee und Marc auf dem Tisch standen, sah Jean auf und lächelte. Deine Dornwarze plagt dich wohl nicht mehr!

Er hob die Karte ins Licht der abgeschirmten Wandlampe. Du machst wieder Wanderungen. Seltsame Wanderungen, nicht ins Blaue hinaus. Du steckst deine Route ab, lochst sie. Das sieht fast so aus wie ein Schnittmuster meiner Frau. Du weißt doch: meine Frau hat einmal eine Lehre als Damenschneiderin gemacht. Er ließ die Karte auf den Tisch segeln, nahm einen Schluck Kaffee, ein Schlückchen Marc. Für wie blöd hältst du mich eigentlich?

Ich verstehe dich nicht, sagte Gunten und rieb sich das Kinn.
Du verstehst mich ganz gut, du Amateurdetektiv! Nein, jetzt hörst du mir zu! Ich habe dir auch zugehört, als du mir von dem Einbruch bei dir erzählt hast!
Schuft! sagte Gunten und verzog das Gesicht; in seinem Magen gärte es wie in einem Faß voller Trauben.
Weißt du, Gunten, wir lassen einen im Verhör auch reden, ganz frei. Wir lassen ihn plaudern, und ohne daß er es merkt, verrät er sich dabei.
Gunten schwieg.
Auch das sagt viel in einem Verhör: wenn einer schweigt! Warum kümmerst du dich nicht um deinen Garten, gehst fischen wie deine Katze und schaust ihr beim Mausen zu.
Jetzt lachte er wieder.
Und siehst dir die Kriminalfilme im Fernsehen an. Was willst du mir denn beweisen? Du hältst wohl alle für Trottel, die nicht so weit gereist sind wie du!
Das hat doch damit nichts zu tun, wehrte sich Gunten. Er fühlte sich bloßgestellt und lächerlich gemacht. Ich stelle nur ein paar Überlegungen an.
Es hat etwas damit zu tun! Nein, jetzt rede ich! Trinke deinen Kaffee und den Marc: Heute bist du mein Gast. Ich will mich revanchieren für deine Einladung in der «Ringmauer». Er wedelte wieder mit der gerollten Serviette über die Karte hinweg. Ein so guter Wanderer bist du nun auch wieder nicht, daß du vom «Bain» bis zum «Croix-Blanche» in Sugiez nur zwei Stunden brauchst.
Das müßte man darauf ankommen lassen.
Du hältst mich wirklich für einen Trottel!
Gunten hob leicht die Schultern.

Das hast doch du geschrieben: Mord um neunzehn Uhr. Fragezeichen. «Bain»–Sugiez zwei Stunden. Du bist genau gewesen: sogar die Kilometer hast du ausgerechnet! Hat er sich verirrt, verletzt, Knöpfe im Chablais verloren, oder schon beim Geraufe im «Bain». Fragezeichen. Ca. eine Stunde im «Croix-Blanche». Warum läuft er nach Sugiez. Alibi. Fragezeichen. Sugiez–Murten zwei Stunden. Wo war er zwischen fünf und sieben. Fragezeichen. Ja – wo war er denn zwischen fünf und sieben?
Es ist eine alte Karte, sagte Gunten und drehte das Glas zwischen Daumen und Zeigefinger.
Wir wissen inzwischen, wo er war! Aber weiter: Um Mitternacht am See. Jean faltete die Karte zusammen. Wo am See?
Gunten tröpfelte den Rest Marc in den Kaffee.
Du hast den Weiss vom Samstag auf den Sonntag am See gesehen! Vielleicht schon um sieben!
Ich war krank, sagte Gunten. Ich kann mir eingebildet haben, jemanden am See gesehen zu haben. Das gibt es oft, daß nachts Leute an meinem Haus vorbeigehen. Es ist ein schöner Weg –
Besonders bei Sturm und Regen!
Und dann hatte ich zuviel getrunken.
Wie der Weiss! Jean legte Gunten die Hand auf den Arm. Nun red doch endlich. In was für ein Schlamassel willst du denn geraten?
Gunten dachte, daß es einen Ausweg geben würde. Es hatte immer und für alles einen Ausweg gegeben, er war zwar nie ungeschoren davongekommen, aber er hatte schließlich recht behalten. Der Zufall würde ihm zu Hilfe kommen, denn der Zufall war das Leben.
Ich bestelle uns jetzt noch zwei Kaffee und zwei Marc,

sagte Jean und lehnte sich behäbig zurück, du siehst so aus, als könntest du einen brauchen.
Das wird ein teures Mittagessen für dich.
Das ist es mir wert, sagte Jean und bestellte. Du wirst den Marc gleich nötig haben.
Meinst du?
Du hast den Weiss gesehen, Gunten, nicht irgendeinen Spaziergänger. Auch wenn du das nicht bestätigen willst oder kannst: er war es! Du wirst ihn doch nicht decken wollen! Er sei betrunken gewesen, sagt er, und könne sich an nichts mehr erinnern. Aber nachdem wir ihn drei Tage auf dem Trockenen haben sitzen lassen, redete er. Wir haben sein Geständnis mitgeschrieben, wie du in deine Hefte notierst, was die Leute in den Wirtschaften reden. Nur tun wir es nicht aus Langeweile. Bei uns ist das Routine.
Gunten wollte protestieren.
Wir haben eine Aufgabe, wehrte Jean ab. Leute wie Weiss, deren Geschäfte von alleine gehen und rentieren, langweilen sich. Du machst keine Geschäfte. Du hast deine Rente, und er hat seine AG. Und beide habt ihr eine Menge Zeit. Er hat sich gelangweilt und schon getrunken, bevor seine Frau ihn betrog.
Martha brachte zwei Kaffee und zwei Marc. Denke an deine Galle, Gunten, sagte sie, trink wenigstens den Kaffee nicht zu schnell und nicht zu heiß.
Ich mag kalten Kaffee, sagte Gunten und sah Jean dabei an.
Es ist doch alles in Ordnung? fragte sie.
Bestens, sagte Jean, wir unterhalten uns nur über Guntens Wanderlust.
Gunten nickte Martha beruhigend zu, als sie auf halbem Weg zum Buffet stehenblieb.

Ihr Langweiler macht uns das Leben schwer! sagte Jean. Und dann läuft alles auf eine Affekthandlung heraus. Er türmte die vier Zuckerwürfel neben der Tasse auf. Weiss wird mildernde Umstände bekommen. Totschlag im Affekt. Herrgottnocheinmal, und der Benz war noch keine Dreißig.

Siebenundzwanzig, sagte Gunten, er hätte noch alle Fehler machen dürfen, fast alle.

Jean stieß das Zuckertürmchen um. Die Untersuchungen sind so gut wie abgeschlossen. Die Einzelheiten kann ich dir nicht erzählen. Der Staatsanwalt wird Anklage erheben. Wir haben die Beweise, das Motiv, die Zeugen. Er suchte Guntens Blick, aber Gunten hielt den Kopf gesenkt, die Hände auf den Oberschenkeln und schwieg.

Ich weiß nicht, was es da zu grinsen gibt, sagte Jean.

Ich grinse nicht! Ich höre dir zu. Hast du nicht gesagt: Jetzt rede ich.

Also gut: Er hat sich gelangweilt, der Weiss, und seine Frau hat sich gelangweilt. Er hat sie angeödet, und sie hat ihre Träume begraben müssen – bis sie Benz kennenlernte, der Kunde bei ihnen war. Einen Sommer lang ging das so zwischen Weiss' Frau und dem Benz. Wie der Weiss es erfahren hat, darüber schweigt er. Es ist wohl zu beschämend für ihn: die halbe Stadt wußte es, nur er nicht.

Jean schnüffelte am Glas, bevor er einen Schluck nahm.

Er war ein zweites Mal am See, im «Bain». Er wollte den Benz noch einmal treffen. Er meinte, sie hätten sich vielleicht arrangieren können. Aber der Benz war nicht mehr da, was begreiflich ist: nach seiner Blamage! Und doch war der Benz, später als der Weiss, so

sagt der Wirt, nochmals im «Bain». Warum? Das wissen wir nicht. Der Wirt hat ihn nicht gefragt, sondern zum Teufel gejagt. Der Weiss lief seeauf- und seeabwärts – das behauptet er jedenfalls –, bis knapp vor dein Haus, dann zur Ryf, wo sie in die Hauptstraße übergeht: vielleicht wollte er zu Benz, aber er weiß es selber nicht mehr. Frau Marti ist halb taub, sie geht am Stock und verläßt selten das Haus. An dem Abend hat sie für einen Weihnachtsbasar gehäkelt. Sie häkelt das ganze Jahr über für einen Basar.
Der Koch vom «Bad Muntelier» hat Weiss aber gesehen. Der Koch hat auch seine Gewohnheiten: er raucht Zigaretten am Fenster, überm Parkplatz, und sieht zum See und zur Ryf.
Der Weiss ging ins «Berntor», wo er bekannt ist und wo du nicht hingehst, weil es dir zu feudal ist. Er trank zwei Appenzeller und ließ sich ein Fläschchen mit Pommes auffüllen. Und dann habe er Lücken, sagte er.
Jean nahm einen winzigen Schluck Marc und schmatzte zufrieden. Wir konnten ihm da helfen. So um halb sieben kam er in den «Hecht» und hat nach Benz gefragt, hat gedroht, ihn totzuschlagen. Marthas Sohn hat ihn leichthin bei der Jacke genommen und nicht unfreundlich zur Tür hinaus befördert. Das bestätigen Zeugen: Leute vom Schützenverein. Er behauptet – daran erinnert er sich nun wieder –, Marthas Sohn sei grob geworden und habe ihm Jacke und Hemd zerrissen, dabei habe er wohl auch die Knöpfe verloren. Wir haben keinen Knopf im «Hecht» gefunden. Und um sieben, kurz nachdem er den «Hecht» verlassen hat, ist der Benz getötet worden. Das sagt der Gerichtsmediziner.

Totschlag im Affekt, sagte Gunten. Dummköpfe –!
Was sagst du?
Red nur weiter!
Weißt du, Gunten, die ungesunden Gewohnheiten eines Rauchers können manchmal ganz hilfreich sein. Der Koch hat den Weiss erkannt, obwohl es schon ziemlich dunkel war, goß und stürmte: das Licht der Leuchtstoffröhren an der Hausmauer hat genügt. Der Weiss kam von der Ryf her – es sind ja nur ein paar Schritte vom «Hecht» – und lief zum See hinunter, und der Benz schob sein Fahrrad dem Uferweg entlang: als hätten sie sich verabredet. Und dann gab es wieder ein Gerangel, diesmal vor Frauchigers Garten. Den kennst du ja: der düngt biologisch. Der Weiss sei ziemlich betrunken gewesen, sagt der Koch. Sie hätten sich eine Weile gegenüber gestanden, sagt der Koch. Aber dann habe der Chef ihn vom Fenster weggeholt, was ich verstehen kann: es war Samstagabend und ziemlich Betrieb. Anschließend sei er losmarschiert, sagt der Weiss, in blinder Wut, nachdem der Benz sich nicht gewehrt und kein Wort gesagt habe. Er schlage niemals einen Wehrlosen. Was hat er denn im «Bain» getan? Er sei eigentlich ziellos gelaufen, wie immer, wenn er getrunken und Probleme habe. Was er in Sugiez gewollt habe, wisse er selber nicht mehr.
Die Zeit, Gunten, die du dir auf der Karte notiert hast, kommt ungefähr hin, das haben wir überprüft. Und uns auch deine Fragen gestellt.
Ihr seid fleißig gewesen, sagte Gunten und rieb sich die verbundene Hand.
So fleißig wie du. Ja, wir waren auch im «Croix-Blanche», bei Justin.
Ein interessanter Mann, sagte Gunten und lächelte.

Wir wollten Auskünfte! Der Weiss hat sich die Nummer vom «Hecht» heraussuchen lassen. Justin mußte sie ihm aufschreiben –
Auf ein Riccard-Plakat, sagte Gunten.
Genau! Aber woher –: natürlich, du sitzt ja in den Wirtschaften herum und hörst den Leuten zu. Er ist sich besonders schlau vorgekommen, der Weiss, und hat gemeint, er schaffe sich so ein Alibi.
Gunten nickte. Warum hat er den jungen Benz eigentlich nicht in seiner Wohnung erschlagen? fragte er. Wo doch jeder weiß, daß Frau Marti nichts hört und sieht. Es wäre doch das Einfachste gewesen –
Unterbrich mich nicht immer! Die Sache ist schon verzwickt genug.
Jean trank endlich den Kaffee, in den er das Zuckertürmchen gerührt hatte, und bestellte gleich einen neuen.
Ich mag kalten Kaffee nicht, sagte er.
Nein? fragte Gunten und hob den Kopf, aber er hielt die Augen halb geschlossen wie seine Katze, wenn sie ihn im Spiel täuschen wollte.
Es bleibt noch die Geschichte mit dem Knopf, sagte Jean. Wahrscheinlich hat er ihn im Gerangel mit Benz verloren, bevor er Benz mit einem Stück Schwemmholz erschlug.
Und den zweiten vielleicht im Chablais, in einem Brombeergestrüpp, meinte Gunten.
Vielleicht willst du auf die Suche gehen? Zeit hast du ja. Du müßtest einen Haufen Laub durchsuchen: Dünger. Jean grinste. Der Schlag mit dem Schwemmholz hat Benz einen Nackenwirbel gebrochen. Er muß sofort tot gewesen sein. Nur: der Weiss erinnert sich an nichts. Und diese Masche – ich erinnere mich an

nichts – hat er beibehalten. Kunststück: er hat ja im «Croix-Blanche» noch einen Liter Vully getrunken, roten Vully! Er hätte geradesogut Algerier trinken können. Wer weiß: vielleicht hat ihm Justin auch Algerier gebracht. Einem Welschen ist alles zuzutrauen. Trotzdem: Leute, die zu Hause sitzen und nur zu Hause, neugierig, haben doch ein gutes Auge.

Jean sah, bevor er einen Schluck Kaffee nahm, über den Rand seiner Tasse Gunten an; aber Gunten schwieg.

Jedenfalls kommt der Knopf sicher nicht zufällig neben Benz' Leiche. Nein, das hat ihm keiner abgenommen, als er sagte, vielleicht habe ihn einer hereinlegen wollen. Wie denn? Warum denn? Der Knopf saß schließlich einmal an seiner Jacke und paßte zu den anderen Knöpfen, und der Fadenrest am Knopf paßte zum Faden an der Jacke. Der Herr trägt nur gute Stoffe. Das erkenne ich sofort. Schließlich war meine Frau, wie du weißt, einmal Schneiderin. Aber bei dem Zeug, das du in den Geschäften kaufst, sitzen die Knöpfe doch nie fest. Das ist ihm zum Verhängnis geworden. Das wäre mir nicht passiert: meine Frau näht die Knöpfe anders an.

Er lachte glucksend.

Wenn wir schon bei den Stoffen sind: er hat noch die Taschen von Benz' Jacke durchsucht. Auch daran will oder kann er sich nicht mehr erinnern – aber daß er fast über ihn gestolpert ist: daran erinnert er sich wieder. Er schwört, Gunten, schwört: der Benz sei schon tot gewesen. Vielleicht habe er ihn umgedreht und versucht, ihn aus dem Wasser zu ziehen – er lag ja halb im Wasser –, und dabei habe er wohl die Innenfutter der Taschen herausgerissen.

Dann sei er, blindlings und verstört, dem See entlang gelaufen. Und am Sonntag fährt er mit der Familie an den Thunersee, als wäre nichts geschehen!
Vielleicht doch ein Beweis seiner Unschuld?
Jean stieß ärgerlich die Tasse in die Tischmitte, so daß Kaffee über den Unterteller schwappte; der dunkle Fleck im Tischtuch wurde nicht größer als ein Fingerabdruck.
Ein Alkoholiker würde sich heute abend schon nicht mehr erinnern, daß er ein Tischtuch verdorben hat, sagte Gunten.
Wir haben ihm vor dem Verhör am dritten Tag einen Schnaps eingeschenkt, sagte Jean ungerührt und schob die Untertasse über den Fleck, und er hat aufgehört zu zittern. Wir haben ihm den Knopf vorgelegt, Zeugen aufgezählt und ihm den anonymen Anruf nicht verschwiegen. Das war zwar nicht ausschlaggebend, aber ein Schritt in die richtige Richtung. Er sei vielleicht doch so betrunken gewesen, sagte er, daß er vieles vergessen habe oder einfach durcheinander bringe. Feinde habe er nicht, aber Neider. Und so ein Neider habe uns wohl angerufen. Er hat das Geständnis unterschrieben und dann noch einen Schnaps bekommen. Beim Motiv – Eifersucht – hat er nur die Schultern gehoben, und wir haben ihm den Rest in dem Fläschchen überlassen.

Jean lehnte sich zurück, müde, aber bester Laune. Er griff nach dem Glas, hielt es einen Augenblick eine Handbreit vor den Mund, bevor er trank, da Gunten mit aufgestütztem Kinn, einen Finger zwischen den Zähnen, schwieg und leicht den Kopf schüttelte.
Jetzt schaust du drein wie der Weiss, sagte Jean, als er

das Geständnis unterschrieben hat! Dann lachte er und klopfte Gunten auf die Schulter, obwohl er wußte, daß Gunten das nicht leiden konnte. Ich werde zahlen und begleite dich nach Hause. Das ist es mir wert, Gunten!
Unter der Tür gab er ihm die Karte vom Seeland zurück. Die würde ich behalten, zur Erinnerung an diesen Fall, sagte er. Rahme sie ein, wie deine Schwester das Ölbild von Gandria hat einrahmen lassen: zur Erinnerung an ihre Reise und an das, was sie verpaßt hat.
Nein, sagte Gunten und lächelte, ich werde sie nicht einrahmen. Ich brauche sie noch, wenn ich den anderen Knopf von Weiss' Jacke suche. Er lachte laut und klopfte Jean auf die Schulter, und Jean ließ es gemütlich zu.

35

Gunten setzte vor dem «Hecht» den Hut auf, knöpfte den Mantel zu und sah durchs kahle Geäst der Kastanie in den Himmel. Es ist nicht nötig, daß du mich begleitest, Jean. Es gibt Regen, oder sogar Schnee – ich habe ja nur ein paar Schritte, und du mußt ins Städtchen hinauf.
Jean rieb sich den Bauch, streckte sich. Das tut mir gut, die paar Schritte!
Ich muß noch einkaufen, auch für die Katze, sagte Gunten; dabei erinnerte er sich an den Brief in der Manteltasche, und er fragte sich, ob er ihn überhaupt noch abschicken sollte: jetzt, nachdem Weiss gestan-

den hatte. Es schien alles in dieser verzwickten Geschichte zusammenzupassen. Aber vielleicht war sie noch verzwickter, als Jean dachte.
Sie gingen schweigend nebeneinander her, und Gunten hatte das Gefühl, der Benz sei schon ein Jahrzehnt tot und begraben; das beunruhigte und beschämte ihn auch.
Wie denkt der Untersuchungsrichter über den Fall? fragte er.
Zuerst erschien er ihm zu glatt, aber nachdem Weiss gestanden hat, wird er den Akt der Anklagebehörde übergeben.
Weißt du, sagte Gunten auf der Höhe des Kindergartens und sah zu den sommerlichen Blumen aus Papier an den Fenstern, wenn der Weiss wirklich jemanden umgebracht hätte, dann wohl seine Frau.
Wie kommst du darauf?
Gewiß nicht den Liebhaber, fuhr Gunten unbeirrt weiter, blieb dann stehen und zeigte zu den Papierblumen. Hübsch, nicht? In fünf Monaten ist wieder Frühling.
Du gibst nicht auf, was? fragte Jean.
Ich spiele Möglichkeiten durch, wie es auch anders hätte sein können.
Außerdem hätte er noch einen zweiten Liebhaber totschlagen müssen. Gunten ließ sich von Jean, der schon rauchte, eine Zigarette und Feuer geben. Vielleicht sogar einen dritten, wer weiß.
Von einem zweiten Liebhaber war nie die Rede.
Er hätte die Gelegenheit gehabt, ihn totzuschlagen, sagte Gunten und trat unters Vordach eines Schuppens. Was habe ich gesagt: es schneit.
Der bleibt nicht liegen, zu naß, sagte Jean und lehnte

sich, neben Gunten, an das durch Querbalken verrammelte Tor.
Vielleicht hat er gewußt, daß es noch einen zweiten Liebhaber gibt, sagte Gunten. Und betrunken ist er auch gewesen, als er ihn getroffen hat. So betrunken wie er war, als er den jungen Benz erschlagen haben soll. Ich glaube erst an seine Schuld, wenn er verurteilt ist. Bis dahin treibt der Wind noch eine Menge Schwemmholz ans Ufer.
Jetzt redest du Unsinn, sagte Jean. Du hast zuviel getrunken und zuwenig gegessen.
Ich habe weniger getrunken als du, sagte Gunten freundlich. Es gibt einen zweiten Liebhaber. Ich habe mit ihm geredet. Ein Zeuge von euch.
Und wenn es so ist: was ändert das? fragte Jean, noch immer gutgelaunt. Vielleicht sagst du mir, wer dieser Liebhaber ist!
Justin.
Der? Zum Lachen! Was hat sie denn an ihm gesehen?
Gunten war enttäuscht. Vielleicht haben bloß seine Masken sie interessiert. Er schnitzt die Stimmungen und Gefühle seiner Gäste ins Holz. Er hat auch Weiss geschnitzt, ihr müßtet vielleicht –
Dann bist du in guter Gesellschaft gewesen!
Ich habe die beiden gesehen, Jean, im «Croix-Blanche». Und es war eindeutig.
Das ändert nichts.
Man sollte den Weiss trotzdem fragen, ob er davon gewußt hat! Spricht es nicht für ihn, daß er Justin nicht auch erschlagen hat?
Unsinn! sagte Jean ärgerlich. Weiss hat ein Geständnis abgelegt. Du verhedderst dich da in etwas.
Verheddern! wiederholte Gunten und lächelte. So wie

Weiss sich verheddert hat?
Jean schwieg und sah zwischen den Häusern hindurch zum See, der fast schwarz war; aber er lächelte nicht.
Du hast recht gehabt, sagte er, ich meine, was das Wetter betrifft: der Wind hat gedreht.
Vielleicht sollte man den Weiss fragen, fing Gunten wieder an, nur um das Bild abzurunden. Siehst du, Jean, gerade weil ich viel Zeit habe, entgehen mir gewisse Dinge nicht, die euch durch die Routine entgehen. Darum begleitest du mich doch auch? Um mich auszufragen!
Bilde dir nichts ein! sagte Jean und drehte Gunten den Rücken zu. Sie gingen bis zur Gemeindeverwaltung, da blieb Gunten wieder stehen und wandte sich um. Schön, nicht: wir setzen die ersten Spuren!
Ich dachte, du willst einkaufen?
Es ist jammerschade, daß die Leute in ihren Büros sitzen müssen und nicht die ersten Spuren setzen können. Es ist sehr lange her, daß mir das Freude gemacht hat. Weißt du, Jean, in Elsternwick hatten wir keinen Schnee, und im Herbst fiel das Laub nicht von den Bäumen.
Jean sah ihn von der Seite an.
Wenn der junge Benz das gewußt hätte – ein zweiter Liebhaber! Gunten ging ein paar Schritte im Kreis. Es ist gut, daß er es nicht gewußt hat. Justin hätte ihm aber sicher eine schöne Stimmung geschnitzt.
Sonst hätte der Benz auch noch jemand erschlagen, sagte Jean, die Frau vielleicht. Er lachte glucksend. Der betrogene Betrüger! Wo willst du hin, Gunten? Die Verwaltung hat zu.
Ich will einen Brief einwerfen.
Seit wann schreibst du wieder Briefe?

Bevor Jean neben ihm stand, hatte Gunten den Brief eingeworfen. Vielleicht schreibe ich an den Mörder, sagte er.
Die paar Schritte bis zum Lebensmittelladen gingen sie untergehakt und lachten.

36

Begleitest du mich etwa dienstlich? fragte Gunten.
Habe ich so etwas gesagt?
Auf dem Friedhof hast du eine Bemerkung gemacht.
Dann wird es so sein, und aus Freundschaft, sagte Jean, sah aber mürrisch auf seine Schuhe. Du weißt ja immer schon alles.
Sie waren beim Brunnengäßli, der Abzweigung zum See und zu Guntens Haus, angelangt; der Schnee lag schuhsohlenhoch, naß und klebrig. Dann mach's gut, sagte Gunten und wollte Jean die Tasche abnehmen, die er ihm getragen hatte.
Jetzt kommt's auf die paar Schritte auch nicht mehr an. Ich gehe dem See entlang zurück. Du sagtest doch: es ist schön, die ersten Spuren zu setzen.
Das scheint dich aber nicht zu freuen! Jean, wo ist nur deine gute Laune geblieben?
Beim Teufel, sagte Jean und folgte Gunten ins Brunnengäßli.
Der See schien sich zum Mont Vully hin leicht zu heben, und einen Augenblick dachte Gunten, er würde sich auf sie stürzen und sie und das Land zurückholen, und daß es ihm gleichgültig wäre; er war plötzlich schlechter Laune wie Jean, und er spürte wieder die-

sen Druck im Magen, wo ihn die Ärzte operiert hatten. Wenn du schon hier bist, sagte er, kannst du hereinkommen und einen Fernet trinken.
Du weißt, daß ich dieses Gesöff nicht mag.
Dann ein Glas Weißen.
Meinetwegen. Dann kannst du mir auch gleich das Tonbandgerät mitgeben. In aller Freundschaft.
Heuchler! dachte Gunten und blickte in den Himmel, aus dem der Schnee in großen Flocken fiel. Ich habe es nicht mehr, es ist mir gestohlen worden.
Du sagtest doch, es sei dir nichts gestohlen worden!
Nein. Du meintest nur, bei mir sei nichts zu holen.
Sie gingen dem See entlang, die Flocken wisperten im Schilf, die Vögel hielten sich versteckt und schwiegen.
Und sonst? fragte Jean und sah zur Stelle, wo der tote Benz gelegen hatte.
Nichts – oder ich habe es noch nicht bemerkt. Wahrscheinlich hat sie nur der Rekorder interessiert. Es können Jugendliche gewesen sein.
Der Benz kann ohnehin nichts mehr damit anfangen, sagte Jean. Wenn das Tonbandgerät überhaupt ihm gehört hat.
Wieso der Benz?
Du warst doch im «Louvre». Am Mittwoch. Ich sagte dir ja: der Dicke auf dem Friedhof, der kennt dich. Du hast nach Benz gefragt und wolltest ihm etwas zurückbringen. Widersprich mir nicht! Du hast dem jungen Hilten gesagt, der Benz würde sich freuen, wenn er sähe, was du ihm bringst.
Läßt du mich überwachen? fragte Gunten über die Schulter, dann trat er sich die Schuhe ab, stieß die Tür auf, zog den Mantel aus, nahm den Hut ab, schüttelte beides und rief nach der Katze.

Das interessiert mich vielleicht aus lauter Gewohnheit!
So komm schon herein, sagte Gunten, dann kannst du aus lauter Gewohnheit hier weiter schnüffeln. Und schließ die Tür. Das Schloß hast du wohl schon untersucht?
Genau, sagte Jean und hängte Hut und Mantel an einen Haken an der Tür.
Ich mache Feuer, sagte Gunten. Fühle dich wie zu Hause!
Jean blickte sich in der Küche um.
Hast du die Katze gesehen?
Nein. Außerdem mag ich Katzen nicht.
Ich frage mich, was du überhaupt magst!
Darauf schwieg Jean und sah Gunten zu, wie er die Einkäufe auspackte, dann ein Glas Fernet trank.
Du willst wohl überwintern mit diesen Vorräten? Im Hause bleiben wie Justin!
Ich habe so viel von der Welt gesehen, daß mich der Rest, den ich noch nicht gesehen habe, langweilt.
Und doch spionierst du Liebespaaren nach! sagte Jean.
Dummes Zeug!
Kurz bevor wir in einem Verhör der Wahrheit nahe kommen, wird der Verhörte unruhig und dann wütend. Du bist wütend!
Na schön, sagte Gunten geschlagen. Ich habe den Kassettenrekorder im Garten des «Bain» gefunden. Er gehörte dem jungen Benz, und ich wollte ihn ihm zurückbringen. Bist du nun zufrieden?
Nein!
Ich wußte dann nicht, wohin damit, sagte Gunten und entkorkte die angebrochene Flasche Wein vom Vorabend, goß zwei Gläser voll. Der junge Benz war ja tot.

Und das Tonband konnte man nicht abspielen. Das weißt du ja. Und dann habe ich es vergessen. Einfach liegengelassen. Er nahm einen kleinen Schluck, während Jean ihn über sein Glas aufmerksam und ein wenig unsicher ansah. Und jetzt ist es weg: gestohlen. Die werden sich wundern!

Jean stellte das Glas hin, erhob sich und umrundete den Tisch. Ich muß dir wohl glauben, sagte er. Beweisen läßt es sich erst, wenn wir die Einbrecher haben. Aber Fundunterschlagung ist es trotzdem gewesen! Vielleicht ein Beweisstück, aber was es beweisen sollte, weiß ich nicht. Du hast doch auf alles eine Antwort!?

Gunten ging vor die Tür; die Katze saß auf der Fußmatte, sah ihn beleidigt an, und als er sich nach ihr bückte, lief sie ihm zwischen den Beinen durch in die Küche.

So sind sie, die Viecher, sagte Jean. Sie denken nur ans Fressen und zweimal im Jahr ans Jungemachen. Er nahm den Mantel vom Haken und zog ihn an, den Hut behielt er in der Hand. Ich war vorhin in meinem Büro, während du deinen Wintervorrat zusammengestellt hast: der Weiss hat widerrufen!

Gunten unterdrückte ein Lachen, hustete einmal, und er dachte daran, wie oft er als Handlanger zwei Stufen tiefer auf der Bockleiter gestanden hatte, mit der Werkzeugkiste immer einen Schritt hinter Jean. Einen Augenblick zögerte er, ob er Jean alles erzählen sollte, der mit hängenden Armen bei der Tür stand, verletzt in seinem Stolz und Eifer. Dann fragte er sich, was er ihm später wieder entgegenzusetzen hätte außer den Erinnerungen an seine Reisen, die inzwischen in jedem Katalog angeboten wurden, und seinem Haus, das eigentlich nur eine ausgebaute Hütte war. Er schüttel-

te leicht den Kopf. Dies war seine Aufgabe, und den Zeitpunkt, wo er Hilfe brauchte, würde er selber bestimmen!
Das ist ein Jammer, sagte Gunten beherrscht. Ihr werdet ihn weiter verhören müssen; aber bei den Zeugen und den Beweisen –
Und du wirst mir jetzt auch einige Fragen beantworten müssen, Gunten! Irgend etwas verheimlichst du! Es ist doch merkwürdig, daß auch bei Benz eingebrochen worden ist – und daß dort ebenfalls nichts fehlt! Du hast mich angelogen. Das vergesse ich dir nicht! Und du hast dich über mich lustig gemacht.
Jean, du kennst mich doch! Und hast du mich wirklich nur zum Essen eingeladen und nach Hause begleitet, um mich ausfragen zu können? Jean, ich bin enttäuscht!
Jean gelang ein Lächeln. Du hast mich doch auch aus Freundschaft in die «Ringmauer» eingeladen, oder nicht? Übrigens: der Wein ist sauer.
Ein Vully ist nie sauer! wehrte sich Gunten entrüstet und goß die Gläser wieder voll. Du hast dir wohl gedacht, der Gunten hat vielleicht ein paar Beobachtungen gemacht.
Jean nahm einen Schluck Wein, verzog das Gesicht. Dein Ofen raucht, sagte er.
Nimm doch nicht alles so persönlich, sagte Gunten, man muß sich mit dem Leben aussöhnen.
Ich nehme es aber persönlich! Nimm dich in acht, auch wenn wir dir nichts beweisen können. Und gib mir einen Schirm, es regnet. Ich sagte ja, der Schnee hält nicht.
Sie blieben eine Weile im Schutz des Vordaches stehen, schwiegen und sahen auf den See, der sanft ans

Ufer wellte und Kiesel mahlte.
Ihr müßt herausbekommen, wer der anonyme Anrufer ist, sagte Gunten. Seine Stimme wird ihn verraten, sein Dialekt. Vielleicht hat er genäselt oder gehustet. Ihr habt den Anruf doch bestimmt auf Band aufgenommen. Das siehst du am Fernsehen in jedem Kriminalfilm.
Wir leben in Murten, sagte Jean. Und den letzten Mord hatten wir vor siebzehn Jahren.
Damals warst du ja noch bei der Polizei! Ich habe mich immer gefragt, ob es stimmt, daß du den Dienst vorübergehend quittiert hast, weil du mit dem Untersuchungsrichter nicht zurecht gekommen bist?
Du weißt, daß ich mich vom Dienst suspendieren ließ, um meinem Schwiegersohn beim Aufbau eines Rollladenservice zu helfen. Und du warst nach deiner Rückkehr aus Australien ganz froh, bei uns arbeiten zu können.
Genau!
Jean rückte den Hut zurecht, spannte Guntens Schirm auf und schwieg.
Du hättest damals auch ins Geschäft deiner Frau eintreten können, dann hättest du die Probleme nicht, die du heute hast.
Ich muß aber solche Probleme haben. Ich stehe im Leben. Das kann man von dir nicht sagen.
Das hast du schon gesagt, als wir noch zusammen auf der Bockleiter standen. Wenn ich mich erinnere, wie die Leute in Holland wohnen! Weißt du, bevor ich mich eingeschifft habe, da wohnte ich zwei Tage in Amsterdam. Dort freuen sich die Leute, wenn man stehen bleibt und ihnen in die Wohnung schaut. Die haben keine Rolladen vor den Fenstern.

Du stehst immer noch dort, wo du damals gestanden hast, sagte Jean, aber das ist dein Problem. Er tippte an die Hutkrempe und ging durch den Garten; das Gatter ließ er offen, und auch als er am See entlang ging, sah er sich nicht um. Gunten blieb unterm Vordach, und er dachte, daß er sich Jean vielleicht doch hätte anvertrauen sollen. Aus Eitelkeit wiederholte er die alten Fehler, aber diese Eitelkeit erhielt ihn auch am Leben.

37

Gunten hatte sich mit dem Schaukelstuhl zwischen Schrank und Kommode zurückgezogen, versteckt wie am Vortag, verlassen auch von der Katze, den ungeladenen Karabiner und ein Glas Fernet zur Seite.
Anfangs war es der Halbstundenschlag der Wanduhr gewesen, der ihn geweckt und daran erinnert hatte, wo er war und worauf er wartete; später dann der See, ein Haubentaucher oder ein Bleßhuhn, ein paar Halbwüchsige auf dem Uferweg. Wieviel Zeit vergangen war, maß er, nachdem die Wanduhr stehengeblieben war, am Spiegel des Fernet in der Flasche, am Licht überm See, am erkalteten Ofen, an seinem Hunger und an dem seiner Katze, an den Lichtern am anderen Seeufer, am Mont Vully, der wieder schneefrei war und in einer vorfrühlingshaften Blässe dastand.
Eine Spinne baute in der Zimmerecke über ihm, am halb geöffneten Fensterflügel, an ihrem Netz, und er dachte, daß es ein gut gewählter Platz war: die Mük-

ken würden ihr nachts, wenn er das Licht anzündete, zum Opfer fallen.
Gunten wartete die fünfte Nacht und den fünften Tag, und er mußte die zweite und letzte Flasche Fernet öffnen. Am Abend zur sechsten Nacht blieb ihm nur noch der Wein. Er wartete auf den dritten Mann am See, dessen Husten er im Garten des «Bain» gehört und das der junge Benz zufällig aufgenommen hatte.
Ein Laie ist er nicht, dachte Gunten. Er hat mich beobachtet, als ich den Kassettenrekorder unter der Kapuzinerkresse gefunden habe. Und dann hat er inzwischen alles in meinen gelben Heften nachgelesen. Er ist Zeuge gewesen, als der Weiss dem jungen Benz gedroht hat, und er hat auch gesehen, wie sich der Weiss am Draht des Birnenspaliers Jacke und Hemd aufriß. Selbst wenn er nur zufällig im Garten gewesen wäre, versteckt wie ich : den Jackenknopf hat er nicht zufällig gefunden. Er ist der anonyme Anrufer, der Einbrecher und der Mörder! Und das einzige, was ihm jetzt noch fehlt, ist der Kassettenrekorder, der ihn verraten könnte.
Das alles hatte Gunten gestern, beim Eindämmern, der Katze erzählt, und er hatte sich gewünscht, er hätte es auch Martha erzählen können. Sie hatte ihm die gereinigte Jacke und das Hemd gebracht; sie war beruhigt, daß er nüchtern war und zufrieden, daß er sich etwas zu essen gemacht hatte. Sie hatte ihm den Verband von der Hand gelöst, und er hatte versprochen, zum Arzt nach Kerzers zu fahren, um die Fäden herausnehmen zu lassen, und Pastillen gegen die Erkältung zu kauen. Sie hatte gesagt, wen die Götter liebten, den prüften sie; aber Fragen hatte sie keine gestellt. Als sie gegangen war, hatte Gunten sich zum

erstenmal, seit seine Frau ihn in Elsternwick verlassen hatte, wieder alleingelassen gefühlt.
Gunten seufzte, setzte sich an den Tisch und sah auf den See; das Feuer des Himmels erlosch, die Wasservögel schwiegen, die Spinne saß in der Mitte ihres Netzes, und er zählte mit Papierfetzen, die er vom Titel des «Murten-Bieter» riß, in dem über Weiss' Verhaftung berichtet wurde, die Tage seit jenem Samstagnachmittag, der sein Leben verändert hatte. Während die Dämmerung den Mont Vully wegrückte und den See schwarz werden ließ, dachte er, daß es gut ist, für den Augenblick zu leben, aber dieser Augenblick mußte auch etwas beinhalten. Er legte Schwemmholz nach, rief nach der Katze, und im letzten Licht des Abends hörte er mit ihr zu, wie das Wasser des Sees im Holz zischte und verdampfte in der Glut.
Gunten wußte, was für ein Tag es war: Mittwoch, er wartete nun schon den fünften Tag, und er langweilte sich, so alleine und untätig.
Er erhob sich und drehte das Licht der Stehlampe an. Die Katze lief in die Küche, sah sich enttäuscht nach ihm um, als er zum Fenster ging, und er fand, daß Jean recht hatte: Sie denkt nur ans Fressen und zweimal im Jahr daran, Junge zu machen. Sie hat sich ihre Umgebung abgegrenzt, ihren Lebensraum, als wäre außerhalb nichts mehr zu erwarten. Aber habe ich das nicht auch getan? Vielleicht ist diese Genügsamkeit bloß Angst, daß doch etwas zu erwarten wäre, und man könnte dem nicht gewachsen sein. Er ließ die Rolladen herunter.
Als er die Papierschnitzel auf dem Tisch zu einer kleinen Kugel zusammenknüllte und sie in den Ofen

warf, erinnerte er sich, wie er vor zwölf Tagen Jean gefragt hatte, was sie denn noch zu erwarten hätten von jedem neuen Tag. Plötzlich freute er sich, daß er unruhig war und sich langweilte wie seine Katze, die auf den nächsten Tag wartete, um wieder fischen zu können auf Tasmanien, und er lächelte.

38

Eigentlich wollte sich Gunten, nachdem er die Rollladen hochgezogen und die Katze hinausgelassen hatte, nur so lange auf dem Sofa hinlegen, bis der Morgen dämmerte; nun weckte ihn die Kälte des hellen Tages. Gunten setzte sich langsam auf, rieb sich die kalten Füße, schlüpfte in die Hausschuhe, zog eine Strickjacke über und blinzelte auf den See hinaus; der Nebel blendete ihn. Er wußte nicht, ob ihn die Kälte geweckt hatte oder ein Geräusch, das er kannte und das ihn erschreckte.

Er umging den Tisch, auf dem noch das Geschirr vom Abendessen stand, das er mit der Katze geteilt hatte, goß sich aus dem Fläschchen, das er in der Jackentasche gefunden hatte, einen Fernet ein, und er dachte eben, daß er damit sparsam sein mußte und es höchste Zeit war, daß der Besucher endlich kam, als er das Husten vor dem Haus hörte.

Jetzt wußte er, was ihn geweckt hatte.

Es muß ihm sehr viel schlechter gehen, seit ich ihn zum letzten Mal gesehen habe, dachte er, ging zum Fenster, hielt den Atem an und beugte sich ein wenig

vor. Im Reif bemerkte er nur die Spur, die die Katze seeaufwärts hinterlassen hatte. Natürlich: Cornichon saß ungerührt auf Tasmanien, während er hier preisgegeben dastand.
Da sah er den Mann; er trug einen Fischgrätenmantel, eine Mütze aus Bisamfell und einen Schal, der ihm bis zu den Knien reichte, und er spuckte, neben der Hundsrose, deren rote Früchte wie Lampions übers Wasser hingen, auf die hauchdünne Eisschicht. Dann ging er ein wenig in die Knie, hustete wieder fürchterlich und drehte sich dabei um sich selber. Er war nicht der dritte Mann am See, sondern Alois, den er vom Sehen kannte und der auch Kunde war in der Alimentation Générale in Muntelier. Er war in seinem Alter, geplagt vom Bronchialasthma und nicht von der Galle.
Gunten mußte einen Fernet trinken, so zitterte er.
Er legte Schwemmholz im Ofen nach und verstreute, wie Martha es ihm geraten hatte, die Asche im Garten. Er folgte der Spur der Katze im Reif bis Tasmanien und hoffte, Alois noch anzutreffen. Seit Martha ihm die Jacke gebracht hatte, hatte er nur mit sich selber und der Katze geredet; aber Alois' Spur führte über Tasmanien hinaus, nach Murten, die Spur der Katze zurück in seinen Garten.
Er folgte dann seiner Spur ein drittes Mal ums Haus; er fror nicht, obwohl er nur die Strickjacke überm Bademantel trug, aber er zitterte immer noch.
Es genügt mir nicht mehr, alleine zu sein, sagte er sich, als er die Tür hinter sich zuzog. Er setzte sich in den Schaukelstuhl, schaukelte, ohne Kissen gegen die Sprossen zurückgelehnt, daß es ihn schmerzte, und meinte, so seine Unruhe loszuwerden.

Schon seine Schwester hatte sich in diesem Stuhl in die Jahreszeiten hinein geschaukelt; die Unruhe in ihren Gliedern und in ihrem Herzen löschte sie mit Vully. Manchmal spielte sie auf der Mandoline, die sie aus dem Tessin mitgebracht hatte, erzählte später der Küchenbursche vom «Hecht», der ihr Wein lieferte und was sie sonst zum Überleben brauchte.
Gunten nahm die Mandoline von der Wand, wo sie an einer Lederschnur hing, und zupfte aus den Saiten ein paar Töne; eine Melodie gelang ihm nicht. Einen Augenblick dachte er mit einer zornigen, aber auch wehmütigen Nachsicht an seine Schwester, die ihren Geliebten, der an einem See im Tessin Gäste aus dem Norden bewirtete, nicht geheiratet hatte.
Der Ofen hielt die Wärme, überm See hatte sich der Nebel gehoben; aber Gunten fror.
Er ging vors Haus und wartete, bis die Kirchenglocken von Murten die volle Stunde schlugen, ging zurück ins Haus, stellte die Wanduhr und zog das Werk auf; dann ließ er das Bad einlaufen.
Er blieb, bis zum Hals, in der Wärme des Wassers; ein leichter Luftzug hob den Dampf und beschlug den halb aufgeklappten Fensterflügel. Er dachte daran, daß er alle Fenster abdichten mußte, überhaupt war viel zu tun im Haus und im Garten. Er sah zur Eiche im Garten des Fischers, die hartnäckig ihr Laub trug unter der Last des Reifes; er horchte auf die Melodie aus dem Radio eines Nachbars, zu der ein Mädchen sang; das Mädchen kam, schien ihm, mit vier Tönen aus. Er wunderte sich, wie wenig Töne es brauchte, um eine Liebesgeschichte zu erzählen. Man ist zufrieden damit, dachte er, da die Voraussetzungen für ein eigenes Leben – eine eigene Geschichte – nicht viel

größer gewesen sind. Er kleidete sich sorgfältig an, wie an jenem Donnerstag, als er zu Claire auf den Mont Vully gefahren war, musterte sich im Spiegel und war nicht unzufrieden mit sich. Er zog die Jacke an, die Claire nicht mochte, und als er sich den linken Schuh zuband, hatte er wieder dieses ungute Gefühl im Magen. Er konnte es sich mit seiner Unruhe erklären, aber da war auch noch ein anderer Grund: die Angst, sich übernommen zu haben.

Vielleicht ist er schon unterwegs, dachte Gunten. Es ist ein Tag, an dem die Leute noch einmal an den See spazieren, er wird keine Kunden zu bedienen haben; die Gärten sind abgeräumt, und zum Schneiden der Bäume ist es noch zu früh. Vielleicht zögert er auch wie ich.

Gunten sah zum Dorf hinauf und wußte, daß er sich in jedem Fall beeilen mußte. Er war sich nicht einmal schlüssig, ob er die Tür einfach offenstehen lassen sollte.

Einen Augenblick empfand er fast Mitleid mit ihm, als er ihn sich zwischen Fernsehern, Radios, Plattenspielern und all den gebrauchten Musikinstrumenten vorstellte.

Gunten streckte sich und stampfte mit dem Fuß auf, er zog die Tür zu, aber ließ sie unverschlossen.

Er folgte der Spur der Katze durch den Garten, zum See, dann Alois' Spur zum Brunnengäßli. Die Luft war kalt, der See wie gehämmertes Messingblech. Der Fischer hatte die Reusen vom Ufer geholt und in seinen Garten gelegt, die Netze im Schuppen aufgehängt. Die Katze saß bewegungslos auf Tasmanien und beachtete Gunten nicht.

Einmal tutete ein kleines Schiff, das den Winter über

Dienst tat zwischen Môtier und Murten. Gunten beeilte sich, so verlassen fühlte er sich plötzlich. Vor dem «Hecht» zögerte er; er dachte, wie gut es ihm tun würde, einen Augenblick bei Martha am Tisch zu sitzen.

Als Marthas Sohn spöttisch sagte, seine Mutter sei nach Murten gefahren, ärgerte sich Gunten so sehr, daß er einen doppelten Fernet bestellte. Er sah sein angespanntes Gesicht im Schaukasten mit den Pokalen der Dorfschützen gespiegelt – und da fiel ihm ein, daß der Karabiner an der Wand hinterm Schaukelstuhl lehnte. Und er hatte ihn doch im Schuppen verstecken wollen, nachdem der Mörder die Munition gefunden und mitgenommen hatte wie die gelben Hefte!

Nur das letzte Heft fehlte ihm, und das trug Gunten im Kopf! Das freute ihn zunächst, und dann beunruhigte es ihn, mehr als er sich zugeben wollte. Er stand auf und zahlte im Stehen.

39

Gunten blieb beim Gartentor stehen, um zu Atem zu kommen, so beeilt hatte er sich auf dem Rückweg; es beruhigte ihn, daß er nur seine und die Spuren der Katze im tauenden Reif sah. Er ging gemächlich durch den Garten, lachte zufrieden; die Flasche Fernet schwang er wie ein Pendel.

Als er die Tür aufstieß, der warme Luftzug ihn traf und er den Rauch von Memphis-Zigaretten atmete, fiel ihm sofort ein, wie er die Zeitungen mit dem Falz zur Wand und mit dem Titel nach oben geordnet hatte, während Martha Feuer im Ofen machte, und er plötzlich gewußt hatte, woran ihn der Geruch erinnerte, der nicht zu seinem Haus gehörte.

Der Mann war von der Hinterseite des Hauses gekommen. Gunten sah zuerst die Katze; sie lag, sichtlich zufrieden, auf dem Sofa. Hilten schaukelte, ein Kissen im Nacken und den Karabiner auf den Oberschenkeln, in dem Stuhl, in dem Gunten geglaubt hatte, sich beruhigen zu können.

Die Tür war diesmal nicht verschlossen, sagte Hilten und hörte auf zu schaukeln; die Zigarette trat er auf dem Fußboden aus.

Gunten drückte mit dem Rücken die Tür zu, und die Katze schloß wieder die Augen. Man könnte sie leicht mit einem Zahnstocher öffnen, sagte er.

Jetzt übertreiben Sie! Hilten schaukelte wieder.

Gunten stellte die Flasche auf den Tisch; und da sah er die gelben Hefte, daneben aufgereiht, wie ein winziger Zaun, die Patronen für den Karabiner. Er zählte nur dreiundzwanzig, und er wußte, daß er vorsichtig sein mußte.

Die guten wie die schlechten Gewohnheiten können einem eben zum Verhängnis werden! sagte Hilten spöttisch.

Das hat mir schon jemand gesagt! dachte Gunten und wunderte sich, daß er keine Angst verspürte, nur Zorn.

Aber setzen Sie sich doch – und schenken Sie uns ein! Wir haben vieles gemeinsam, auch die kranke Galle. Sie verstehen: inzwischen kenne ich Ihre Lebensgeschichte, als wäre es meine eigene.

Genau, sagte Gunten, Sie haben ja meine gelben Hefte

gelesen. Er umging den Tisch und nahm zwei Gläser aus dem Schrank. Und ich kenne Ihre Gewohnheiten, Hilten. Wenn man ihnen einmal nicht nachlebt, können sie einem zum Verhängnis werden.
Hilten hob den Karabiner, als wäre er ein Spazierstock, und legte den Lauf auf die gelben Hefte.
Gunten goß, ohne darauf zu achten, die Gläser voll. Sie hätten die Oleanderkübel am Samstag hinausstellen sollen. Vielleicht war es auch dumm, daß Sie den Fehler vom Samstag am Mittwoch nicht wiederholten. Hätten die Oleanderkübel wieder nicht vor dem Laden gestanden, dann hätte man annehmen können, Sie seien vergeßlich geworden oder Sie hätten Ihre Gewohnheiten geändert. Sie sollten sich auch an Ihre Öffnungszeiten halten – auch wenn die Geschäfte schlecht gehen – und mir nicht gestatten, in Ihre Werkstatt zu kommen. Sie wissen, daß ich ein neugieriger Mensch bin.
Hilten schaukelte.
Sie haben einen interessanten Garten, mit einem – wenn ich so sagen darf – recht unauffälligen Notausgang.
Hilten schwieg, schaukelte aber nicht mehr.
Gunten war überrascht, daß er nicht mehr zitterte, als er das Glas hob, auch die Galle blieb ruhig; so trank er den Fernet aus Gewohnheit, vorsorglich. Es sind kleine, aber verhängnisvolle Fehler, sagte er, und es kommen noch einige hinzu.
Da haben Sie nicht unrecht, sagte Hilten, aber nur Ihnen sind sie aufgefallen. Und Sie haben sie notiert. Jetzt fehlen nur noch Ihre letzten schriftlichen Überlegungen. Sie sind nicht nur neugierig, sondern auch sehr aufmerksam für Ihr Alter.

Aufmerksamkeit ist keine Frage des Alters!
Ich weiß: auch das steht in Ihren Heften.
Gunten schob Hiltens Glas, dem Gewehrlauf entlang, zwischen die gelben Hefte und die Patronen.
Hilten dankte mit einem Nicken. Diese Fehler fallen nicht schwer ins Gewicht, sagte er. Sie werden mir bald recht geben müssen. Wie gesagt: nur uns beiden sind sie aufgefallen! Er nahm einen Schluck Fernet, unterdrückte ein Husten, fuhr ein paarmal mit den Fingerspitzen dem blonden Haarkranz nach, zupfte am Schnäuzchen, als überlegte er, wie es nun weitergehen sollte, blinzelte mit geröteten Augen und lächelte; aber sein geduldiger, dabei fast gemütlicher Ausdruck wurde verzerrt.
Er wird unsicher, und er ist krank, dachte Gunten, das macht ihn gefährlich.
Sie stellen keine Fragen, sagte Hilten, das wundert mich eigentlich.
Gunten schwieg; er bemerkte erst jetzt, daß Hilten den Mantel säuberlich gefaltet über einen Stuhl gelegt hatte, das Mantelfutter nach außen. Diese Ordentlichkeit rührte ihn ein wenig, wenn er an die verstaubte Unordnung in Hiltens Laden dachte; aber Hilten tat ihm nicht mehr leid, er haßte ihn – und sagte sich sogleich, daß Haß unvorsichtig macht.
Wir wissen beide, warum ich hier bin. Ich wäre auch ohne Ihre Zeilen wiedergekommen.
Gunten schwieg.
Hilten nahm die Zigarettenpackung vom Tisch, und wieder fielen Gunten die kräftigen Hände auf, die so gar nicht zu Hilten paßten.
Hilten zündete sich eine Zigarette an, warf Gunten die Packung zu. Gunten fing sie überrascht, aber geschickt

auf. Hilten lachte schallend, dann beobachtete er Gunten aus schmalen Augen, wie er sich eine Zigarette anzündete, den Fernet trank.
Es ist gut, daß du ein schweigsamer Mensch bist, Gunten, das erspart mir, dich umzubringen. Aber wer weiß, ob du immer so schweigsam bleibst.
Gunten stand drei kurze Schritte von Hilten entfernt und sah auf den Gewehrlauf.
Ich erschieße dich nicht, Gunten! Es müßte nach einem Unfall aussehen: Tod durch Ertrinken, im Suff. Wie deine Schwester. Er schüttelte den Kopf. Es muß in der Familie liegen.
Gunten spürte, wie es ihm den Magen zusammenzog und wie er wieder zu zittern begann. Er war ein Narr, daß er Jean nicht verziehen und nicht alles erzählt hatte.
Lassen Sie meine Schwester aus dem Spiel, Hilten, ich warne Sie! sagte er.
Ich weiß: sie hat ihre Geschichte und du hast deine. Du redest nur in den gelben Heften, aber da redest du viel, zuviel! Du entwickelst plötzlich Energie in deinem Alter. Beachtlich, wie du die Zigarettenpackung aufgefangen hast! Wenn man etwas zu tun hat im Leben, ist man wieder ein ganzer Mensch, nicht wahr? Man wird anerkannt von den anderen, aber sie müßten es erst erfahren! Du langweilst dich nicht mehr, nein? Du hast etwas zu tun bekommen. Du verfolgst mich!
Gunten merkte erst jetzt, daß Hilten ihn duzte.
Und doch bist du abgeschrieben, Gunten, ein alter Mann!
Ich lasse mich nicht herausfordern! redete Gunten sich ein. Ich habe einen klaren Kopf, und ich behalte ihn. Meine Gelegenheit wird kommen. Er kann mich nicht

beleidigen, weil ich selber über alles nachgedacht habe.
Was interessiert mich deine Vergangenheit! sagte Hilten. Die Gegenwart zählt.
Du wirst dich mir nicht in den Weg stellen, Gunten! Schenk ein, nicht den Fernet – du bist doch Weintrinker!
Gunten nahm zwei Gläser aus dem Schrank und entkorkte die Flasche, die er vor einer Stunde verkorkt hatte, weil er einen klaren Kopf behalten wollte; er goß die Gläser halb voll.
Hilten hob sein Glas, aber mit der anderen Hand hielt er den Karabiner auf den Knien. Was dich noch angetrieben hat, ist deine Neugier. Die wird dir nun zum Verhängnis. Er stellte das Glas auf den Tisch. Du bist eitel, Gunten, darum hast du alles nur deinen Heften anvertraut. Unseren Fall. Du meinst, du hast mich überführt, schlau wie du bist, ein weitgereister Mann, und nun willst du den Erfolg und die Anerkennung für dich.
Hilten hob sein Glas, damit Gunten ihm nachschenkte. Deines auch, sagte er. Und trinke!
Gunten nippte nur am Glas. Ich mag eitel sein – auch mein Arzt sagt es –, aber wir meinen eine andere Eitelkeit. Vielleicht. Er wedelte etwas verlegen mit der Hand.
Hast du dich verletzt? fragte Hilten.
Auf der Suche nach Beweisen, die dich ins Gefängnis bringen werden. Es war ein Fehler, die Hefte im Haus zu behalten, mein einziger Fehler. Ich bin vergeßlich geworden.
Hilten grinste und streichelte die Katze; sie legte sich zur Seite, aber nicht auf den Rücken.

Gunten dachte, daß sie so zutraulich war, weil er sie zu oft allein gelassen hatte; das schmerzte ihn. Laß die Katze in Ruhe! sagte er böse.
Und die andere Verletzung? fragte Hilten und kraulte die Katze zwischen den Ohren. Die hast du wohl auch auf der Suche nach Beweisen abbekommen?
Schuft, jämmerlicher! sagte Gunten.
Hilten lachte gemütlich. Es war übrigens eine Unvorsichtigkeit, zu mir in den Laden zu kommen.
Eitelkeit! sagte Gunten und setzte sich. Er dachte, daß er sich diesen Augenblick anders vorgestellt hatte: er säße im Schaukelstuhl, gefaßt, und Hilten würde am Tisch sitzen oder ihn unruhig umrunden.
Du schweigst lange, Gunten! Wie bei mir im Laden. Und du hast wieder dieses Lächeln, das ich nicht mag. Du lächelst, wie der Weiss gelächelt hat, als ich sagte, ich würde mein eigenes Geschäft eröffnen, und ich hätte es einmal nicht nötig, meine Sekretärin zu heiraten, um eine AG zu gründen.
Man hat dich gedemütigt, sagte Gunten und füllte Hiltens Glas auf, aber seines nicht. Deswegen bringt man keinen Menschen um.
Wie oft sind Menschen schon aus nichtigeren Gründen umgebracht worden.
Phrasen! sagte Gunten und sah auf den See hinaus, von dem die Sonne ihr messingenes Licht genommen hatte. Es erschreckte ihn, wie wenig es ihm ausmachte, mit einem Mörder eine Flasche Wein zu trinken; aber es beelendete ihn, wenn er an das Motiv dachte.
Der Mont Vully schien schmerzhaft nahe; Möwen schwammen wie kleine Schiffe, die Katze döste, Hilten schaukelte, es war zehn Uhr vorbei und noch nichts geschehen.

Du hast getötet, Hilten, und das Abscheuliche daran ist, daß du einen Unbeteiligten getötet hast, um einen Unschuldigen für den Rest seines Lebens ins Gefängnis zu bringen! Du hast zwei Menschen auf dem Gewissen!
Hilten hob die Arme und lächelte. So wird es eine doppelte Strafe für den Weiss sein – schlimmer, als wenn ich ihn getötet hätte. So verpfusche ich ihm den Rest seines Lebens, denn er hat mir den Anfang verpfuscht.
Zehn Jahre! berichtigte Gunten, bemüht, beherrscht zu bleiben, und hielt sich an der Tischkante fest.
So lange habe ich auf eine Gelegenheit gewartet – aber das steht alles in deinen Heften.
Er beugte sich ein wenig vor und sah Gunten von unten herauf an. Aber das letzte Heft fehlt mir, und der Kassettenrekorder. Du wirst mir das Heft jetzt geben. Und dann wirst du es, zusammen mit den anderen, in deinem schönen alten Ofen verbrennen. Vor meinen Augen. Auch deinen Brief mit dem Knopf. Das war ein gelungener Scherz, das mit dem Knopf neben der Leiche! Der wird ihn nun ins Gefängnis bringen! Hilten lächelte, nahm das Gewehr und wechselte aufs Sofa; er streichelte die Katze wie ein willkommener Besucher, der darauf wartet, daß der Gastgeber ihn unterhält.
Du hast einen Knopf übersehen, sagte Gunten und lächelte ebenfalls. Und der wird dich ins Gefängnis bringen.
Du hast ihn also gefunden?
Gunten fluchte in sich hinein.
Sehr schön! Und wo hast du ihn gefunden?
Vielleicht durch Zufall und durch meine Neugier.

Letztlich durch die Ordentlichkeit der Schweizer Frauen.
Hilten lächelte nicht mehr. Du wirst mir auch den Knopf geben, den richtigen, Gunten, sagte er und hob den Gewehrlauf. Die Zeit zu scherzen, ist vorbei.

40

Gehen wir! sagte Hilten nervös, zwei Schritte hinter Gunten.
Beim Gartentor zögerte Gunten. Er hatte den Hut in die Stirn gedrückt und die Hände, zu Fäusten geballt, in den Taschen des gesteppten Mantels, den ihm der junge Benz verkauft hatte.
Hilten drängte. Den Karabiner hatte er zwar hinterm Schaukelstuhl stehen lassen, aber er trug ein Springmesser in der Manteltasche: Er hatte es Gunten beiläufig gezeigt, bevor er den Karabiner hinstellte, die dreiundzwanzig Patronen in die Kommode warf, sie verschloß und den Schlüssel obenauf legte. Die vierundzwanzigste Patrone steckte noch im Magazin des Karabiners. Gunten sah, über die Schultern hinweg, zu seinem Haus: zur Tür, die nicht verschlossen war, genügten ein paar schnelle Schritte...
Gerade als Hilten das Haus durchsuchen wollte, hatte Gunten umständlich und nahe der Tür Jacke und Mantel angezogen, den Hut aufgesetzt, als könnte er so Hilten doch noch zu einer unüberlegten Handlung zwingen. Hilten hatte ihn nur gelassen beobachtet und ihn dann mit dem Karabiner herangewinkt. Auch als er die Mandoline an der Wand betrachtete, behielt er

Gunten im Auge. Ein schönes Instrument, sagte er und ließ Gunten großzügig einen letzten Fernet einschenken. Ich würde es dir gerne abkaufen, aber es ist leider nicht der rechte Augenblick für ein solches Geschäft: wir werden ein anderes Geschäft abschließen! Er leerte sein Glas, trat zwei Schritte zurück, als Gunten Schwemmholz nachlegen wollte; er gab ihm keine Gelegenheit, ihn zu überrumpeln.

Guntens Hände zitterten wieder, und auf den Knien sagte er: Du bist verbittert, Hilten, nicht eigentlich böse, aber eitel und voll Haß, nicht weil man dich gedemütigt und beleidigt hat, schlimmer: man hat dich ganz einfach nicht mehr beachtet!

Hilten ging vor dem Schaukelstuhl auf und ab, den Karabiner unterm Arm; einmal nahm er das Springmesser aus der Tasche, prüfte die Klinge, und die Katze beobachtete ihn aufmerksam und geduldig, als säße sie auf Tasmanien. Dann sah er sich, mit einer leichten Drehung, wieder im Haus um. Was weißt du schon, Gunten! sagte er. Du glaubst, mich zu kennen! Warum wirfst du mir das alles wieder vor? Vielleicht hätte meine Geschichte auch die deine sein können. Er klappte das Messer zu und steckte es ein. Bist du darum fast nachsichtig? Er lächelte. Ich bin es ja auch mit dir!

Gunten schwieg.

Hilten ging ein zweites Mal durchs Haus, als wäre er ein interessierter, aber noch unentschlossener Käufer, der auch den Hausrat in seine Überlegungen miteinbezog – nur hielt er sich mit einem Karabiner den Hausbesitzer vom Leib und interessierte sich nicht für die Möbel, sondern für das, was darin war. Er suchte nach dem letzten gelben Heft, das Gunten im Kopf

trug; er suchte nach dem Hemdenknopf, den Gunten im Kuvert gelassen und beim Ofen zwischen das Schwemmholz geschoben hatte; und er suchte nach dem Kassettenrekorder.
Er suchte geschickt und gründlich; als er ein zweites Mal alles durchstöbert hatte, lehnte er den Karabiner wieder an die Wand, zog den Mantel an, setzte den Hut auf und gab sich enttäuscht und gelassen wie einer, dem weder das zum Kauf angebotene Haus noch die Möblierung gefiel.
Gunten behielt die Hände in den Manteltaschen, während Hilten unentschlossen und nervös mit dem Messer spielte.
Eine Weile standen sie sich so schweigend gegenüber und begannen zu schwitzen im überheizten Raum.
Hiltens Augen wurden schmal vor verhaltenem Zorn, dann grinste er plötzlich, ging auf Gunten zu, stach ihn leicht mit dem Messer in den Bauch und sagte: Die Taschen!
Gunten tat so, als hätte er nicht verstanden. Da schnitt Hilten ihm einen Knopf vom Mantel ab. Die Taschen! sagte Hilten freundlich. Gunten grinste nun auch, stülpte die Hosentaschen nach außen, tat das gleiche mit den Jacken- und Manteltaschen, und er merkte es Hiltens Händen und seinem Hüsteln an, wie ratlos er war, aber auch wie gefährlich gereizt.
Wo hast du alles versteckt?
Gunten bückte sich nach dem Mantelknopf, drehte ihn ein paarmal zwischen Daumen und Zeigefinger, bevor er ihn einsteckte.
Es gibt so viele gute Verstecke in einem alten Haus mit einem verwilderten Garten. Und am See. Vielleicht mußt du das Haus abtragen?

Willst du mich zum Narren halten? fragte Hilten und hielt das Messer vor Guntens Bauch.
Du kannst mich nicht töten! Dann würdest du nicht bekommen, wonach du suchst!
Hilten zündete sich eine Zigarette an, seine Hände zitterten; dann schüttelte ihn ein Hustenanfall. Auch dein Husten hat dich verraten! sagte Gunten. Er klingt zwar leise auf dem Band, etwas lauter als der See, es hat ja auch gestürmt, aber man hört dich, und man erkennt dich. Du weißt ja, wie empfindlich diese Geräte sind!
Was ist es dir wert? fragte Hilten. Er wischte sich mit dem Taschentuch den Mund ab, ruhig wieder und entschlossen.
Gunten hob abwartend die Schultern; er schwitzte wieder stärker in dem gesteppten Mantel.
Wieviel? fragte Hilten und stach Gunten mit dem Messer in den Bauch; diesmal tat es weh.
Das hast du mich schon einmal gefragt, in deinem Laden. Erinnerst du dich nicht?
Wieviel!?
Ich habe meine Rente. Ich habe mein Haus am See. Ich lebe sparsam, mir genügt, was ich besitze.
Hilten drehte die Messerspitze langsam auf Guntens Bauch, wickelte dabei ein wenig Hemdenstoff auf, und Gunten spürte, wie es ihm den Magen zusammenzog.
Was ist es dir wert? fragte er mit angehaltenem Atem und eingezogenem Bauch.
Dein Leben! sagte Hilten freundlich. Wenn du dir nichts aus Geld machst.
Gunten ballte die Fäuste und schwieg.
Hilten lächelte und zog das Messer zurück. Ich sagte dir: die Zeit zu scherzen, ist vorbei!

Gunten atmete ein paarmal tief durch, der Druck im Magen blieb, alle Muskeln taten ihm weh, und der Schweiß lief ihm übers Kinn. Es ist nicht hier, was du suchst, sagte er und wollte sich einen Fernet eingießen. Hilten nahm ihm die Flasche aus der Hand, trat einen Schritt zurück und setzte sich abwartend in den Schaukelstuhl. Wo werden wir es denn finden? fragte er.

Auf dem Mont Vully.

Hast du es vergraben?

Eine Freundin bewahrt es für mich auf. Er verschwieg, daß er den Kassettenrekorder an Jean adressiert hatte und Claire ihn abschicken mußte, wenn ihm etwas zustieß; das beruhigte ihn nicht.

Hilten erhob sich langsam; das Messer steckte er nicht ein. Er ging zur Haustür, die er verschlossen hatte, und nahm den Schlüssel aus der Tasche. Worauf wartest du noch? fragte er. Angezogen bist du ja! Er schloß die Tür auf. Du hast mich lange genug aufgehalten!

Gunten wischte sich mit dem Handrücken den Schweiß vom Kinn; jetzt war seine Gelegenheit gekommen. Er ging zum Sofa, wo die Katze saß, und dann war es noch ein Schritt bis zum Gewehr. Aber da war Hilten, mit einem Sprung, hinter ihm und stach ihn mit dem Messer in den Rücken. Laß den Unsinn! schrie er.

Gunten grinste. Die Katze! sagte er. Du willst sie doch nicht einsperren! Sie ist ihre Freiheit gewöhnt, und sie fischt gerne.

Hilten zeigte mit dem Messer zur Tür; er steckte die gelben Hefte in die Brusttasche seiner Jacke und knöpfte den Mantel zu. Ich hoffe, wir werden noch

Glut im Ofen haben, wenn wir zurückkommen, sagte er.

Gunten legte Schwemmholz nach, aber es gab ihm kein Vertrauen; er schubste die Katze vom Sofa und trieb sie zur Tür. Im Garten, wo der Reif getaut war, leuchtete das Laub. Die Katze warf Gunten einen verwunderten und gekränkten Blick zu, dann lief sie dem Ufer entlang und sah sich nicht um.

41

Gunten war beim Gartentor, das Hilten hinter sich zugezogen hatte, stehengeblieben.

Er kam sich lächerlich vor; alles schien plötzlich unsinnig und lächerlich, er hatte wieder Angst und fror vielleicht darum. Er blickte seeauf- und seeabwärts, er sah, was er seit Jahren gesehen hatte, und er wußte nun, was ihm diese Landschaft bedeutete. Er blickte in die entlaubte Krone einer Birke am Seeufer, es war eine Weiß- oder Hängebirke; er hatte sie wachsen und altern sehen, und nun überragte sie sein Haus. Ihr einst makelloser weißer Stamm trug große schwarze Flecken aus rissiger Borke; sie hatte schon Kätzchen getrieben, die vom März bis in den Mai blühen würden – wenn er es erlebte.

Gunten seufzte und sah über Tasmanien hinweg; dünner Nebel berührte den See und machte ihn weit und uferlos.

Geh jetzt endlich! sagte Hilten.

Gunten ging dem See entlang, die Hände in den Taschen; er spürte, wie sich seine Muskeln lockerten

und seine Glieder warm wurden. Du hast die Haustür offenstehen lassen, sagte er, als Hilten neben ihm ging. Wir werden es kalt haben, wenn wir zurückkommen. Ich habe ein Herz für Tiere. Du hast doch deiner Katze Milch hingestellt. Das heißt, du wirst vernünftig sein.
Gunten nickte.
Bevor sie ins Brunnengäßli einbogen, wo Guntens 2 CV stand, blieb Hilten stehen und griff in die Tasche. Die brauche ich wohl nicht mehr, sagte er.
Gunten blickte verdutzt auf Hiltens offene Hand; dann packte er ihn am Mantelkragen und schüttelte ihn. Du hinterlistiger Schuft! schrie er. Das Gewehr war nicht geladen! Du hast die vierundzwanzigste Patrone in der Tasche gehabt!
Ich bin eben geduldig, ausdauernd und listig wie deine Katze, sagte Hilten und lachte. Vergiß das nicht, wenn wir auf den Mont Vully fahren! Er warf die Patrone ins Wasser und lachte über zwei Bleßhühner, die herbeischwammen. Du siehst: ich mag Scherze auch! Jetzt sind wir quitt. Er schlug Guntens Arm weg, behielt aber die andere Hand in der Tasche, wo er das Messer hatte; dann trieb er Gunten mit einem Faustschlag in den Rücken zum 2 CV. Kratze das Eis von den Scheiben, sagte er und lehnte sich an den Drahtzaun von Guntens Grundstück, wir wollen klar sehen, wir wollen doch nicht, daß uns etwas passiert!
Gunten schloß die Wagentüre auf.
Ein schönes Grundstück hast du, sagte Hilten und zündete sich eine Zigarette an. Du solltest es nur nicht so verwildern lassen.
Suchst du Arbeit? fragte Gunten und beugte sich über den Vordersitz. Das hast du jetzt doch nicht mehr

nötig! Oder gehen die Geschäfte immer noch schlecht?
Laß die dummen Witze und beeil dich!
Gunten fand den Schaber zwischen Straßenkarten und Papiertaschentüchern. Du hast dir auch Zeit gelassen, bis du gekommen bist, sagte er, und dann sah er das Öl unter den Pedalen: ein handgroßer Fleck auf der Gummimatte.
Was suchst du denn noch? fragte Hilten und sah ihm über die Schulter. Du hast den Schaber in der Hand.
Der Wagen verliert Öl. Gunten tupfte, über den Sitz gebeugt, mit dem Zeigefinger in den Ölfleck, rieb ihn über den Daumen, roch daran, erhob sich und wischte die Finger an einem Papiertaschentuch ab. Bremsöl, sagte er und grinste, als freute er sich darüber.
Du wirst eben vorsichtig fahren. Die Straße zum Mont Vully ist sicher vereist.
Genau, sagte Gunten und dachte gerührt an Jean.
Die Scheiben! befahl Hilten, umging das Auto und sah, gebückt, zwischen die Vorderräder.
Gunten kniff das gesunde Auge ein wenig zu, und ihm schien, Hilten schwankte. Du verträgst den Wein nicht, sagte er. Kunststück: bei deinem Gewicht! Vielleicht sollten wir erst etwas essen.
Setz dich ans Steuer!
Gunten bog erst in die Hauptstraße ein, als Hilten ihm einen Rippenstoß gab. Er sah zum «Hecht» zurück und wünschte sich, er hätte nicht immer bloß als stummer Zuhörer am Tisch gesessen.

42

Das ist ein Umweg! sagte Hilten überrascht, als Gunten in Sugiez von der Hauptstraße zur Dorfmitte abbog, und griff ins Steuer. Gunten schlug ihm die Hand weg. Mach das nicht noch mal! Oder willst du fahren? Es ist kein Umweg.

Aber die Straße ist schlecht. Und das Wetter schlägt um.

Gunten nickte gelassen. Es gibt Schnee.

Hilten blickte nervös in den bedeckten Himmel, dann zu den niedrigen Häusern links und rechts; die Fenster waren geschlossen, in einem Garten bellte ein angeketteter Hund.

Dafür hat man einen schönen Ausblick aufs Große Moos und den Chasseral, sagte Gunten.

Ich bin nicht auf einer Vergnügungsfahrt, sagte Hilten. Du brauchst das wohl als Ersatz für die Weiten in Australien und dein verkümmertes Leben.

Genau, sagte Gunten ruhig und sah Hilten von der Seite an. Wie den Fernet für die Gesundheit und den Wein zum Überleben! Er hielt vor dem «Croix-Blanche» und verschränkte die Arme. Jetzt brauche ich einen Fernet.

Du wirst weiterfahren!

Ich kann dir gleichzeitig einen interessanten Mann vorstellen. Er hat den Weiss gekannt.

Hilten blickte über die Schulter zur Hauptstraße, dann zum Eingang des «Croix-Blanche» und rieb die Finger über die Handballen.

Er könnte dir ein paar Tips geben – nicht wie man einen Menschen erschlägt, sondern wie man Pflanzen zieht und aus exotischen Hölzern Masken schnitzt.
Fahr schon! drängte Hilten.
Gunten sah, daß er schwitzte. Er schnitzt die Stimmungen eines Menschen ins Holz, sagte Gunten und schielte nach dem alten Mann, der einen Karren mit krüppligen Birkenästen aus einem Garten auf die Straße schob. Du wärst sicher interessant für ihn.
Hilten beugte sich vor: er hatte den Mann auch gesehen. Er trug eine blaue Jacke, die ihm bis zu den Stiefeln reichte, da er gebückt ging, eine Militärmütze, und er zog den Karren auf sie zu. Leg die Hände aufs Steuer, verdammt, und fahr los!
Gunten erinnerte sich an den alten Mann, der neben der Redaktion des «Murten-Bieter» in einem Korb Holzscheite in ein Haus getragen hatte. Er hatte zu dem Mann gesagt, er sei ein optimistischer Mensch, sonst würde er für den Winter keinen Holzvorrat anlegen. Da hatte alles schon seinen Lauf genommen und war nicht mehr rückgängig zu machen. Gunten legte den ersten Gang ein, nickte dem alten Mann zu, und der lächelte; das gab ihm Mut und eine zuversichtliche Gelassenheit. Er behielt den Fuß auf der Kupplung. Auf ein Glas, Hilten?
Du sollst losfahren! Und laß die Hände auf dem Steuer! Dann nickte er, wie Gunten, dem alten Mann zu, der kurz stehenblieb und neugierig zu ihnen zurückschaute.
Der hält uns wohl für Idioten, sagte Gunten, daß wir vor einer Wirtschaft stehen.
Wir werden bei dir zu Hause ein Glas trinken, wenn wir alles erledigt haben.

Gunten ließ die Kupplung los.
Sie fuhren beim letzten Haus vorbei, das hinter Thujabäumen versteckt lag und wo die Schotterstraße zum Mont Vully anstieg.
Gunten schwieg; auf der Windschutzscheibe setzten sich vereinzelt Schneekristalle fest, stecknadelkopfgroß, und schmolzen.
Du könntest dir einen besseren Wagen leisten, sagte Hilten, wieder entspannter auf seinem Sitz. Einen, bei dem es nicht durch alle Ritzen hereinzieht.
Mir genügt er.
Vielleicht brauchst du ihn bald nicht mehr. Das kommt auf dich an.
Gunten nahm die erste Kurve sehr rasch; der Wagen schleuderte. Er grinste, dann sah er den Fußweg, der an vor Jahrtausenden durch Gletscher abgesetzten Sandwällen vorbeiführte und den er als Junge hinaufgewandert war. Die Straße war gewellt wie der Murtensee bei einer leichten Brise und fiel schräg ab ins Gehölz; die Sicht ins Große Moos war hier frei. Nun nieselte es aus einem dumpfen, grau-gelben Himmel. Die brachliegenden Felder waren wie ungewaschene Wäschestücke. Gunten dachte an Martha, die die Wäsche im «Hecht» besorgte und in der Küche nur noch als Aushilfe geduldet war.
Und er dachte an eine zukünftige Häuslichkeit.
Wir haben viele Leiden gemeinsam, sagte Hilten.
Gunten hoffte, daß ihnen ein Wagen entgegenkam oder die Straßenarbeiter.
Ein Fernet hilft, sagte Hilten, aber du trinkst ihn falsch.
Gunten verstellte die Klappe der Heizung, aber es blieb kalt im Wagen. Es schneit! sagte er grimmig

zufrieden – als wäre ihm der Himmel zu Hilfe gekommen und würde sie zum Umkehren zwingen; aber hier ließ sich ein Wagen nicht wenden, und der Himmel nahm ihm eine Entscheidung nicht ab.

Ich bin durch Zufall darauf gekommen, sagte Hilten, schaltete den Scheibenwischer ein und zündete sich eine Zigarette an. Ich trinke normalerweise abends noch einen Rumpunsch: halb Rum, halb Wasser, mit drei Stück Zucker.

Es wird schwierig werden, wenn uns einer entgegenkommt, sagte Gunten. Hilten klopfte Gunten auf die Schulter.

Laß das! sagte Gunten wütend.

Ich wollte dich nur beruhigen: es wird uns keiner entgegenkommen. Hast du das Schild nicht gesehen? Die Durchfahrt ist erschwert. Und bei dem Wetter!

Das Schild hatte er übersehen, oder Hilten log. Guntens linkes Bein zitterte, als er vor einer Kurve herunterschaltete, da er nicht bremsen wollte.

Du kennst die Straße wohl wie deine Hosentaschen! Aber was ich sagen wollte: ich bin durch Zufall darauf gekommen, und du mußt es auch einmal ausprobieren. Wenn du dazu kommst! Ich verwechselte die Fernet- mit der Rumflasche. Ich war übermüdet, und du hast mir Probleme gebracht. Kurz und gut: ich habe mit heißem Wasser verdünnten Fernet getrunken. Und ich habe tief geschlafen. Du hast mich nicht einmal im Traum verfolgt.

Er trat die Zigarette auf der Gummimatte aus und lachte; aber sein Gesicht blieb finster.

Ich werde mir das Rezept merken, sagte Gunten und versuchte, auch gelassen zu sein; die nächste Kurve nahm er wieder zu schnell, schlingernd, und fing den

Wagen geschickt auf, indem er gegensteuerte und Gas gab.
Vielleicht fährst du ein wenig zu schnell. Du willst uns doch nicht umbringen?
Nein, aber ich kannte einen, der ist eine Woche lang jeden Abend, beim Eindämmern, die Straße hochgefahren. Jeden Abend etwas schneller, weil er es dem Zufall überlassen wollte, ob er dabei umkam: er war zu feige, um sich vom Aussichtspunkt ins Große Moos hinunterzustürzen.
Ich kenne die Geschichte aus deinen Heften, sagte Hilten. Es gibt wenig, das ich nicht aus deinen Heften weiß.
Hilten rieb sich wieder mit den Fingern die Handballe, schwitzte aber nicht. Nur das letzte Heft fehlt mir noch! sagte er.
Und dabei wird es auch bleiben! sagte Gunten und fuhr das letzte Straßenstück bis zum Aussichtspunkt, das geteert war, langsamer.
Das letzte Heft! Gunten tippte sich an die Stirn, wie er es tat, wenn er sich von Jean verabschiedete. Das ist hier! Auch wenn du die anderen hast, zusammen mit dem Kassettenrekorder: das letzte Heft habe ich im Kopf! Er lachte laut auf – und verstummte erschrokken, noch bevor Hilten ihn an der Schulter packte. Halt an! sagte Hilten.
Gunten setzte, verwundert über sich selber, den Fuß auf die Bremse.
Willst du nicht die Aussicht genießen? fragte Hilten. Du hältst doch immer hier oben. Du kannst nicht anders: du mußt aussteigen, ein Zwang – oder bloß eine Gewohnheit? –, du blickst aufs Große Moos und beginnst zu träumen –

Gunten schwieg, die Hände fest am Steuer, bis sie ihn schmerzten.
Steig aus, Gunten! Wir wollen die Aussicht genießen, so wie du sie in deinen Heften beschrieben hast!

43

Gunten stand auf der vereisten Straße, zwischen einem Splitthaufen und einer Straßenwalze, deren Deichsel wie ein Kreuz ins verschneite Geäst ragte. Der Wind und nadelspitze Schneekristalle trieben ihm Tränen aus dem gesunden Auge. Hilten ging hinten um den Wagen herum, stolperte einmal im Schotter und hielt sich, bevor er auf die vereiste Straße trat, am Dach fest. Gunten hob den Arm, um sich das tränende Auge zu trocknen.
Mach keine Dummheiten! sagte Hilten und gab ihm einen Stoß in den Rücken. Geh schon: von hier aus hast du keine Aussicht!
Erst beim zweiten Schritt merkte Gunten, daß er den Hut verloren hatte. Er wollte sagen, er sei fast blind, aber es wäre eine Dummheit gewesen; er schwitzte, und er fror, und bei jedem Schritt dachte er daran, daß er als einziger wußte und beweisen konnte, wer den Benz erschlagen hatte. Und das letzte Heft trug er, wie er Hilten unüberlegt und schadenfreudig verraten hatte, im Kopf!
Zehn Schritte vor der Holzrampe, wo die Deltasegler zu ihrem Flug übers Große Moos absprangen, wurde ihm klar, daß Hilten ihn zum Schweigen bringen mußte, hier, und nicht erst in seinem Haus am See;

und ebenso sicher wußte er, daß er sich wehren würde. Er knöpfte den Mantel auf, der ihn beengte; nie zuvor war ihm der Weg vom Wagen bis zum Aussichtspunkt so kurz vorgekommen: so neu und so begehrlich in seiner Bekanntheit –
Gunten spürte Hilten dicht hinter sich. Er drehte den Oberkörper leicht ab, hielt den Kopf schräg, damit sein Auge geschützt war vor Wind und Schnee; so konnte er auch den Freiraum abmessen, der ihm noch blieb. Er hob die Schultern an und ging mit leicht gespreizten Beinen auf die Schneise zu, wo die Straße zwischen den Tannen abgerutscht war und steil abfiel ins Große Moos. Eine handbreite, an zwei Eisenstangen mit Draht befestigte Holzlatte warnte vor der Absturzgefahr.
Darauf gingen sie hintereinander zu.
Einmal gab Hilten Gunten einen Faustschlag zwischen die Schulterblätter. Schau dir die Aussicht an! sagte er.
Gunten wußte nicht: war es nur eine Aufforderung oder schon ein erster Angriff. Der Nordwestwind blähte ihm den Mantel, nahm ihm den Atem und trieb ihm wieder Tränen ins Auge. Er blieb zwei Armlängen vor der Latte stehen und suchte nach dem Taschentuch, als Hilten hinter ihm fürchterlich hustete. Die Felder schienen fächerförmig vom Mont Vully wegzulaufen und den Wohnwagenpark mit dem Staatswald hinterm Broyekanal mitzuziehen. Gunten blickte ins Geröll, in dem Büsche, Sträucher und entwurzelte Bäume durcheinander lagen, als hätte das Große Moos begonnen, sich den Berg zu holen, um nicht aufs neue im Sumpf zu versinken. Er hatte das Gefühl, mitheruntergezogen zu werden, und wußte nicht, worauf er eigent-

lich noch wartete, fast ergeben.

Hilten hustete immer noch, eine Hand in der Tasche, vornübergebeugt und halb in der Hocke, als leide er so weniger.

Gunten trat auf ihn zu, zögerte nach dem ersten Schritt. Für einen Augenblick tat Hilten ihm leid; aber da richtete Hilten sich auf und zog das Messer aus der Tasche.

Gunten hob abwehrend die Arme, und da warf sich Hilten gegen seine Schulter und stieß ihm das Knie in den Magen. Gunten taumelte; aber noch im Hinfallen schlug er Hilten das Messer aus der Faust, ein Stich im rechten Knie lähmte ihm das Bein –.

Sie kämpften einmal Brust an Brust, dann Schulter an Schulter, stumm, minutenlang fast liegend, eine Hand im Buschwerk oder im Geröll.

Die Latte traf Gunten im Genick, als er versuchte, einen zweiten Stoß gegen die Brust abzuwehren. Den Aufschlag der Latte im Geröll hörte er nicht: Ihre Köpfe prallten aufeinander, und er spürte Hiltens Atem im Gesicht.

Gunten erinnerte sich an den Überfall in seinem Garten, er sah den toten Benz auf der Uferböschung liegen, und für einen Augenblick gab er dem Druck von Hiltens Schulter nach, aber nicht aus Schwäche: es war ein Atemholen und letztes Kräftesammeln im Zorn. Hilten wurde schwächer, schien Gunten, aber er war von einer hartnäckigen und verzweifelten Zähigkeit, und als er versuchte, ihn zu würgen, ließ Gunten sich zur Seite fallen.

Hilten schlug mit der Brust auf Guntens Rücken. Gunten bog ein Knie durch, während er sich auf dem anderen abstützte und aufrichtete, und Hilten rutsch-

te, im Schwung seines letzten Angriffs, über Guntens Rücken hinweg und ins Geröll zu den entwurzelten Bäumen; die Wunde des Berges riß er dabei nur wenig auf.
Gunten blieb liegen, bis er zu Atem kam. Er war nicht erschrocken, aber überrascht. Hilten war stumm gestürzt – nicht mit einem Schrei wie die in Fernsehfilmen Stürzenden.
Er hing mit aufgerissenem Mantel im Geröll und blutete an der Stirn; die ausgefächerten Felder im Großen Moos standen still.
Als Gunten sich dann den Mantel ausklopfte, als ließe sich so alles ungeschehen machen, merkte er, daß die eben erst verheilte Wunde an der linken Hand wieder blutete.

44

So einfach ist das gewesen! wiederholte Gunten und lachte laut auf, dabei war er entsetzt; er schwitzte und klappte das Seitenfenster hoch.
Die letzte Kurve im Wald nahm er schlingernd, der Wind rüttelte an der dünnen Karosserie, aber Gunten lachte nur: ihm konnte man nichts anhaben. Er fuhr dann doch im zweiten Gang über den Rücken des Mont Vully.
Auf der Straße Richtung Lugnorre merkte er, daß er den Hut zurückgelassen hatte, auch Hiltens Hut lag auf der Straße, und sein Messer. Die Felder lagen verlassen im Schneetreiben; die Scheibenwischer öffneten ihm die Sicht nur auf wenige Meter. Gunten

wischte sich mit der Hand, an der das Blut verkrustete, über die Augen und blieb doch fast blind; ihm schien, als hinge der Schnee in endlosen Schnüren vom Himmel; er fühlte sich wie eingesponnen und für Jahrtausende vergessen.
Die beiden Männer sah er zu spät; sie trugen schwarze Hüte, orangefarbene Überkleider, und sie retteten sich aufs offene Feld.
Er dachte an Hilten, der zwischen entwurzelten Bäumen eingeklemmt im Geröll lag.
Vielleicht ist er bloß verletzt, beruhigte er sich, aber der Schnee wird ihn zudecken, und er wird erfrieren.
Er mußte umkehren, mit den beiden Männern hinauffahren oder zu Fuß mit ihnen gehen, denn wenden konnte er nicht: er würde im Feld steckenbleiben. Er zögerte, setzte den Fuß aufs Bremspedal, aber der Wagen verlor kaum an Geschwindigkeit.
Ich werden bei Claire Hilfe holen, dachte er. Ich werde in der Wärme auf Jean warten und einen Fernet trinken. Für einen Augenblick war er ganz zuversichtlich und fühlte sich schuldlos.
Ich habe ihn vielleicht getötet, dachte er, dann kommt jede Hilfe zu spät.
Er fuhr den Spuren der Arbeiter im Schnee nach, als brächten sie ihn zurück zum Anfang, und es ließe sich alles anders lösen.
Aber ich habe mich doch bloß gewehrt! schrie er seine Hände an. Ich hatte das Recht, mich zu wehren!
Er dachte an Jean und wie sie Seite an Seite, nach der Beerdigung des jungen Benz, erste Spuren in den Schnee gesetzt hatten, der dann nicht hielt. Er dachte an Martha und daran, was er ihr versprochen hatte; er dachte an Claire, der er nichts versprochen hatte.

Auf dem Parkplatz werde ich wenden können, dachte er.

Da hatte er die Spuren der Arbeiter im Schnee verloren und die Abzweigung zum Restaurant «Mont Vully» verpaßt mit durchgetretener Bremse. Er sah noch die Sandwälle, die das Eis vor Jahrtausenden hingeschoben und zurückgelassen hatte, und in die sich Büsche, Sträucher und dünnstammige Bäume klammerten.

Er fuhr in eine neue Eiszeit, er fror, und es wurde ihm übel; er klammerte sich, weit zurückgelehnt, die Beine gestreckt, ans Steuer, als ließe sich so die Fahrt in die Tiefe abbremsen. Die Straße war eine Schlucht, aus der es kein Entrinnen gab; der Motor dröhnte im zweiten Gang, und die Böschungen warfen das Dröhnen zurück. In der Rechtskurve, beim Dorfeingang von Lugnorre, glaubte er einen Augenblick lang, den Wagen in der Spur halten zu können; aber er war zu schnell.

Er steuerte verzweifelt nach rechts, dorfwärts, starr aufgerichtet, den Schädel ans Dach gedrückt, bis die Räder quer standen und er seitlich wegrutschte. Was er noch sah, bevor ihn ein Schlag zwischen Schulter und Genick traf, war das Beet verschneiter Astern und die geschlossenen Fenster eines freundlichen Bauernhauses.

Er hatte wieder dieses dröhnende Gelächter im Kopf wie in seinem Garten am See, als Hilten ihn niederschlug. Er dachte noch daran, bevor der Wagen umkippte und ihn auswarf ins Asternbeet, daß er Weiss nicht dem Versehen und dem Gelächter der Götter überlassen hatte, und daß seine Aufgabe gelöst war...

Epilog

Du verstellst dich! sagte Jean.

Er stand mit dem Rücken am Fenster an Guntens Bett, nahm ihm die Sonne, den Blick auf verschneite Felder und bewaldete Hügel.

Gunten hielt ein Auge zugekniffen, einen Arm gestreckt, wie festgebunden an der Infusion; er lächelte, aber schwieg.

Du hast dich schon das letzte Mal verstellt! sagte Jean vorwurfsvoll und blickte auf den Stuhl aus Metallrohr; er blieb aber stehen, in einer Hand eine Flasche roten Vully, in der anderen einen Strauß roter Nelken. Einen Fernsehapparat hast du jetzt auch!

Mit den besten Wünschen der Firma Weiss AG, sagte Gunten.

Jean schüttelte bloß den Kopf.

Und in sein Wochenendhaus, am Thunersee, hat er mich auch eingeladen.

Jean schnaufte tief durch die Nase.

Möchtest du dich nicht setzen? fragte Gunten freundlich.

Jean stellte die Flasche auf den Tisch beim Fenster, legte die Blumen und seinen Hut daneben, knöpfte den Mantel auf und setzte sich mit einem Seufzer; die Arme hielt er überm Bauch verschränkt. Du hast dein blindes Auge zugekniffen, sagte er. Mich kannst du nicht täuschen.

Nein, sagte Gunten. Und schönen Dank für den Wein und die Blumen.

Wenn du den Wein zuerst nennst, dann geht's dir schon viel besser, sagte Jean.
Gunten schwieg.
Der Arzt sagt, spätestens in drei Wochen wirst du entlassen. Gunten rieb sich das bandagierte Kinn, seufzte, wie Jean geseufzt hatte, und kniff das gesunde Auge auch zu.
Du hast Glück gehabt, sagte Jean.
Gunten richtete sich ein wenig auf, wobei Jean ihm half. Das hast du das letzte Mal auch gesagt.
Kopfschwartenriß, Schlüsselbeinbruch, begann Jean an den Fingern aufzuzählen. Beckenriß, Schnitt-, Quetsch- und Platzwunden. Und das alles in deinem Alter!
Jetzt sah Gunten Jean an und grinste. Ich habe Glück gehabt! Und ich danke dir für deine Anteilnahme; aber was mich etwas bedrückt, mein lieber Jean: du zählst das alles auf, als wären es Indizien zu einem Kriminalfall.
Jean beugte sich aufgeregt vor, spreizte die Beine und legte die Hände auf die Knie. Ein Kriminalfall hat dich hierher gebracht, ich meine: indirekt! Und du hast wirklich Glück gehabt, in jeder Hinsicht. Schon damals im Garten, am Abend vor Benz' Beerdigung.
Dann habt ihr die Einbrüche also aufgeklärt? fragte Gunten scheinheilig.
Zwei, mit deiner Hilfe und nach den Notizen in deinen Heften.
Und die anderen?
Jean hob die Schultern.
Ein aufgeklärter Mord wiegt mehr, sagte Gunten. Aber ich bezweifle nicht, daß ihr auch die anderen Einbrüche aufklären werdet. Er lächelte, ließ sich in

die Kissen fallen und verzog das Gesicht.
Schmerzen? fragte Jean, aber er lächelte wie Gunten.
Du bist rührend – wie damals, als ich von der Bockleiter gefallen bin.
Jean bekam ein rotes Gesicht.
Eine Minute lang schwiegen sie.
Er liegt übrigens auch hier, sagte Jean und deutete mit dem Daumen nach unten. Zwei Stockwerke tiefer. Er ist endlich bei Besinnung.
Ich weiß.
Er hätte erfrieren können.
Ich wollte Hilfe holen, sagte Gunten.
Und dann hat man für dich Hilfe holen müssen. Hilten hat Glück gehabt, daß die beiden Arbeiter ihn gefunden haben. Du hast –
– Glück gehabt, in jeder Hinsicht, ich weiß, unterbrach Gunten ihn. Er wollte mich töten, Jean. Und es hätte wie ein Unfall ausgesehen!
Die Sonne zog sich langsam von Guntens Bettdecke zurück. Er hatte die Arme über der Brust verschränkt, atmete ruhig und gleichmäßig und sah den Krähen zu, die eine Weile über offenem Feld kreisten, dann im Schwarm zu den Hügeln flogen; die Tropfflasche entleerte sich in seinen Körper.
Du wirst noch einiges zu Protokoll geben müssen, sagte Jean. Wenn du wieder hergestellt bist, natürlich. Was du unseren Leuten gesagt hast, genügt bei weitem nicht. Und ich glaube, du wirst noch einige Schwierigkeiten bekommen: Unterdrückung von Beweismaterial, Irreführung der Untersuchungsbehörden –
Ihr werdet mich im «Venezia» besuchen und mir dort eure Fragen stellen müssen, sagte Gunten und wedelte mit der Hand.

Willst du verreisen? Ins Ausland? Das wird wirklich nicht gehen, das mußt du einsehen.
Das «Venezia» ist eine Pension auf der Tessiner Seite des Lukmaniers, sagte Gunten ungehalten, so um die dreizehnhundert Meter über dem Meer, mit Blick ins Bleniotal. Ruhig gelegen – das Richtige zur Erholung. Ich werde unter Leuten in meinem Alter sein und mich still verhalten, ein wenig wandern, mich ausruhen, Tessiner Wein trinken und nachdenken. Mord und Totschlag wird es dort wohl kaum geben.
Jean sah aufs Deckbett, das wie ein faltiges, verschneites Gebirge war. Mir gefällt das. Er erhob sich, knöpfte den Mantel zu und nahm den Hut vom Tisch. Ich sage der Schwester, sie solle die Blumen ins Wasser stellen.
Was macht übrigens Cornichon? fragte Gunten.
Sie fischt, sagte Jean. Und sie hat sich angewöhnt, abends zum «Hecht» zu gehen. Sie scheint dich nicht sonderlich zu vermissen.
Gunten seufzte und schwieg.
Bevor ich es vergesse, Gunten: ich habe dir ein paar gelbe Hefte mitgebracht. Es ist doch dein gewohntes Format?
Gunten nickte.
Eigentlich hat der Untersuchungsrichter die Idee gehabt. Er hat mich beauftragt, also er meint, da wir Freunde sind... du hättest Zeit genug, deine Geschichte zu ergänzen, jetzt, wo du wieder so weit hergestellt bist. Er sah Gunten abschätzend an. Wir haben die anderen Hefte bei Hilten gefunden – aber das eine Heft fehlt uns noch, das letzte.
Gunten lachte laut auf, schlug mit der Hand das Deckbett flach und verzog sogleich das Gesicht. Das sagte Hilten auch! Und ich Idiot sagte ihm, ich hätte

es hier! Er tippte sich an die Stirn. Das hat mich fast das Leben gekostet.
Genau, sagte Jean. Jeder macht einmal einen Fehler. Und darüber sollst du schreiben, meint der Untersuchungsrichter. Wahrheitsgetreu. Deine Gefühle kannst du weglassen.
Kann ich?
Mußt du, sagte Jean. Nur die Tatsachen. Er legte drei Hefte auf den Nachttisch, zögerte und beugte sich ein wenig vor. Was willst du denn mit Zitronen?
Martha hat sie mir gebracht.
Zitronen?
Äpfel sind es nicht – das riecht man schon.
Jean schnüffelte, dann streckte er sich. Und was sollst du damit?
Nachdenken. Martha sagt, in meinem Garten am See wüchsen keine Zitronen, die gestohlen werden könnten, und ich brauchte auch keinen meterhohen Bretterzaun.
Das verstehe ich nicht, sagte Jean und hielt sinnend den Hut in den gekreuzten Händen vor dem Bauch. Das verstehe ich wirklich nicht.
Du bist doch Kriminalbeamter! sagte Gunten. Aber ich glaube nicht, daß ich darüber schreiben werde. Das geht nur Martha und mich etwas an.
Aha! sagte Jean; es war eher ein Seufzer. Er setzte den Hut auf und gab Gunten die Hand. Eine Weile sahen sie sich in die Augen.
Soll ich Martha von dir grüßen?
Sie wird in zehn Minuten da sein, sagte Gunten. Vielleicht begegnest du ihr noch. Und vielleicht sagt sie dir, warum sie mir die Zitronen gebracht hat.
Jean kniff ein Auge zu und lächelte. Das hat doch mit

unserem Fall nicht das geringste zu tun, sagte er. Du weißt, was der Untersuchungsrichter verlangt!
Gunten wedelte mit der Hand.
Und Claire? fragte Jean.
Sie will mit der Sache nichts mehr zu tun haben.
Du meinst: mit dir?
Gunten schwieg.
Das ist dein Problem.
Das ist es nicht mehr.
Unter der Tür drehte sich Jean noch einmal um. Wir werden uns wohl bald wieder in der «Eintracht» sehen.
Kaum, ich habe meine Gewohnheiten geändert. Aber vielleicht kommst du einmal ins «Venezia».
Jean hob die Hand, und jetzt lachte er.
Ein paar alte Gewohnheiten werde ich schon beibehalten, sagte Gunten; aber da hatte Jean schon die Türe zugezogen.
Gunten horchte auf Jeans Schritte, dann schloß er die Augen, atmete tief ein, und der Geruch der reifen Zitronen erfüllte das Zimmer.

Der Autor dankt dem Kuratorium für die Förderung des kulturellen Lebens, Aarau, für die Unterstützung seiner Arbeit an diesem Buch

N&K

Ein persönliches Programm

Christoph Geiser
Wüstenfahrt
Roman

Wüstenfahrt erzählt von einer Reise durch die Wüste von Arizona. Doch ist der Titel auch eine Metapher für das Ende einer Beziehung, die an der Konvention, am vermeintlichen Zwang, Gefühle zu verschweigen, zerbricht.

Jeroen Brouwers
Versunkenes Rot
Roman

Im Augenblick des Todes der Mutter erinnert sich der Sohn zurück an die Zeit, die er als fünfjähriges Kind zusammen mit seiner Mutter in einem japanischen Lager auf Java interniert war. Aus dem Kind, das scheinbar unversehrt aus der Erfahrung von Hunger, Tod, Krankheit und Folter hervorgegangen ist, ist ein von Ängsten und Schuldgefühlen geplagter Erwachsener geworden, dessen Beziehung zur Mutter, zu Frauen für immer gestört ist.